「私を嫌ってもいい。憎んでもいい。――それで、あなたの命を救えるのなら、私はそれで構わない」

こいつみたいなIKEMEN王子に、こんな風に切なく言われて、キスをされたら、普通の女の子であれば一発で恋に落ちてしまうのだろうが――残念ながら俺は男だ。前世の俺も男に興味なんぞなかった。

「で、でも、妊娠したら……⁉」

「大丈夫だよ、大丈夫」

そう言って王子は、またそっと触れるだけの甘いキスをする。いつの間にか、俺はセカンドキスもサードキスもフォースキスもこの王子に奪われてしまった。

「だいじょうぶなわけ、ない……！」

「安心して、責任は取るから」

「そんな、の、嘘《うそ》っ」

「お願い、私の事を信じて」

（ふむ、なるほど）

世のイケメン達はこういう甘い台詞を吐いて、女を騙《だま》くらかして、中出しセックスキメてんのか……と、王子にフィフスチッスを奪われながら妙に納得する俺だった。

――って、おいおいおいおい！　待て待てったら！

そんな事を考えている間にも、この王子、俺（スノーホワイト十八歳餅肌ツルンプリンプリンセス）にディープなキスを開始した。

今度のキスは、今までのように丁寧なキスでも優しいキスでもなかった。無理やり口をこじ開けられ、舌をねじ込まれる。初めて経験するディープキスは——女なら誰もが夢見るような、美形王子相手に失礼だとは思うのだが、非情におぞましいものだった。口の中をまるで何かの生物のように縦横無尽に動き回る男の舌と、口内に注ぎ込まれる唾液への嫌悪感で俺は暴れるが、スノーホワイトの抵抗ではこの王子の体はビクともしない。

（あれ、なんだ……？）

気持ち悪い。そう思っていたはずなのに、何故か口腔《こうくう》内の刺激に、体がじんわりと熱を孕《はら》みだす。そんな俺の様子を感じたのか、王子は唇を離すとくすりと笑った。

「あぁ、ぅ……」

銀糸が二人の間を繋ぐ。

「嬉《うれ》しい。キスも初めてなんだね？」

王子は満足そうに、そして愛おしげにスノーホワイトを見つめながら微笑む。

俺はというと、そんな自分の体の変化に戸惑っていた。

「安心して、本当に責任は取るつもりだから」

耳元で囁《ささや》かれた甘い言葉に、スノーホワイトの秘所から太股へと熱い蜜がだらりと流れ落ちる。

（なんだ？　下半身がムズムズしてる……？）

さっきのスライム毒のせいだろうか。それともあまり考えたくはないのだが、俺は男にキスされて感じ――……いやー！　お母さん助けてぇ！　男に犯されたくなんかない！　どうせ犯されるんならもっと夢のある相手がいい！　ファンタジーの世界に良くいる爆乳フタナリ美女のお姉さまとか！　掘られるんなら、俺、絶対そっちがいい！

「シュガー、私のシュガーホワイト……」

甘い、官能の響きを帯びた艶っぽい声色に、スノーホワイトの下腹の辺りがきゅんと疼く。初めて感じる女体の切ない疼きに、思わず熱い吐息が漏れた。

王子は「可愛いな……」と呟《つぶや》き、もう一度唇を重ねた後、スライムの粘液で半分以上溶けている俺のドレスを脱がしにかかった。

「可愛い。可愛いよ、私の愛しい姫君」

（――待て。待てよ待てよ待ってくれスノーホワイトちゃん！　……の体を持つ俺！）

初対面の男のちんぽ欲しがるなよ！　と思うのだが、思っているのだが――この男に触れられると、ビクビク体が跳ねて反応してしまうのだ。これは乙女ゲーの……いや、女向けエロゲのヒロイン仕様で、スノーホワイトの体が敏感に出来ているのだろうか？　それともこの王子のテクなのか？　もしくは先程のスライムの粘液の影響なのか？

（駄目だ、きもちいい……）

俺はありえないぐらい感じまくっていた。頭の片隅で冷静な俺が「男とエッチなんて絶対無理！」「ちんぽ入れられるのだけは勘弁！」と叫んでいるのだが、スノーホワイトのこの体は、もう目の前の男に抵抗する事など忘れてしまっている。

　さっきから腰にグイグイ当てられている、硬くて熱いものに感じるのは、恐怖や嫌悪感ではない。待ち焦れて、渇求している何かだ。スライムの粘液で既に下着の役目を果たしていないその布切れを剝ぎ取って、それを荒々しくブチ込んで欲しい。

（って、噓だろ？　おれ、今、何思った……？）

　ありえない。そう思っているのに、指の腹で花芯を擦られると、もどかしくて、じれったくて、むず痒《がゆ》くて、お腹の奥の方にも熱くて硬い何かが欲しくなって、勝手に腰が動いてしまう。

　確かに今、この体は目の前の男の陰茎《もの》を求めている。理性で堪えてはいるが、気を抜いたら「早く挿《い》れて」と叫んでしまいそうな自分に俺は死にたくなってきた。

（――なにこの淫乱ビッチヒロイン……の体を持つ俺）

　しかし俺には十八年間男として生きて来た歴史と、男のプライドがある。

　そこはその最後のプライドでギリギリ踏みとどまり、そんな心の声だけは漏らさぬように必死に堪える。――それでも、切ない吐息や乱れた呼吸は抑えるのはもはや不可能だった。上気した頰も、汗ばんだ肌も、物欲しげにひくつく秘所も、愛液が溢《あふ》れ蕩《とろ》けそうに熱い媚肉も、最早目の前の男にはバレバレで。

　そんなスノーホワイトを見て、王子様は含み笑いする。

「幸いな事に今日の私は時間があるんだ。たくさん、たくさん、時間をかけて、たっぷり可愛がってあげる」

「そん、なぁ……っ！」

（――何この鬼畜。これだけ焦らしまくってまだいれないつもりかよ！）

右の乳首を口内で転がされながら、もう片方の乳首を指で摘んでは離し、摘んでは離しを繰り返されている内に下肢の熱はどんどん昂《たかぶ》っていく。

「ッいや！　や、やめ……てっ」

「人助けとは言え、こんな可愛い子の初めてをもらえるなんて、私は恐らく世界で一番幸運な男だね」

（俺もそう思うわこのラッキースケベ！）

「っは！　あっあぁ、っん、やっ、やだぁっ！」

しかしそんな心とは裏腹に、嬌声《きょうせい》は止まらない。

「イキたいの？　どうする、一回イっておこうか？」

「あ、あっあぁ………う、っく」

体に力が入らなかった。さっきからガクガクと下肢が震えてる。そんな俺を見て、王子は目を細めて「大丈夫だからね、怖くないよ」と言って、花芯を摘む。

「あっ、やっ、やだっ、やめ……て！」

（嘘だろ、女の体ってこんなにイイのか……？）

その部分をキュッと摘まれただけで、あまりの快《よ》さに目の裏側がチカチカする。

迫りくる絶頂感にギュッと目を閉じると、王子はクスリと笑いながら花芯を強く擦りはじめた。男だった俺が知らない、知っているはずもない、昂りゆく何かに恐怖を感じる。

「や、だ、こわ……いっ」

「大丈夫だよ、私がついてる」

王子はスノーホワイトを安心させるように、また優しく顔に口付けを落とし、繋いだ手に力を込めるが——いや、ちがうから！　そういう意味じゃねぇから！

どんどん強さを増して行く刺激に、頭が真っ白になっていく。

「ほら、イってごらん」

「っぅあ！　あ、あ、んぅ、……はっぁ、あああああああ！」

その強烈な刺激に、スノーホワイトの体は簡単に達してしまった。

（やば、きもちいい……っ）

王子にぐったりと身を預けるようにして倒れ込みながら、俺はしばし放心していた。

というか本当にこいつ童貞なのか？　俺も童貞だったけどこいつみたいに手間取る事なく、照れる事もなく、こんなに簡単にかつスムーズに女をイかせる自信なんてないぞ。

これが乙女ゲーなのか、乙女ゲーのヒーローの成せる技なのか。

（このテクニック盗みたい。次に男に生まれ変わった時の為に、是が非でも）

放心状態のまま目の前の男の顔をぼーっと見つめていると、彼は「ん？」と首を傾げて笑う。

（あー、それにしてもこいつ本当に美形だわ。俺も次はこんな顔に生まれ変わりたいわ。そしたら人生、最高に楽しいんだろうな……）

「気持ち良かった？」

「うん、すごい良かった」

思わず正直に頷《うなず》いてしまうと、王子は息を飲む。

（え？）

次の瞬間、背中に軽い衝撃が走り視界が空の青になる。

数秒遅れて、スノーホワイトの体がこの王子によって大地に押し倒された事に気付いた。

（まずい！　火をつけてしまったか……!?）

目の前にある情欲の色に染まったその蒼い瞳に、俺の危機感は募る。

「可愛い、可愛いよスノーホワイト、もっと気持ちよくしてあげる！」

「やぁっん、ひっ、――いま、イったばっかり、……だからっ！」

「そうだね、そうだね、もう一度イこうね。もっと気持ちよくなろうね」

「っぅ、あ！　あ……、あ、や、やだぁっ！」

王子にちうっと胸の飾りを吸われ、花芯を擦られながら、スノーホワイトの体はまたしてもたやすく達してしまう。

「スノーホワイト、離さないよ、今日からあなたは私のものだ」

力がなく抵抗らしい抵抗できない女の身からすると、欲情し、肉欲に染まった男のギラギラ光る眼とはこんなに恐ろしいものだったのか。

（ヤバイ、俺、本当に男に犯される……）

その時スノーホワイトの背筋にゾクッと走ったのは、恐怖だけではなかったような気がする。

処女が中イキするのもこの世界の仕様らしい

「可愛いよ、可愛い、凄く可愛い。――ほら、もっと私を感じて。ほら、もっと乱れてごらん」

（この鬼畜……っ！）

このクソ王子、可憐《かれん》な美少女（俺）が泣いて「もうやめてください」と懇願しても止めてくれなかった。

女の体は男の体と違い、中でも外でも何度でもイケる事は知識として知っていた。

しかし十を越えた辺りからその快感は苦痛に変わってきた。一体何度イかされただろう。助けを呼べば誰か助けに来てくれるのだろうか？

いや、仮にもし誰かが助けに来てくれるとしても、助けに来るのは男だろう。でもってこの王子とは違うタイプのＩＫＥＭＥＮなのだろう。そんでもってこの王子が事情を話したら「それはいけない、私も手伝おう」とか言って即座に3Pに突入するのだろう。確か姉がそんな話をしていたような気がする。――ああ、乙女ゲームとはなんて恐ろしい世界なのだろうか。

快楽の海の中で、俺は（頭の腐った）姉の話を思い出す。確かここで、俺は最大六回まで助けを呼び続ける事が出来たはずだ。そうすると最終的に7人のヒーローが全員登場し、OPの時点で8Pに突入し、逆ハーレムなるものが完成する。

（乙女ゲーム怖い！　なにこの恐ろしい世界……⁉）

――このゲームの名前は『白雪姫と7人の恋人』。

ヒロインスノーホワイトには、公式設定で7人の恋人が存在する。このゲームに登場するのは白雪姫と7人の小人ではなく、7人の恋人なのだ。

（くっそ、一体どこのどいつだ、こんなふざけたゲームを作ったのは！　グリム兄弟に土下座しろ！）

今ここで俺が助けを呼ぶ事により、新たな男達が現れ輪姦フラグが立つのなら、それならば助けなんて呼ばない方がいい。絶対にいい。

（男だらけの逆ハーなんて恐ろしいもの、絶対に完成させるもんか……！）

初体験が男で、しかも8Pなんぞになった日にはきっともう立ち直れない。というかもう現実問題、腰が砕けて立ち上がれない。この王子上手過ぎる。ああん女体最高、女体気持ち良すぎ。本当にこの王子童貞なの？　気持ち良すぎて死ぬ。さっさと挿《い》れて下さいもう我慢できません。

「ふにゃぁ」と、前世の自分の顔で言ったら撲殺モノの可愛らしい声がスノーホワイトの口から漏れると、王子は満足げに微笑んだ。

「気持ちいいんだね？　私の姫《シュガー》は本当に可愛い」

　ぬぷ……と王子は長く、形の良い指をスノーホワイトの秘所に挿し込んだ。

「っひぁ、……ぅん、んんっ」

「正直、あなたが可愛過ぎて私も辛いのだけれど、――少しでも負担が減るように、時間をかけてゆっくり慣らしてあげるからね」

　言って王子は指を動かしはじめた。スライムの触手ににゅるにゅるされていた時からずっと、ここへの刺激を求めていたはずなのに、体の中に直に入って来た指の異物感はとても恐ろしく感じた。体内で蠢《うごめ》く異物感による恐怖に、思わずスノーホワイトの喉が引き攣《つ》る。

　ブンブン首を横に振りいやいや言うと、王子は「痛い？」と小首を傾げ、困ったような顔になった。

「こんなに濡《ぬ》れているし、そろそろ指を増やしても大丈夫かな」

「いっ……やだぁ、っん！」

「うん、いいこだからもう少し頑張ろうね？」

――男のちんぽを挿入《いれ》る準備なんて頑張りたくもない！　と思うのだが……スノーホワ

イトの背筋には既にゾクゾクとしたものが走り出していた。

（ちょっと待て！　何なのこの敏感ヒロインちゃん……⁉）

指が動く度にじゅぷじゅぷと鳴る卑猥《ひわい》な水音に、悪い毒に鼓膜を犯され、あまつさえ脳まで犯されているような感覚に陥る。

またしてもスノーホワイトの呼吸は乱れ出し、甘えるような甲高い嬌声が口から零《こぼ》れはじめた。

「どうやらここでも感じてきたみたいだね」

「いやぁ……っん！」

「ふふ、もっと良くしてあげるね」

「やぁっっ！」

王子は勝手にスノーホワイトの膣内《なか》に指を二本、三本と増やしていく。痛みこそ無いが、体内で蠢く指の感覚が怖かった。徐々に中へと増やされて行く異物《ゆび》に対しての壮絶な違和感に身が竦《すく》む。涙ながらに「怖い」「気持ち悪い」と訴えると、王子は「大丈夫、怖くないよ」「安心して、すぐにここも気持ち良くなるよ」と宥《なだ》めるように囁きながら瞼《まぶた》に口付けを落とす。

「もう、大丈夫そうだね」

そう言って王子様がズボンの中から取り出した大層ご立派な物に、思わず俺は男に犯されかけている現状もスライム毒も忘れて目玉をひん剝いた。

デカイ、デカイよこいつのチンポ！　流石外人さんや！

「む、無理です！　そんなの絶対に入りません……！」

「大丈夫だよ、ちゃんと慣らしたから」

「そういう問題じゃ……！」

しかし俺の抵抗も虚しく、王子は腰を押し進めていく。

「い、嫌あぁぁっ！　こ、こんなの！　ぜったい無理、です！　むり……っ！」

「はっ、あ……やっぱりきつい、ね……」

入口が裂けるようなその感覚に、思わず悲鳴が上がる。――しかし、次の瞬間。

ずりゅっ！

膣内《なか》で限界まで伸ばされた何かを突き破り、王子の熱杭《ねっくい》がスノーホワイトの体内の奥の奥まで突き刺さった。

――スノーホワイトの処女膜は、つい今しがた出会ったばかりの男に破られてしまった。

「安心おし。今、ぜんぶっ入ったから」

「そんなぁ、いやぁ、いやぁぁぁ……っっ！」

（やっぱり入ってるぅーっ⁉）

「スノーホワイト、私の白砂糖姫《シュガー》。大丈夫だよ、慣れるまで動かないから」

「っく、うう……ひっく」

優しく頬を撫《な》でられ微笑みかけられて、一瞬絆《ほだ》されてしまいそうになる。――が、スノーホワイトよ思い出せ、こいつは男だ。どんなに優しく感じても、スライム毒による人命救出なんて言って付け込んで、超絶美少女スノーホワイト（俺）の処女を無理矢理奪ったラッキースケベだ。スライムに絡まれていた俺を見つけた時の、白馬に跨《またが》るこいつの輝かんばかりの笑顔を思い出せ。笑顔だったからな。超笑顔だったからな。

「そろそろ大丈夫かな」

「や、ま、まって、いや、まってぇ……っ！」

「でも君のいう事を聞いたら、スライム毒が回り君は死亡してしまう。これも人助けだ」

「そ、そんな……！」

そう言って王子はゆっくりと腰を動かしはじめた。

（嘘、だろ……？）

信じられない。しかし、奥を突かれる度に中が微かに痙攣《けいれん》するのが自分でも分かった。

――スノーホワイトの体は、初めてなのに中で感じている。

この王子の巨根が凄いのか、それともこの子が敏感だからなのかはたまたその両方か。

思わず零れたその悦びの声に慌てて自分の口を塞ごうとするが、そんなスノーホワイトの二本の手首を王子は摑《つか》んで彼女の頭上で固定する。

「もっと声、聞かせて」

「いや、いやぁ……っん、あ、あっあああん！」

「気持ち良いんだね、良かった」

「ちが、ちがうの……！」

「嘘吐き」

どうやら王子様も気持ちが良いらしい。スノーホワイトの狭い膣壁の感触を味わうように、うっとりを目を細め、ゆるゆると腰を動かしている。

（ヤバイ。本当に気持ち良いんだけど……ど、どうしよう……？）

「慣れてきたみたいだね、――動くよ」

「きゃぁ!?」

王子はスノーホワイトの白いむちむちの太股を持ち上げると、真上から突き込むように、深い場所を抉《えぐ》り出した。

「ちょっ……ま、待って！」

「待たない」

（うわあ！　何なんだ、この恥ずかしい体位！）

「ぅあっ、や、あ、あ、っく、ぅうっ……」

「ん、いいこ」

声を抑える事も忘れてよがりだしたスノーホワイトのその様子に、王子は慊焉《けんえん》たる様子で微笑んだ。

この王子の武器の何が恐ろしいかって、太さも長さも硬さもなのだが一番凄いのはカリの部分だろう。岩みたいに硬い熱杭の先端で奥をゴッゴッ突かれる度に意識が飛びそうになるのだが、腰を引く時にカリの傘の部分が膣内《なか》の肉壁と激しく擦れ合うのだ。その摩擦がたまらなく気持ち良い。――つまり、この抜き挿しが死ぬ程気持ち良い。

「ああ、すごく……すごくっ、きつくて、熱くて、いいよ、スノーホワイト……！」

「ぁあ、ひんっ！　……んんぅ、んっ」

女体が凄いのか、処女でここまで感じるスノーホワイトの体が凄いのか判らないが、腹の裏側の方の柔壁を硬い男の物でゴリゴリと擦られていると、目が眩《くら》みそうだ。

次第に白く染まっていくスノーホワイトの視界の片隅で何かがパチパチ言いだしはじめた。

（まずい……、なんだ、これ？）

――その時。

「ここかな？」

もはやただ喘《あえ》ぐ事しか出来ないスノーホワイトの細腰を、王子は大きな手で掴むと、自の下腹の方へグイッと引き寄せた。

「ひっ⁉　――あ……あぁ、あああ、あ、あっ……ぁ」

二人の肌と肌がピッタリと重なった瞬間、子宮口が男のモノで限界まで圧迫されて、スノーホワイトは一瞬気をやった。

（なに、なんなんだ、これ……？）

――最高にきもちいい。

中でイッた感覚が判るのか、王子はその甘いマスクに汗を滲《にじ》ませながら笑う。

「っいま、イった……？」

「ん！　たぶん……でも、わかんな、っ」

「あなたのイイトコは、やっぱり、ここなんだ、ね？　——ほら、もっと、突いてあげるから」

「ひっ、あ、あぁ、やっ！　い、い……っいやあああああ！」

「イき方も、追々私が教えてあげるからね、大丈夫。……とりあえず、今度は、二人で一緒にイこう、か？」

「あ、やぁ、あ……っん、っぅん！」

粘膜が擦れ合う感覚も、触れ合った肌の感触も、絡み合う熱視線も、首筋にかかる吐息も、全てが気持ちが良い。気持ち良くない場所なんて、もうどこにもなかった。

「中にたくさん注いであげる」

そう囁いて、王子はビクビクと震えるスノーホワイトの脚を抱え込み、より一層深い場所を抉った。——瞬間、中で何かが弾ける。

「っあぅ！　……あつい…あついよぉ、ナカに、でて、るっ……？」

「そう、だね。あついの、たくさん出してるよ。——良かった、これで君の命を救う事が出来た」

スノーホワイトの処女膜をブチ破り、彼女の柔肌を堪能した王子様は、あろう事か、マジで、しかも盛大に、――その熱を彼女の中で解き放ってくれやがったのだ。

中から熱を引き抜かれた瞬間、ボタボタと零れ落ちる精液の感触が、なんだかこそばゆい。

満足そうに微笑む金髪《ブロンド》の王子様を目にしたのを最後に、スノーホワイトは意識を手放した。その時俺が思ったのは、ＯＰで逆ハーが完成しなかった事への安堵《あんど》なのか、それともスライム毒から命が助かった事への安堵なのか、今となってはもう分からない。

眼鏡敬語キャラとは乙女ゲームに必須らしい

「ん……」

目が覚めると、見知らぬ天井が目に飛び込んできた。

しばらくその木の天井の木目を眺めながら、眠りに落ちる前の事を思い出す。

（なんかすっげー嫌な夢を見たような気がする）

腰に鈍痛を、下腹部に違和感を感じながら寝返りを打ち――隣で眠る男を視界に入れた瞬間、俺はあの悪夢が夢ではなく現実だった事を痛感した。

（そうだった。俺、異世界転生したんだわ。……しかも女体転生）

「おはよう、私の白砂糖姫《シュガー》」

「……おはようございます」

ずっと狸《たぬき》寝入りをしていたのだろう、横からギュッと抱き締められて、起き上がるのを邪魔される。

「私の事は覚えてる？」

「ええ」

（心の底から忘れたいけどな……）

俺は痛む頭を押さえた。こちらを見ている王子様は、何故かとても幸せそうな顔でニコニコ笑っていた。王子の金髪はカーテンの閉まった部屋でも眩《まばゆ》い光を撒《ま》き散らしていて、目に染みる。きっとこれも乙女ゲームの仕様なのだろう。

「あの、ここはどこですか？　あなたはご自身の事をリゲルブルクの王太子だと申しておりましたが、あれは真なのですか？」

軽く周囲を見回してみたが、どう見てもこの年季の入ったほったて小屋は、一国の王太子が住んで良い場所じゃない。仮宿か？　とも思ったが、やたら生活感がある。

（ここ、俺、知ってる……？）

謎の既視感に数秒考えて、すぐに答えに辿《たど》り着いた。この小屋は「白雪姫と7人の小人」の小人の家をモデルにしている。サイズは小人サイズではなく人間サイズだが、道理で見覚えのある寝室だ。ゲームの内容が内容なだけに、流石にベッドは7つ並んではいないが。

――その時、熱い視線を感じた。

視線の主は誰か分かっている。というか一人しか存在しない。嫌々そちらを振り返ると、やっぱり俺に惚れてしまったらしい王子様は、どこかうっとりとした目で俺を見つめている。

呆《あき》れ顔で、俺は先程の質問の答えを催促した。


王子様の話によると、リゲルブルク公国――この王子様の国は、ただいまお家騒動の真っ只中らしい。一応、一国の王女であるスノーホワイトも、隣国の王位継承問題の話は知っていた。

しかし、この王子様が語った話は、スノーホワイトの知っている話よりも大分進んでおり、かつ深刻だった。先日、王太子である彼は、弟のエミリオ王子に城から追放されたらしい。行く当てのない王子様とその臣下達は、今、リゲルブルクとリンゲインの国境にある森の中――つまりこの森小屋で、のんびり暮らしている最中だという。

「それって……かなりまずい状況なのでは？」

「ああ。そうなんだよ、困ったねぇ」

暢気《のんき》に頷く王子様は、本当にこの事態を理解しているのだろうか？　もしかしなくとも脳に欠陥などをお持ちになられているのではなかろうか？

「でもね、エミリオは本当はいいこなんだ。きっとその内、お兄ちゃんが恋しくなって迎えに来るさ」

（いや、絶対来ないだろ。この兄ちゃん、美形だけど頭おかしいわ……）

半眼で王子様の話を聞いていた俺だったが、この男が誰なのか分かってきた。

『白雪姫と7人の恋人』に出て来る7人の攻略キャラは、グリム童話原作の白雪姫になぞって作られている。Doc,Grumpy,Happy,Sleepy,Bashful,Sneezy,Dopeyの7人の小人……ではなく、恋人が出てくると（頭がいかれている）前世の姉が言っていた。

このとぼけた王子様は、十中八九おとぼけだ《ドーピー》。隣国の第一王子がとても間の抜けた男で、抜け作王子と呼ばれているという話は有名だ。

「ところで君は隣国の姫、スノーホワイト・エカラット・レネット・カルマン・レーヴル・ド＝ロードルトリンゲインで相違ない？」

「私が誰なのかご存知だったのですね」

「一応ね。西の大陸の王侯貴族の名前は大体頭に入っているよ」

賢いのか賢くないのか、抜け作なのかそうじゃないのか、どっちなんだよこの王子。

「スノーホワイト、あなたの噂《うわさ》は聞かない日はなかった。雪のように白い肌、林檎《レネット》のように真っ赤な唇、黒檀《エボニー》のように光沢のある美しい黒髪《ブルネット》。……スライムに襲われている姿を一目見た時から、あなたが誰なのか私はちゃんと分かっていたよ？」

なるほど。だからこの兄ちゃん、スノーホワイトを見付けた時、超笑顔だったのか。

「何か期待しているのなら申し訳ないのですが、実は私は……」

スノーホワイトも自分の現状を王子様に話した。

「ふむふむ」「そっかぁ、大変だったねえ」と相槌《あいづち》を打ちながら、スノーホワイトの鼻に自分の鼻を擦りつけたり、額と額をごっつんこさせたりして微笑むこの王子兄は、自分の置かれた事態とこちらの現状を本当に理解しているのだろうか？

少しイライラしてきたスノーホワイトは、自分の体を抱き締めようとしてくる王子様の胸を押し返しながら、やや厳しい口調で言う。

「スライムから助けて頂いた事は感謝していますが、今の私には何の後ろ盾もないのです。私はあなたの事を助けられません、助ける力もありません。明日からどうやって暮らして行けば良いのかも分からない身です」

しかし、悲しいかな。このヒロインちゃん――スノーホワイトは声だけでなく顔も愛らしいのだ。怒った顔をしてみても、王子は「可愛い」と言って破顔するだけだった。

「それなら心配はないよ、今日から私と一緒にここで暮らそう」

「は？」

「責任は取ると言ったでしょう？」

「え？」

「多分、そろそろエミリオが私の事を迎えに来るはずだから、そうしたら一緒にリゲルに戻って挙式をしようか」

「は、はい？」

チュッと額に唇を落とされて、俺は白目を剝いて固まる。

(本当にこの王子様、頭大丈夫なのかよ……?)

「ところでものは相談だけど」

いきなり真面目な顔になる王子に、スノーホワイトの心臓がドキン！ と跳ね上がる。

いやいやいやいや、美形だからって誑《たぶら》かされるなスノーホワイト！ というか俺！ この王子がどんな奴なのかこの会話で良く分かっただろう、これは正真正銘の抜け作だ！

「な、なんでしょう?」

逸る心臓に戸惑いながら聞き返すと、アミール王子はいたって真面目な顔で言う。

「スノーホワイト、明日の朝までこの小屋は私達二人っきりだ」

(なんだか嫌な予感がする……)

「だから朝まで愛し合おう」

「は、はい?」

スノーホワイトがその言葉を理解するよりも早く、王子にベッドの中へと引き摺《ず》り込まれる。ちゅっちゅと音を立てながら唇を啄ばまれ、腰に硬い物を押し当てられ――俺はまた自分がこの男に襲われている事に気付いた。

「スライム毒はもうないので、あなたといたす理由がありません……!」

「いや、もしかしたら精液の量が足りなかったかもしれないし、念の為。もっと中に注いでおかないとなって」

のほほんとしているようで、やっぱりちゃっかりしてやがるこの王子様！

「それに、あなたも私とするの好きでしょう？」

甘い、情欲に濡れたその低い声はスノーホワイトの官能を擽《くすぐ》った。

狙いを定めた肉食獣のような、鋭い王子の瞳に見つめられ――何故か体が動かない。

「やめ、て！　……いやです、私、怒りますよ⁉」

「本当に嫌かどうかはあなたの体に直に聞いてみる」

胸の飾りを指で摘まれた瞬間、敏感過ぎるスノーホワイトの体はまたしても反応してしまう。

「ふぁ、っん！」

「ほら、嫌じゃない」

スノーホワイトの甘い声に王子は笑みの形を深めた。

（本当になんなんだ、この体……！）

「いっ、いやっ！」

「スノーホワイトは嘘吐きだね。ここはもう、こんなに濡れているのに」

王子の指がスノーホワイトの秘裂をなぞった瞬間、ビクンと腰が跳ねた。

彼はそんなスノーホワイトの反応に笑いながら「可愛いな」と漏らすと、彼女の太股をぐいっと持ち上げた。秘所が彼の目の前に剝き出しにされ、羞恥で顔が真っ赤に染まる。

「ちょ、ちょっと……っ⁉」

「やめない。あなたが可愛いからいけないんだ」

王子はそのままちゅっと花芯に口付けると、甘噛《が》みした。

「——っ⁉」

彼はしばらくスノーホワイトのその部分を唇で挟んだり、包皮ごと吸ったり、軽く歯を立てたりして遊んでいたが、手で口元を覆い漏れる声を必死に抑えているこちらの様子に気付くと、指でその細い三角の苞《ほう》をキュッと剝いて舐《ねぶ》りはじめた。

「ひ、あ、あっあああ……っぅ！」

今まで以上の、鋭い、痛みにも似た感覚がビリビリと全身を走る。

身を隠すものを奪われた小さな肉芽を舌でねぶられると、もう駄目だった。

「声は我慢しちゃいけないって言っただろう？　沢山あなたの可愛い声を聞かせて」

「や、やぁ……っ！」

そんな事をやられている内に、敏感すぎるこの体はもう抵抗する事ができなくなってしまった。あまりの気持ち良さにびくびくと腰が跳ねる。声を抑える事ももう出来ない。

——スノーホワイトの体は、もうこの男の物を欲している。

「ここ、好きなんだね？　たくさんイジメてあげる」

「あ、あっん、やっ、やだぁ！　もう、だめぇ、っ！」

「駄目じゃないよ、もっともっと気持ち良くなろうね」

「やっ、だぁ！　……だめ、だめ、です……っ！」

スノーホワイトの頭は、前回よりも冷静だった。

スライムの媚薬効果が切れており、今は自分に言い訳が出来ない。そのせいか、昇り詰めていく感覚がなんだかとても恐ろしい。

「今度は室内だし、時間をかけてたっぷり可愛がってあげる」

王子の蒼い瞳が何かに燃えていた。

その時スノーホワイトの背筋に走ったそのゾクゾクしたものの正体を――俺はやっぱり認めたくない。


――翌日、未明。

俺は小屋をこっそり抜け出した。

隣国の王位継承問題なんて、クソ面倒な事に巻き込まれたくない。それに……なんというか、あの王子様と本当に変な関係になってしまいそうで怖かった。

スノーホワイトの体は、あの美形王子に触れられるとどうやらすぐに拒めなくなるらしい。これは『白雪姫と7人の恋人』のメインヒーロー、アミール王子の強制力とでもいった所なのだろうか。――ならば奴に触れられない場所に行こう。まだ男とのセックスに抵抗がある俺がそう思うのは、至極当然の流れであった。

山小屋を出て五分も走っただろうか？

カランカラン！

縄にぶら下げられた木の小板が鳴る音が聞こえた瞬間、スノーホワイトの体は勢い良く宙に引き摺り上げられる。

「きゃあああああああああああああ⁉　何これぇ！」

ひとしきり叫んだ後、落ち着いて見てみると、猪《いのしし》や鹿を獲る時に仕掛けるメジャーな罠《わな》だ。スノーホワイトの体は、罠に掛かり、麻縄に縛られた状態で木にぶら下がってしまっている。

（しかしこれ、どうやって降りよう？）

宙吊《づ》りになったスノーホワイトの下には、小さな畑があった。

この罠は、この畑に侵入して野菜を荒らす野生動物を捕らえる物なのだろう。

（って、なんだか凄い格好してないか、俺……というかスノーホワイト）

エロゲのお約束とでもいうのだろうか？　スノーホワイトが暴れたせいで変に絡まってしまった麻縄は、どういうわけか亀甲縛りのような状態になり、彼女のか細い裸体をキツク縛り上げている。勝手に着てきたアミールの男物のシャツはヘソまで捲《めく》りあがり、太股どころかあらぬ場所まで露出している。

なんでノーパンなのか言い訳させてもらうが、あの小屋は女物の下着がなかったからだ。アミールや他の攻略キャラの物らしき下着はあったが、流石の俺も、他の男の使用済みパンツを穿《は》く事には抵抗があった。

「うぅ、どうし、よう……？」

剝きだしの秘裂に食い込む麻縄に、妙に敏感体質のスノーホワイトの体は既に変な気分になってきている。

（って、麻縄……？）

——猛烈に嫌な予感がする。

「ほう、今朝は随分大きな獲物がかかりましたねぇ」

腕組みしながら現れた、黒髪眼鏡の敬語キャラの男を見て俺は察した。

（こ、これって、もしかして……？）

——鬼畜宰相の麻縄プレイ、突入である。


眼鏡は鬼畜眼鏡と相場が決まっているらしい

「こういう事をされると困るんですよねぇ、ただでさえうちには大食漢の無駄飯喰らいが大勢いるんですから」

男は苛立ちを隠せない口調で銀縁眼鏡をくいっと持ち上げると、片側だけにつけられた眼鏡のチェーンがシャランと音を立てて揺れた。

「今までうちの畑から野菜を盗んで行ったのは貴女ですね？」

「……は？」

何を言われているのか分からなかったが、少しの間をおいてから俺は理解した。

（ああ、なるほどな、そういう事か）

恐らくこれは、アミールの時と同じだ。この男——新キャラの登場とともに、今から18禁乙女ゲームの醍醐《だいご》味であるエロイベントがはじまるのだろう。

ストーリー展開としてはこうだ。スノーホワイトがこの男に野菜泥棒《どろぼう》と間違われ、姉の話していた「鬼畜宰相の麻縄緊縛お仕置きプレイ」なるものに突入するのだろう。ゲームの流れが段々分かってきたせいか、妙にすっきりした気分になる俺。

（って、「鬼畜宰相の麻縄緊縛お仕置きプレイ」……？）

スノーホワイトの顔から、一気に血の気が引いていく。

「違います！　私、野菜なんて盗んでいません！」

「では何故罠にかかっているのです？　この畑に侵入しようとしなければこの罠にはかからないはずだ」

「それは……」

スノーホワイトは言葉を詰まらせた。

それは数分前の事。俺は歩き慣れない山道を「男オンリーの逆ハーなんて、絶対嫌だあああああああ！」と叫びながら走っていた。必死だった。前世の体育の授業でも、運動会の徒競走ですら、こんな風に死にもの狂いで全力疾走をした事はなかった。藪や木の枝を掻《か》き分け俺は無我夢中で走っていた。前後不覚の状態だった。そしてそんなスノーホワイトの体は、そのまま畑に突っ込んでしまい、罠にかかってしまった。

逆ハー云々《うんぬん》の所は省いて、その話をそのまま話すと眼鏡は鼻で笑った。

「リゲルブルク一の頭脳を持つと言われたこの私、イルミナート・リベリオ・リディオ・ルド・フォン・ヴィスカルディにそんな嘘が通用するとでも？」

「嘘じゃないんです、本当です！」

「まあ、いいでしょう。ちょうど先刻、良い物を捕まえた所ですし、あれを使って白状させるとしますかね」

「えっ？」

男は舌なめずりをして笑う。

「な、なにをする気ですか……⁉」

震える拳を握り、そのつぶらな瞳を吊り上げ、男を威嚇するかのように叫ぶスノーホワイト。しかし彼女のその小さな体は、小動物のようにプルプルと震えている。

そんな気丈な美少女のさまは、どうやら男の嗜虐《しぎゃく》心を刺激してしまったらしい。冷たいガラスの向こうの切れ長の瞳に、妖しい光が灯る。

「これが何か分かりますか？」

「何ですか、それ……」

男が懐から取り出した小瓶が、頭上の木々の葉から射し込んだ太陽の光を反射して光る。小瓶の中には、大人の親指の爪よりも一回り大きい丸い虫が一匹入っていた。その鮮やかな赤の半球形の甲虫の背中には、黒い水玉模様のような点がいくつか散りばめられており、てんとう虫と良く似ている。だが俺の知っているてんとう虫とは違って、その甲虫類の胴体の裏側には黄色い足のような物がびっしり生えていた。てんとう虫の足よりもやや太く、根元から先にかけて細くなっているその足先の質感は、まるで柔らかな筆先のようだ。

ザワザワと妖しい動きを見せるその蟲《むし》の足に、思わずスノーホワイトの顔が引き攣った。

（ま、まざか……？）

恐る恐る顔を上げると、男はスノーホワイトを小馬鹿にしたような笑みを浮かべる。

「知らないんですか？　これは淫蕩虫《いんとうむし》という、主に拷問時に性具として使われる蟲です」

俺、淫蕩虫知ってる！　前世の（頭が気の毒な）姉がてんとう虫を見付ける度に「淫蕩虫だ……デュフフフフ、淫蕩虫、淫蕩虫……」って気持ち悪い目で笑ってたから！

（まさか淫蕩虫も、このゲームに出て来る虫《キャラ》だったとは……）

なんて嬉しくない新事実。なんて嬉しくない新発見。

（つーか、アキがスノーホワイトに転生すれば最高に幸せだっただろうに、なんで俺がヒロインになってんの？　俺も悲しいけど、これ、アキも大概悲しいだろ）

俺の双子の姉のアキは、『白雪姫と7人の恋人』の大ファンだった。このゲームの夢小説サイトまで立ち上げていたという、実の弟としてはあまり知りたくなかった話まで聞いた事がある。遠い目をしながら前世姉に想いを馳《は》せている俺に、彼は言う。

「これを陰核に貼り付けると、女はいつでも男の欲望に応えられるようになる」

「そんな……」

絶望的な瞳で漏らしながらも、俺は内心ぐっと拳を握っていた。

（おい、最高じゃねーか淫蕩虫。むしろ俺が欲しい。淫蕩虫を可愛い女の子に使ってハメハメしたい）

しかしすぐに俺は我に返ると、暗い瞳になり、自嘲気味に笑った。

（でも今の俺にはハメハメする息子自体がない。……欝《うつ》だ、死のう）

「この蟲を今から貴女につけてあげましょう」

そう言って男はこちらに近寄ってきた。

俺は思わず「ひっ」と悲鳴を上げる。中身は俺でも、外見は美少女プリンセスだ。美少女プリンセスが怯《おび》える様子に、男は上唇と下唇をほんの少しずらすようにして笑うと、縄の食い込んだスノーホワイトの秘裂を左右の小丘ごと掴む。

「ひぁっ⁉」

「そんな顔をして。あまり煽《あお》らないで欲しいですねぇ」

そのまま大きな手で恥丘をさすられると、縄で花芯が擦られビリビリと痛いくらいの刺激が走る。

「嫌です！　やめてください……っ！」

スノーホワイトはどうにか逃げようと身を捩るが、宙吊りのまま暴れても体を縛る麻縄が更に食い込むだけだった。

「は、はあ、……ぅんッ、ん、ん……！」

暴れれば暴れるほど秘裂に食い込んだ麻縄の表面が花芯を擦り、縄自身もスノーホワイトの秘所に深く食い込んでいく。

（どうしよう、これ……？）

――俺の猛烈に嫌な予感は、全く嬉しくない事に的中してしまった。

これはもう、どう考えても「鬼畜宰相の麻縄プレイ」である。

「なんですか、もう興奮しているんですか？」

「なに、を」

「もうこんなに濡らして、――なんてはしたない娘でしょう」

そう言われて、俺は改めて自分《スノーホワイト》の体を確認した。

足をM字開脚のように大きく開かされた状態のまま緊縛され、宙吊りになっているスノーホワイトの陰部に食い込む縄は――なんという事だろう。あろう事か、もうぐっしょりと濡れてしまっている。彼女の秘すべき場所から溢れだした花蜜が染み込んだ縄は既に湿っており、他の部分よりも深い色となっていた。

（マジで何なんだよ、このヒロインちゃんの敏感体質は……！）

「ちが、ちがうんです、これは……！」

真っ赤になって言い訳すると、男は前に落ちて来た後で一つに結わえている長い髪の束を首を振って背中に流す。

「何が違うというんですか？」

そう言って男はスノーホワイトを嘲笑うようにせせら笑い、彼女の陰部に食い込んだ縄を引き、――そして、指で弾いた。

ビィイイインッ！

「きゃぅ……っっ！」

花芯に走った痛みに頭が真っ白になる。

「おやおや、どうしたんですか？　まさかこれが悦いのですか？」

「いた……い、……や、やめ」

「この、――淫乱」

今度はもっと強く縄を引きながら、男はスノーホワイトの耳元でそう低く囁いて、そして――

ビィイイイイインッ！

先程よりも、勢い良く縄から指を離した。

「あっ、ぅ……あああああああああっ！」

一瞬、意識が飛んだ。

(なに、これ……？)

「はぁ、あ、あぁ……あぁあああ……」

スノーホワイトの体――いや、膣内《なか》は、ヒクヒクと痙攣していた。痛いはずなのに感じてる。痛いはずなのにイってしまった。

(きもち、いい……)

「これだけでイってしまうとは。……貴女は男を悦ばせる性具《おもちゃ》として、既にどこかで調教されて来たようですね。――これはいい。遠慮なく愉しめる」

「ち、ちがいます！　ちがいます！　私、昨日まで処女だったんです……！」

「は？」

「本当です！　私、そんな女じゃありません……！」

(だから後生ですから優しくしてくださいーっ！)

俺の必死の叫びに男は眉を寄せると、スノーホワイトの秘所を覗《のぞ》き込む。中から溢れた愛液でテラテラ光るぬめりを持った花びらを押し開くと、男は感心したような声を上げた。

「散々使い込まれた女肉だと思ったのですが……確かに膣口の周りには随分と処女膜の残痕が残っていますね。膜の亀裂部位もまだ少ない、出血の痕もある」

(なんでそんなの分かるんだよこのスケべ！)

あの王子様はともかく、こっちの鬼畜宰相は確実に非童貞だ。しかもかなりのヤリチンだ。これが童貞のわけがない。絶対ない。童貞のまま天に召された俺が断言する。

そういえば（頭の腐った）前世姉が言っていた。乙女ゲームの攻略キャラとは、美形なのに何故か売れ残っている童貞のキャラ達が大部分を占め、残りは少数の非童貞《ヤリチン》ヒーローで構成されているのだと。そしてそんな女を知り尽くした非童貞達《ヒーロー》が、純心なヒロインに出会う事によって真実の愛に目覚めたり、独占欲が芽生えて嫉妬したり、人生観や女性観が変わったり、変わりゆく自分の変化に戸惑ったりして、最終的には一途になっていくその経過に世の乙女ゲーマー達は胸をときめかせるのだという。

「ないないそんなの絶対ない、現実はヤリチンはヤリチンのままだから。」と言って「そんな事ないから！　イルミ様はイルミ様ルートに入ると激一途だから！　超健気だから！」と、姉に張り倒された記憶も今は懐かしい。

（ああ、これが姉ちゃんの言っていたイルミ様か……）

流れる黒髪に高く通った鼻筋。冴《さ》え冴えとした、どこか冷たい色の知的な瞳。チェーン付きの銀縁眼鏡がこの男には良く似合っていた。乙女ゲームの攻略キャラなだけあって、この男もあの王子様に引き続き文句の付け所のない美形だ。

そんな美形宰相は、まだ半信半疑な様子でスノーホワイトに問いかける。

「その話は本当なのですか？」

「本当です！　昨日、私は薄紫色の触手を持つスライムに襲われて、そのスライム毒に侵されたのです！　運良く取りすがりの方に助けていただいた私は、毒を中和する為に、その方に中で精を放ってもらい、……それまでは処女でした！　だからお願いです、変な事はしないでください！　本当に私は野菜なんて盗んでいないんです！」

　スノーホワイトの言葉に男は目を瞬く。

「薄紫色。薄紅色ではなくて？」

「いいえ、薄紫色でしたが……それが何か？」

　男は顎の下に手をやると、やや考えるような素振りを見せる。

「まあ、そんなのどちらでもいいか」

「え？」

「私も王都を出てから女日照りが長いので、ちょうどいい。――今までの損失分、貴女にはきっちりと体で払ってもらう事にしましょう」

　男が小瓶から取り出した淫蕩虫の脚の動きに、スノーホワイトの胸は震え、既に淫猥な熱で腫れぼったくなっている下肢も震えた。

　バサササッ！

　頭上の木から飛び立った鳥の羽音が、スノーホワイトを吊るした木の枝を震わせる。

（体でって事は、やっぱり……？）

「は、はい？」

　スノーホワイトは小首を傾げ、何も分からないようなその純情可憐な顔に笑みのようなものを浮かべてみる。

　しかし、この男の目を見る限り、彼は俺の事を逃がしてくれそうにない。今の鬼畜宰相の目は、あの時、森の中で見た王子様の目と同じもの——欲に濡れた男の目だ。

（逃げられない……？）

スノーホワイトの華奢《きゃしゃ》な体を吊るす麻縄が、「もう観念しろ」と往生際の悪い俺を嘲笑うかのようにギシリと鳴った。

触手虫姦苗床モノは乙女ゲームで稀少らしい

「そんな変な虫、や、やめ……っ！」

男の手から放たれた淫蕩虫は、無数の足をザワザワさせながら、スノーホワイトの柔肌に着地する。この蟲は自分がどこに行って何をすれば良いのか心得ているらしく、スノーホワイトの下腹を降りるとまっすぐに彼女の割れ目へ向かった。彼女の女陰は男の手と麻縄により開かれ、まだ未成熟な色をした性器は完全に露出している。弾力のある小丘のはざまの上にある、プックリと膨らんだ肉芽に到着した淫蕩虫は、彼女のまだ幼さの残る性器の感触を確かめるようににゅるにゅるにゅると足を伸ばした。

「きゃああ⁉」

淫蕩虫はスノーホワイトの肉のしこりの上にぴったりと貼り付くと、その怪しい触手で彼女の一番弱い部分をくにくにと揉《も》みほぐしていく。

にゅっ！

「っん……く、ぅっ！」

次に淫蕩虫は、妙に団結力のある黄色い触手達で、スノーホワイトの疼きたつ尖頭を包む苞を押し上げる。——そしてつい先日まで剝いた事もなかった彼女の淫核に直に触れた。

「い、やぁっ！　ひ、あぁっ……！」

筆のようなその足先から、とろりとした粘液が滲み出る。まだ皮の剝かれる事に慣れていない敏感な花芽の上に、その粘液を塗りたくられて、くすぐられるともう駄目だった。

流石はこの鬼畜宰相が拷問用に使うものだと言っただけはある。——淫蕩虫の効果は凄まじいものだった。

「ッいや、だめ、だめ……です！　ヘンに、なる、こわい、こわい……のっ！」

これを陰核に貼り付けられてから、もう正気を保つ事が難しい状態になってきている。

(——このままじゃ、快《よ》すぎて気が狂う……！)

精神崩壊を起こしそうな激しい快楽の渦に、今だかつてない危機感が襲う。

「おねが、っい、——とって！　これ、とって、くださ……っ！」

涙ながらに訴えるが、公式で鬼畜宰相と呼ばれているだけあってこの男は本当に鬼畜だった。サディステックな笑みを口元に浮かべながら、意地の悪い口調で彼は言う。

「取って欲しいのなら、もっと可愛らしくおねだりでもしてみたらどうですか？」

「つなに、い、って……？」

男は淫蕩虫を取るどころか、花芯に押し付けるように淫蕩虫の上から縄をかぶせると、麻縄をまた秘裂にぐいっと食い込ませた。

「っぅ、く、あ……っ！」

「もっとしっかりと縛っておきましょうね」

（こいつ……！）

――この男、さっきよりも深く麻縄を割れ目に食い込ませやがった……！

縄から腕を離された瞬間、蟲が更に深く花芯に押し付けられ、信じられない程の快楽に声ならない悲鳴があがる。

「あっあ、や……んっ！　い、やぁっ、ひ、っん」

「良い声で鳴きますねえ、このカナリアは」

「おねが、いっです！　とって、とってくださ……っ！　つら、つらいん……です！」

「そうですかそうですか、それは良かったですねぇ」

涙をポロポロ零しながら必死に訴えるが、鬼畜宰相は心から楽しそうに嗤《わら》うだけだ。

「そろそろ本当の事を言いたくなってきましたか？　野菜を盗んだ泥棒のは貴女でしょう？」

「ちが、……ちがう、ん、です……っ！」

「強情な娘だ、これは困りましたね」

やれやれと肩を竦めるイルミナートに俺が感じたのは、殺意だけだった。一体こんな男のどこが良いというのだろうか？　前世姉の男の趣味を真剣に疑った――その時。

にゅるっ！

割れ目の中に突如侵入してきた何かに、スノーホワイトの喉が震える。

「な、に……？」

「おや、どうやら淫蕩虫が成虫に進化したようですね」

「え？」

なにそれこわい。進化とか俺、姉ちゃんに聞いてない。

「雄の淫蕩虫は、哺乳類の雌の体液を吸えば吸うほど程進化します。中でも一番進化が早いのが、――人間の女性の愛液です」

「そん、な……」

「人間の女の愛液を吸収すると、ほら、この通り。人間の男の性器と同じ形に触手の形を変えていく」

「なに、これ……っ⁉」

どんどん太く、長くなっていき、人間の男根のような形になった淫蕩虫の触手が数本、麻縄の中から勢い良く飛び出した。

先端が男根型の太い触手に続いて、細長い触手達も荒縄の中から次から次へと飛び出してくる。

にゅる、じゅぼじゅぼ……にゅぷ……。

どんどん伸びていくその触手達はスノーホワイトの裸体を這い、胸元に、口元へといやらしい動きをして蠢きだす。

「気持ち良いでしょう？　その触手」

「やだ、たすけてぇ、とってぇ……っっ！」

スノーホワイトの蜜壺《つぼ》の中に既に侵入している触手は、縄の下で既にズボズボと激しい動きを見せている。

この男の言う通りこの蟲は女の愛液が大好きなのだろう。触手が抽挿を繰り返す度、秘所に食い込んだ麻縄を浮かせた。淫蕩虫の触手はスノーホワイトの蜜をもっと搾り出そうとするように、この体の官能を煽るような動きで膣内《なか》でも外でもせわしなく動いている。

「しかしこれではお仕置きになりませんねぇ」

「おねがい、なんでも、するから、これ、……とってくださ、っい！」

「そうですか。……なら、私に奉仕しなさい」

イルミナートはその薄い下唇を舐《な》めて嗤うと、ベルトを外し、ズボンの前をはだけさせた。既に猛りたっている男の剛直に目が眩む。流石は外人さんというべきか。――アミール王子もそれはそれはご立派な物をお持ちだったがこちらの男も負けていない。

こいつらのちんぽがやたらデカいのは、彼等が黄色人種ではないからなのだろうか？　それともこの世界の成人男性の物《ブツ》のサイズは、平均的にこのくらいなのだろうか？　それともこれが乙女ゲームのヒーロー補正と言う物なのだろうか？　俺には分かる訳もないのだが……「もしかして、前世の俺のちんぽって小さかったのかな？」となんだか少し泣きたくなってきている。

男は縄を緩めると、スノーホワイトの顔が自分の陰部に届く位置まで持ってきた。

「奉仕の仕方は判りますか？」

涙ながらに首を横に振ると、男はスノーホワイトの後ろ頭を摑んで自身の股間に押し付けた。瞬間、口の中に飛び込んできた、随分と懐かしいあの男くさいニオイに思わず咳《せ》き込みそうになる。

「そう、唾液をたくさん絡ませて……そうです。唇と舌をつかって、丁寧に舐めなさい。歯は絶対に立ててはいけませんよ」

「うっ……ぅ、っん」

（まさか、男のちんぽを舐める日が来るとは……）

頭の片隅でぼんやりとそんな事を考えた。しかし今の俺はそれどころではなかった。信じられない事に――男の先端から零れる、少しだけしょっぱい、粘着性のある体液《カウパー》の味にスノーホワイトは恍惚《こうこつ》状態に陥っていた。男の陰茎独特の匂いも、味も、男の荒々しい腰の動きも、息使いも、その全てがスノーホワイトの体を昂らせていく。これは淫蕩虫のせいだろうか？　男の物に対して嫌悪感や抵抗感は全くなかった。むしろ、この男の弓なりに怒気をみなぎらせた肉棒が愛おしいとさえ思う。――さっきから疼いて疼いてどうしようもない所に、早くコレをブチ込んで欲しい。

「そうその調子です、上手いですよ。こんなに口淫が上手いなんて、貴女は商売女の素質があるかもしれませんねぇ」

男の酷い言い草も、嘲笑も、今は耳を擽る愛撫《あいぶ》でしかない。

(違う、俺は男だから！　男だったから男のイイ部分を知っているだけで……っ！)

そんな言い訳を男のカウパーと共に飲み込み、必死で舌を動かした。手はまだ背中で縛られている。宙吊りにされたまま、口だけでする口淫《フェラ》はとても億劫《おっくう》だった。

(ホント、あたまがおかしくなりそうだ……)

頭を抑えながら腰を振られ、スノーホワイトの口をまるで淫具《オナホ》のように扱われ、──それなのに。そんなむごたらしい、屈辱的な扱いにもこの体は感じてる。淫蕩虫の触手は今やもう、スノーホワイトの尿道とアナルにまで侵入していた。

(はやく…ちんぽほしい、はやく、ちんちん挿《い》れてほしい……)

俺は今、スノーホワイトの口が男のたくましい物で塞がれている事に、心の底から感謝した。口が塞がれていなかったら、俺はこの心の声をそのまま漏らしていただろうから。

──もう、何がなんだかさっぱり判らなかった。

ぴちゃぴちゃと森の中に響く卑猥な水音が、なんだか少し現実離れしていた。

【閑章】鏡よ鏡、鏡さん

悪役令嬢ならぬ、アラサー継母転生とか終わってる

昔々ある所に白雪姫《スノーホワイト》という、それはそれは美しいお姫様がいました。雪のように白い肌、林檎《りんご》のように真っ赤な唇、黒檀《こくたん》の窓枠の木のように美しい黒い髪。彼女はスノーホワイトと名付けられました。

しかし、悲しい事に白雪姫の母親は彼女を産んですぐに天へと召されてしまいました。嘆き悲しんだ彼女の父親は、赤子には母親が必要だと新しい妃を娶《めと》りました。新しい王妃様はとても美しい女性でしたが、とても高慢で、冷酷な女性でした。そして彼女は器量で人に負ける事が何よりも嫌いでした。

彼女はこの世で自分が一番美しいと信じていたのです。

彼女は問いかけると何でも答えてくれる鏡を持っていました。その鏡は真実しか答えない、魔法の鏡でした。継母は毎朝魔法の鏡に問いかけます。

「鏡よ鏡、世界で一番美しいのは誰だ？」

鏡は答えます。

「それは王妃様です」

鏡がそう答えると継母は満足し、満たされた日々を送っていました。

——それは白雪姫が十八歳になったある日の事でした。

王妃が魔法の鏡に「世界で一番美しい女は誰だ?」と訊ねたところ「それは白雪姫です」と鏡は答えます。何度問いかけても鏡の答えは同じでした。

怒りに燃えた王妃は猟師を呼び出すと、王女を殺し、証拠として彼女の心臓を取って帰ってくるよう命じました。

しかし猟師は彼女を殺さずに、森の奥に置き去りにしました。

「どうかどこか遠くにお逃げください、姫様」

猟師は王妃へ証拠の品として、イノシシの心臓を代わりに持ち帰りました。

心優しい猟師に逃がしてもらったお姫様は、一人、暗い森の中を彷徨《さまよ》います。彼女がその森で出会ったのは、7人の小人達——ではなく、7人の恋人達でした。7人の恋人と白雪姫の甘くて甘い、めくるめく恋物語のはじまりです。

ちゃららら〜♪　字幕が消えると流れ出すOPムービーと、お馴染みの音楽。
「スノーホワイト、私と結婚してくれ」

「――私は命を懸けて君を守ると誓おう」
アミール・カレロッソ・アロルド・アルチバルド・フォン・リゲルブルク（Dopey）
「おやおや、困ったお姫様ですねぇ」
「……こんな気持ち、私は知らなかった」
イルミナート・リベリオ・リディオ・ミルド・フォン・ヴィスカルディ（Doc）
「スノーホワイト、何か困った事はない？　何か困った事があったら何でも僕に言ってね」
「聖夜、この雪明りの下で君にプロポーズをするってずっと前から決めていたんだ」
エルヴェミトーレ・シルヴェストル（Sneezy）
「えっ⁉　君がごはんを作ってくれるの？　ラッキー♪」
「この子に……触るなあああああああっ！」
ヒルデベルト（Happy）
「どこかに可愛い子いないかな～」
「……お姫様、あんたが俺をマジにさせたんだ。責任とれよ」
ルーカス・セレスティン（Sleepy）
「…………」
「私が……あなたを、守ります」
メルヒ（Bashful）
「べ、べつに僕はお前の事なんてどうでもいいんだからな！　勘違いするなよ⁉」

「お前があいつを好いていると言うのなら、僕は……」

エミリオ・バイエ・バシュラール・テニエ・フォン・リゲルブルク（Grumpy）

豪華声優陣が演じる攻略キャラ達が、一人一人、甘いボイスを囁き――そして消えた。

「エミリオたんエミリオたん！　エミリオた……ん？」

夢を見ていた。――私の嫁、最萌《も》え最推しキャラのエミリオたんの夢を。欠伸を嚙み殺しながら、私は転寝していたソファーの上でむくりと起き上がる。

「ここは……」

魔女の黒魔術の実験室といった感じの、いかにもな雰囲気の地下室で目を覚ましたその時――私、三浦愛姫《みうらあき》は自分の前世を思い出した。

「あれ？　私、さっきシゲ君を追いかけて……」

「王妃様、失礼します」

眠りに落ちる前の記憶を辿ろうとしていた私は、良く知っている顔と声の美形の登場に、飛び跳ねんばかりに驚いた。

「め、メルヒ……？」

（これって、まさか……）

美形猟師の登場に、私はこの世界が、自分がやりこんでいた乙女ゲーム『白雪姫と7人の恋人』の中だと気付いてしまう。次の瞬間、ヒロインの白雪姫ことスノーホワイトの意地の悪い継母としての人生の記憶が、走馬灯のように私の脳内に流れ込んできた。

（ど、どうしよう。私、ヒロインちゃんになんて酷い事を……？）

思わず青ざめ、脱力する。

「ご命令の品の、心の臓になります」

投げ捨てられるように目の前に置かれた革袋の中には、きっと猪の心臓が入っている。

私に侮蔑の眼差しを向けてそう言い放ったのは、攻略キャラの一人メルヒ。この国で一、二の腕を持つ凄腕猟師であり、元暗殺者《スナイパー》だ。

彼の元暗殺者らしい、暗い瞳に、ゾクリと背筋が粟《あわ》立った。

「今日限り、お暇をいただきます」

「メルヒ……」

（私達、ゲームの中で何度も森の中を探索デートした仲じゃない！　一緒に野ウサギを見て——って、そうか。これはスノーホワイトの殺害を命じた継母と、彼が決別するイベントなんだ）

元々、メルヒは傲慢な継母を嫌悪していた。しかし今回の一件——白雪姫を殺して、その心の臓を持ってこいと命じる継母に、ほとほと愛想を尽かすのだ。

「自分の主は、自分で選びます」

冷たい瞳でそう言い捨てて部屋を出て行ったメルヒは、森の奥に置いて来たスノーホワイトを追いかけるのだろう。——ゲームのシナリオ通りに。

一人、暗い地下室に取り残された私は、ただしばらく呆然《ぼうぜん》としていた。

（悪役令嬢転生の方がまだいいわ。アラサーの継母転生とか、夢がない……全くない……）

「こういうのって、ブラック企業勤務の社畜とかアラサーの限界ＯＬが、自分よりも若くて綺麗《きれい》な子に転生して恋愛楽しんだり、赤ちゃんに転生して前世の知識を使ってチートな人生送ったりするもんじゃないの……？」

何故か私は前世より十歳以上年上のアラサー女に、しかも既婚者に転生してしまった。

——転生後のキャラクターに絶望しているのは、こちらもだった。

前世弟がヒロインで男とエッチしてるとか笑えない

「ひどい、ひどいよメルヒ……私達結婚したじゃない。ゲームの中でだけどさ、私達何度も結婚したじゃない、そんな元妻に対するこの仕打ち……」

メルヒが部屋を出て行った後、私はしばしソファーの上で項垂れていた。涙目でブツブツとぼやいていると、壁に掛けられた鏡が光る。

『どうなされたのですか、王妃様』

喋《しゃべ》りだした鏡に、私は顔を上げる。

（そうか、この鏡は……）

この鏡は『白雪姫と7人の恋人』にも出て来る魔法の鏡だ。グリム兄弟原作の白雪姫でもお馴染みのアレである。

『もしかしてまだ寝ぼけているんですか？　頭の沸いた台詞が聞こえたような気がするんですが』

（随分酷い言い草だな。いや、頭が沸いてる自覚はあるけどさ）

——やや躊躇《ためら》った後、私は鏡に愚痴りはじめた。

「実はね、私前世の記憶があるの」

『はい？』

「というか、たった今前世の記憶を取り戻したんだけど……」

少し位愚痴ってもいいだろう。これ人間じゃないし。鏡だし。いわば壁に向かってブツブツ独り言を言っているようなものだ。自分の現状を整理するのにも良いかもしれない。

そんな軽い気落ちで、私は語り続けた。——全てを語り終えた後。

『確かにお妃様の未来は悲惨です。このまま行くと三ヶ月後、スノーホワイトとアミール王子の結婚披露宴の席で、あなたは真っ赤に焼けた鉄の靴を履かされ、死ぬまで踊らされる運命です』

「なにその原作に忠実な容赦ない未来！」

真実しか話さない鏡の話す恐ろしい未来未来に、私は思わず叫んでしまった。

私の良く知る『白雪姫と7人の恋人』は全年齢対象版だからだろうか？　継母のその後の処遇についての描写はなかった。もしかしたら私達乙女プレイヤーが知らないだけで、エンディングの後、そういう事になっていたのかもしれないが……。

（悲惨！　継母の立場だとアミール王子ルート、悲惨過ぎる！）

「あと三ヶ月しかないのね、どうしよう……？」

居ても立っても居られずに、狭い地下室をあっちへウロウロ、こっちへウロウロしている私に鏡は言う。

『このまま断罪され殺されるのがお嫌なら、スノーホワイトに謝罪をしたらどうですか？　謝罪の手紙を書いてみるのはどうでしょう？』

「手紙……確かに毒林檎を持参するよりはマシなのかも。でも、その程度で許してくれると思う？」

この継母――リディアンネルの継子イジメは何気に壮絶であった。前世の記憶を取り戻した後、私はその壮絶な継子イジメの記憶に戦慄《せんりつ》したくらいだ。

『はい、許してくださるでしょう。異世界から転生したと素直に書けばよいのです』

「そんな事書いたら、頭がおかしくなったって思われるのがオチでしょ」

『それは大丈夫ですよ、スノーホワイトもお妃様と同じ転生者ですので』

「なにそれ羨ましい」

『向こうも最近、前世の記憶を取り戻したようですね』

誰だろう。偶然にも、前世の知り合いだったりしないだろうか？

「鏡よ鏡、鏡さん。魔法の鏡の力でスノーホワイトの中の人を調べて」

『きっとそう言われるだろうと思って、既にもう調べてありますよ。スノーホワイトの前世の名前は三浦晃《あきら》というそうです』

「三浦晃ぁ～⁉」

『はい』

「三浦晃って……も、もしや前世の家は松戸にあって、ドキドキメモリアルの二次乃《にじの》サキの大ファンで、サキちゃんみたいなマネージャーと恋愛する為にサッカー部にまで入っちゃったキモオタで、でもサッカー部に入っても可愛いマネージャーさんにはまったく相手にされないから見事にやさぐれちゃって、『三次は惨事だ』とかいつも現実を呪っていた根っからのキモオタのあのアキラ君⁉」

『はい』

「そんな自分の事は棚に置いて、私が乙女ゲームをしてると馬鹿にしてきたあのクッソムカつく弟の⁉　私の中学生時代のセーラー服をこっそり使って、女装オナニーしてたアナニストの！　ド変態のアキラ君が！　スノーホワイトだっていうの⁉」

『はい、そのアキラ君がスノーホワイトです』

「絶世の美少女スノーホワイトちゃんが、なんて残念なことに！」

（信じられない！　アキラ君がヒロインで、姉弟で異世界転生⁉）

いや、でもある意味、異世界転生モノのお約束ではあるのか。幼馴染みや友達、クラスメイト全員で異世界転生するのって……。

（それにしても、弟よ。羨ましすぎるぞ……）

ゲーム通りにこの世界が進行しているのなら、既に弟は、アミール王子に甘いキスをされ、解毒解除を施されている事だろう。ちなみに健全バージョンの解毒は王子様のキスなのだが、これが18禁バージョンの『白雪姫と7人の恋人』になると、毒の解毒剤的なモノが、せ、精液で、冒頭からそのままアミール王子とのおセックスに突入するらしい〈byネットの攻略サイト情報〉。

どちらにせよ、アキラ君が羨まし過ぎて悶《もだ》え死にそうだ。やっぱり原作通り、毒林檎さんを持参して馳せ参じたくなってきた。

「鏡よ鏡、鏡さん。今のアキラ君……じゃなかった。スノーホワイトの様子を少し見せてくれない？」

『はい、畏まりました』

──鏡に、暗い森の中の様子が映る。

「こ、これは……！」

木に吊るされた、少女の白い裸体に私は息を飲む。その少女は、このゲームのヒロインことスノーホワイトだった。麻縄で縛られ宙吊りにされたスノーホワイトの頬は赤く、その目は蕩けきっている。成虫になった淫蕩虫に体の穴という穴を犯され、ねぶられている彼女の口内を己のたくましい物で犯す黒髪眼鏡の美形は――私の旦那ことイルミ様だ。

パッ！

『って事になっています』

鏡の冷静な声と共に、一瞬だけ鏡に映されたAVさながらの映像は掻き消えた。

「待って！　凄く良い所だったのになんで消しちゃうの⁉」

『これ以上覗くのは悪趣味ですよ、王妃様』

「そうかもしれないけど、ちょっとくらい！　……って、これ、18禁バージョンだ！　しかも巷《ちまた》で噂の、イルミ様の麻縄緊縛お仕置きプレイに突入してる⁉」

『どこで噂になってたんですか、それ』

「乙女ゲーマー達の間でです！」と叫んだ後、ふと我に返る。

「でも、スノーホワイトの中の人ってやっぱり前世弟なんだよね……？」

『だから、さっきからそうだと再三申し上げているじゃないですか』

（イルミ様の麻縄緊縛お仕置きプレイをされてたのは、アキラ君で……）

ふと賢者タイムに入ると――どうしよう。やっぱり笑えない。

継母が熟れた体を持てあましてるなんて聞いてない

「ところで鏡さん」

『はい、何でしょう』

「あの、一体いつになったら消えてくれるんでしょうか？」

『嫌がる私を無理矢理覗きに付き合わせて、しかもリピート再生までさせておいて、随分と酷い言い草ですね……』

あの後。イルミ様のお仕置き緊縛宙吊りプレイを五回リピートし、その後は、アミー様とスノーホワイトの青姦動画も視聴させてもらった私はとても幸せなのだが、どうやら鏡の方はそうではないらしい。

『つかぬ事をお伺いしますが、お妃様』

「な、なに？」

『先ほどから股間を押さえながら内腿《もも》をもじもじと擦り合わせて、一体何をしていらっしゃるんですか？　まさか先程のスノーホワイト達の情事を見て感じ――』

「うわあああっ！　ストップ！　ストップ！」

鏡の言う通り、先程のスノーホワイト達の情事を見た、継母リディアンネルこの体は熱く火照っていた。魔法の鏡に映る美魔女の瞳は潤み、頬がうっすらと赤く染まっている。

『まさか前世の弟君達の情事を見て欲情し――』

「違うわよ！　それじゃあ私が変態みたいじゃない！」

『なるほど。では確かめてみましょう』

「は？」

瞬間、悪役の魔女といった風体の黒い魔女のローブが、ハラリと床に落ちる。

「えっ⁉」

私は慌てて前を隠す。落ちたのはローブだけではなかった。彼女の豊かな乳房と豊満なヒップを包み隠していたビスチェや総レースの紐《ひも》パン等、全てで。秘所から媚液が零れ太腿を伝う感覚に、そしてそれを舐めるように見つめる視線に、私は鏡を睨む。

「やーっぱりそうでしたか」

「ちょっと！」

その男は、主の咎《とが》める声を物ともせずに、壁に掛けられている鏡の中から、ぬっと姿を現した。長い銀色の髪に紅玉の瞳の、颯爽《さっそう》たる長身の男だ。

（なにこの人！　7人の恋人の攻略キャラと同じくらい格好良い！）

「男が欲しいのなら、私に言ってくだされば良かったのに」

一瞬その美系の登場にぽーっとなってしまったが、リディアンネルの砂時計のようにくびれたウエストを抱き寄せられて、我に返った。

「ちょっと！　何するのよ！」

そして、その男の声には聞き覚えがあった。

「あなた――もしかして、鏡……っ⁉」

「はい、そうです」

「な、なんで⁉」

「私、いわゆる魔鏡って奴ですから」

「そっか、そういえばそういう設定だったわね……」

継母の持つ魔鏡の中には、妖魔が封印されているという設定がある。

ちなみにその中の妖魔が、継母の命令によりスノーホワイトを襲いにいくというイベントが発生するルートもある。

「でもこんなの聞いてないよ！　鏡が擬人化するとか、攻略本にも載ってなかった！　ゲームでは白豹《ひょう》みたいなモンスターの姿だったはずなのに！」

私の叫びに、男は真顔になる。

「あなたって、随分と面白い人になりましたよね」

「は？」

「正直、今まで王妃には興味がなかったんですが――三浦亜姫、あなたには興味がある」

男の顔が、ゆっくりと近付いてくる。――唇と唇が、いつ触れ合ってもおかしくない距離で瞳を覗き込まれる。

（な、なに……？）

さっきから心臓の音がおかしくて、上手に呼吸が出来ない。

「三浦亜姫の記憶を取り戻してからの王妃様って、ぶっちゃけ可愛いです」

「な……な、なっ！」

ソファーの上に押し倒されて、セックスどころか恋愛経験すらない私は赤面した。

リディアンネルには、恋愛経験もセックスの経験もあるといえばあるのだが――前世を思い出す以前のリディアンネルの記憶は、感情移入出来ない映画やＡＶでも見ていたような感覚でしかない。

「これも使い魔の勤めです、お相手いたしましょう」

【閑話】嘘つき男と森の魔女

むかしむかし、嘘ばかりつく悪い妖魔がいました。人里へ降りては女を唆し、森の奥まで浚《さら》ってきて、頭からガブリと喰《た》べてしまう妖魔です。

ある日、彼は森の中で魔女に出会いました。たまには魔女も悪くないと思った妖魔は、彼女にいつものように嘘をつきました。

嘘がバレた時、魔女は怒り狂いました。

「私の事を愛していると言ったあの言葉も、全て偽りだったと申すか！」

怒った魔女に、妖魔は鏡の中に封じ込められてしまいました。魔女は嘘つきな妖魔にある呪いをかけました。――それは真実しか答えられなくなる呪いでした。

「鏡よ鏡、鏡さん、本当は、あなたは私の事を愛しているのではなくて？」

「いいえ、私はあなたを愛していません」

なんだかんだで魔女との生活は、とても楽しいものでした。誰かと一緒に暮らし、毎日話をするという生活は、妖魔にとってとても新鮮なものでした。穏かに、優しい時間が二人の間を流れていきました。

そんなある日、魔女は寿命を迎えました。魔女という生き物の寿命は、そんなに長くはありません。彼女たちは、人間の三倍くらいの長さしか生きられないのです。千年単位の時を生きる妖魔からすれば、魔女とはとても儚《はかな》い命の、ちっぽけな生き物です。出会った頃は、若く美しい娘の姿だった魔女も、いつしか老婆になりました。

「鏡よ鏡、鏡さん。いいかげん、私の事を愛してくれて良いのではなくて？」

「いいえ、残念ですが私はあなたを愛していません」

「あなたに真実しか答えられなくなる呪いをかけたのは私なのに、不思議なものね。私、今、あなたに嘘をついてもらいたいのよ。――私の事を、本当は愛していたって」

そう言って、寂しそうに微笑みながら魔女は息絶えました。

魔女が死んで、魔女が妖魔にかけていた呪いは解けました。しかし、呪いが解けて鏡の中から出る事が出来るようになっても、妖魔は魔女の家を出て行く事をしませんでした。ただ、何年もそこで魔女の亡骸と一緒に暮らしました。元の一人の生活に戻っただけなのに。それなのに、何故こんなに悲しいのでしょうか。何故こんなに寂しいのでしょうか。

何故こんなに苦しいのでしょうか。何故こんなにも涙が止まらないのでしょうか。妖魔は魔女の骸の隣に置かれた鏡の中で考えました。何年も考えて、考えて、考えて、――やっと答えが分かりました。

「そうか、私は彼女の事を愛していたのか……」

しかし、今頃そんな事に気付いても、その唇で不器用に愛を囁いてみても、既に骸となった魔女は何も答えてくれません。魔女が生きている間に、自分の想いに気付けなかったのでしょうか。何故、魔女が生きている間に、彼女に愛を囁く事が出来たら――彼女の最後の笑顔は、きっと、あんなにも寂しそうな笑顔《もの》ではなかったはずです。

涙も枯れ、抜け殻のようになった妖魔が魔女の骸と一緒に暮らしていると、ある日、一人の少女が現れました。出会った頃の魔女とよく似たその美しい少女は、魔女の遠縁の娘でした。

妖魔はそれから彼女の使い魔となり、彼女の手となり足となる事にしました。その娘は少し冷酷な部分がある娘でしたが、魔女とは元々そういう生き物です。むしろあの魔女のような女の方が珍しいのです。彼女の姪《めい》の使い魔として暮らす生活は、幸せでした。

しばらくして、妖魔は不思議な事に気付きました。魔女の血の力なのでしょうか？　呪いは解けたはずなのに、彼女に質問されると、妖魔はまた真実しか答えられないようになってしまいました。彼女に質問されると、妖魔が知らない事であっても、その光景や知識が頭に浮かんで、答える事が出来るのです。――例えそれが自分の知らない異世界の話でも、彼女の前世という突飛な話でも。

——最近前世の記憶を取り戻したというその魔女は、不思議な事に妖魔が恋をした魔女とよく似ていました。

「アキ様……」

疲れ果てたのか、ぐったりとした様子でベッドの中で眠り続ける魔女を見下ろしながら、彼は誓いました。この魔女の三ヶ月後の未来を全力で阻止しよう、と。

第二章　折れないフラグ

鬼畜は続くよ、どこまでも

「もう、離していいですよ」

　男の生身の肉が、口の中から引き抜かれた。

　スノーホワイトの口に咥《くわ》えさせた当初に比べ、大分息の荒くなったイルミナートは、その逞《たくま》しい物を自分でしごきはじめる。眉を搾り切なげに、目を細める男のその妙に色のある表情に、何故かドクン！　とスノーホワイトの心の臓が音を上げた。

（――って、ちょっと待て）

　またしても男にときめくな。この短期間で二人の男にときめくとか、どんだけ気が多いんだ、お前は。それにしても――。

（あー気持ち良さそう、いいなぁ）

　男だった前世の記憶があるからこそ、俺は今のイルミナートがどれだけ気持ち良いのか判る。――そして。

「……くっ」

（え？）

イルミナートの野郎はなんと大胆な事に、いや、変態的な事に――スノーホワイトの花芯に精液《ザーメン》をぶっかけやがった。正確にはスノーホワイトの陰核の上で蠢く、成虫へと進化した淫蕩虫に、だ。

スノーホワイトの表情《かお》は今、唖然《あぜん》としているだろう。

（精液を吸収する事によって淫蕩虫が二段階進化するとか……？）

淫蕩虫の触手で玩《もてあそ》ばれている膣奥が、またしても疼く。――しかし。

しゅるしゅるしゅる……。

そんなスノーホワイトの淡い期待を裏切り、男の精を受けた淫蕩虫の触手はどんどん縮んでいった。大人の拳大のほどの大きさに成長し、彼女の陰核に貼り付いて離れなかった淫蕩虫の本体も、元の大きさに戻る。スノーホワイトの体を蹂躙《じゅうりん》していた触手達は全て縮こまって、淫蕩虫の胴体に収まった。

「あ、れ……？」

以前のてんとう虫に似た姿に戻った淫蕩虫に驚くと、男はこともなげに言う。

「雄の淫蕩虫は、男の精が大の苦手なんです」

（なるほど。だから幼虫に戻ったってわけか）

未だスノーホワイトの陰核に貼り付いてふにふに動いてこそいるが、今の淫蕩虫の動きは鈍い。

穴という穴を犯されて、ずっと抜いて欲しかったのに――それなのに、触手達により散々もてあそばれた柔肉が、引き抜かれた彼等を寂しがるようにヒクヒクいっている。

「――さて、と。お嬢さん、貴女は私にどうされたいですか？」

（そんなの、一つしかない……）

一度精を放っても、萎える様子が一向にない男の逞しい物を見つめながら叫ぶ。

「い、いれて……おねがい、いれてください……っ」

「でしょうね。雄の淫蕩虫の浸出液もまた男の精でしか中和できない」

「………………」

（だろうな！　やっぱりそうだと思ったよ！　なんだか良くわかんねぇけど、俺、今ちんぽハメられたくてハメられたくてしょうがねぇし！）

にしてもこのエロゲー、ワンパターン過ぎるだろ。いい加減にしろよ、コレ作ったゲーム制作会社。つーかこのシナリオ書いた奴を殴ってやりたい。……くっそ、なんでよりにもよって俺は女体転生なんかしてるんだよ。どうせなら男に転生して、可愛い女の子に淫蕩虫を使ってチーレム築きたかったよ。そんでもって折角ファンタジーの世界に来たんだからさ、俺のアナル処女をフタナリ爆乳のお姉さまのエルフとか絶倫女戦士とか、ロリババアのサキュバスとかに奪って欲しかったよ……。

（なんで男だった頃の記憶を持ったまま、男に犯されなきゃなんねぇんだ……）

そんな事を考えながらも、俺はスノーホワイトの健気な瞳で叫ぶ。

「おねが……いっ！　つらいの、はやく、いれて……！」

「そんなに私のコレが欲しいのなら、貴女も女です。女の武器を使って淫らに私を誘惑してごらんなさい」

イルミナートはその猛り勃つ物を手に持ったまま、ソレをスノーホワイトの目の前で見せ付けるようにしながらうすら嗤いを浮かべた。

「そん、な……」

「ほら、これが欲しいんでしょう？」

男の剛直でペチペチと頬を叩《たた》かれる。

「う、うぅっ」

（親父にもぶたれた事がないのに、出会ったばかりの男にちんぽビンタされている……）

その屈辱に俺は内心ギャーギャー叫んでいるのだが、こんな酷い辱めを受けているというのにこのヒロインちゃんのエッチな体と来たら、またしてもお股をきゅんきゅんと疼かせていやがる。

その時、熱が冷めないスノーホワイトのあらぬ場所からとろりと蜜が滴り落ちた。秘所から零れ落ちる甘い媚液に、陰核の淫蕩虫がまたピクリと動く。俺は青ざめながら考えた。

（女の武器を使って誘惑って……）

ちんぽビンタの次はコレかい。

しかし、前世姉曰《いわ》く、この男は『白雪姫と7人の恋人』で一、二を争う人気キャラらしい。中でも18禁バージョンのエロは、彼の物が一番の人気だったとか。……姉をはじめとした乙女ゲーマー達の考えが、俺にはやはり理解できそうにない。

「ふむ、確かにその格好のままでは誘惑も出来ませんね」

そう言って、イルミナートはスノーホワイトを縛る麻縄を緩めた。大地に降ろされると、宙吊りにされた緊張感で、ずっと悲鳴を上げていた体の筋肉が解放された事を喜んでいる。

「ほら、女ならば女の道具を使って私を誘ってみなさい」

「う、うう」

「あなたも女なら出来るはずです」

（心は男です……っ！）

しかし地面に下ろされたとしても、スノーホワイトの手はまだ後手に縛られているような状態で縄に絡まっている。

――頭では「ありえねぇ」「この変態」と目の前の男を罵ってこそいるが、スノーホワイトの体は正直で、すぐさま体は動いた。スノーホワイトは体を捻って反転させると、大地の上でうつ伏せ状態となった。そしてそのまま腰だけ高く上げると、まだ脂肪の層が薄く、肉がのりきれていない双尻を男に突き出した。自ら恥ずかしい部分を全て男の前で晒《さら》し、恥辱と羞恥に震えながら俺は言う。

「イルミナート、様」

「はい」

「お、おねがいです！　スノーホワイトのこのいやらしい場所を、イルミナート様のモノで、どうか可愛がってくださいませ……っ！」

（これでいいんだろ⁉）

言ったぞ、俺頑張ったぞ！　だからさっさと挿れやがってください！　――しかし。

「うーん、不合格です」

「え、えええええ⁉」

（この男、昨日まで処女だったスノーホワイト（ってか俺）にもっと卑猥な事言わせるつもりかよ⁉）

思わず後を振り返ると、男はキラキラと輝かんばかりの笑顔で言う。

「次はもっと頑張りましょう」

「う、うう」

俺は前世の知識を総動員し、エロ本やＡＶで見たいやらしい言葉を必死に思い浮かべては頭の中で組み立てた。

「イルミナート様！　わ、私のこの穴は、あなた様を悦ばせるための玩具です！　どうぞお使い下さいませっ！」

「ふむ。続けて」

（まだ駄目なのかよ！）

俺は必死に必死に考えた。ここは乙女ゲームの世界だし、姉ちゃんが本棚の奥に隠していたTLとかハーレクイン的な単語を使った回答の方が良いのかもしれない。

「誘い水でとろとろに蕩けきったスノーホワイトの恥ずかしい部分は、もう男性を受け入れる準備が出来ております！　どうかあなた様の雄健で魁偉《かいい》なる物で、蜜で溢れかえった私のいやらしい肉壺をグチャグチャに掻き回して下さいっ！」

（これでどうだ⁉）

――これで駄目なら俺の貧しい語彙力と、エロ知識ゼロのスノーホワイトちゃんの頭じゃもうどうにもならないぞ……！　頼む、どうかこれで勘弁してくれ！

祈るようにギュッと目を閉じると、後からフッと息が漏れる音が聞こえた。

思わず首を捻り後を振り返ると男は笑っていた。

（や、やっとOKですか……？）

泣き笑いする俺に彼はやけにキラキラした笑顔で言った。

「合格です」


って、どこまでも続かないで下さいお願いします

「にしても、一体どこでそんないやらしい言葉を覚えてきたんでしょうねぇ、この子は」

「え、や、それは」

クスクス笑いながら、男はスノーホワイトの双尻を摑み――

「仕方ない。そこまで言うのなら、あなたのそのイヤらしい穴を使ってさしあげましょう」

「っひ、あぁ！」

ずちゅっ、ぎゅち……！　ぐち、ずりゅっ……！

彼女の膣奥を、その凶悪な肉槍《にくそう》で攻め込みだした。

「あっあっ、ぅあ、あ、や！　やぁっ！　……ん、んんっ！」

イルミナートの台詞に「何を言ってるんだこいつは」と思いこそすれど、ずっと待ち焦がれた物で一気に奥まで貫かれて、激しく体を揺さぶられてはもう声は止まらなかった。

淫蕩虫も気持ち良かったが、あれは最終的に女の体が男の精を強請るように出来ているのだろう。悦くなれば悦くなるほど、絶頂を迎えれば迎えるほど、中の疼きが増していき、男根が欲しくなるという恐ろしいものだった。

「さて、こちらも弄ってさしあげましょう」

「ひゃぅっ！」

イルミナートはまだ幼さの残るスノーホワイトの硬い乳房を、後から両手でスッポリと包み込む。汗ばんだ乳房をやわやわと優しく揉まれていると思えば、ふいに指先で強く乳首をつままれ、玩ぶように指で転がされながら後から激しく突かれ続け——そうしている内に、また俺の思考回路はまともに働かなくなっていく。

スノーホワイトが感じはじめると花芽に貼りつきっぱなしの淫蕩虫も、また激しい動きを取り戻していった。

にゅるにゅると筆先のような触手で、彼女の一番弱い部分を擽り続ける。

(悦《よ》すぎて、つらい……っ！)

淫蕩虫とイルミナートの責め苦に、涙がボロボロと溢れて止まらなかった。

「は、ぁっ……いるみ、さま！」

男は些《いささ》か乱暴に、スノーホワイトの双乳を鷲《わし》掴みにする。指をその柔らかな柔肌に食い込ませ、意地の悪い口調で彼は言う。

「どう、しました？」

「おねが、おねがいです、早く、むし、とって……！」

(このままじゃ気が狂う……！)

「それは出来ませんねぇ、さっきも言ったでしょう？　これをつけているだけで女は淫らになり、肉の洞は締まり、膣襞《ひだ》の収縮も格段に良くなる。開発されていない処女でも、人形のようにつまらない女でも、誰もが皆、男を喜ばせる優秀な道具となるのです」

「そ、そんな」

耳朶《みみたぶ》を擽る男の言葉も、男の吐息も、今のスノーホワイトの官能を高めるものでしかなくて。イルミナートの言葉一つ一つに、スノーホワイトの腰はびくんびくんと跳ね上がる。

「そして、は、あ、このようにドロドロと、迎え水の量も、増えるんです。――もっとも、あなたはこんな虫なんて必要のない、随分と感度の良い体を、お持ちのようですが」

「じゃあ、とって、……くださっい、よぉっっ！」

泣き叫ぶスノーホワイトに、男がフッと笑みを漏らす音が耳のすぐ傍に届く。

「それは出来ません。これは、悪い泥棒さんへのお仕置きですからね」

「ひぅ、あっ、あ、あひっ……い、あああっ！」

耳朶を口に含まれながら、きゅううっと強く乳首を抓《つね》られて、スノーホワイトの口から悲鳴のような嬌声が漏れる。

（だから俺、野菜なんて盗んでないっ！）

「ああっ、やはりりこのカナリアは、とても良い声で、啼《な》きます、ね」

「きゃうっ！　だめ、だめですっっ！　いや、いやぁっ！」

スノーホワイトのその声がどうやら男は気に入ったらしく、もっと啼かせようと彼女の胸の飾りに爪を立てる。男に乳首をイジメられながら背後から激しく突かれていると、また視界の端っこで何かがパチパチいいはじめた。

「いい、ですよ、とても良い声だ。ほら、もっと鳴きなさい、カナリア」

「いやぁ、いや！　はやく、むし、とってぇっ！」

（い、イク……！）

突かれれば突かれる程、溢れ出す秘所から蜜の量も増え、花芽の上で動く淫蕩虫の動きもまた激しさを増していく。

（だめだ、これじゃ、本当に悦すぎて頭がヘンになる……っ！）

「とってぇ！　おねが、い……っ、とって、くださ……っ！　わた、し、おかしく、なっちゃうっ！」

「淫蕩虫から開放されたければ、早く私を満足させる事だ」

「う、うう」

ここまできたら恥じらいも何もなかった。スノーホワイトは自分から腰を動かしだす。しかし彼女の上体は、地面についたままだ。――上手く腰が振れずにスノーホワイトが呻《うめ》くと、イルミナートは背中で戒められた彼女の両の手首を掴み、ぐいっと自分の方へと引き寄せた。スノーホワイトの上体は後方へと引き起こされ――

「あ、ひあっあああ、あ……っっぅ！」

いっそう深く子宮口を抉られ、目の前が真っ白になった。

「いい、いいですよ、いいですよ。とても、いい。――淫らで、ふしだらで、貪欲で、貴婦人にあるまじき、この姿。あなたは本当に私好みだ」

「ひあっあ、あ、や、やぁ！　もう、ゆるしてぇ……っ！」

男はスノーホワイトの言葉を無視し、彼女の手首を掴み自分の腰に引き寄せながら腰を動かし続けた。「イったからもうやめてください」と譫言《うわごと》のように呟き続けるが、男の甘い責め苦は終わらない。

「それにしても、どうしましょう、ねえ。――本当は、うちの男どもの慰み者にしようと、思ったのですが、……これは、独り占めしたくなってきました」

向こうも絶頂が近いのだろう。男の動きは更に激しくなっていく。

「こんな相性の良い体、手放せません」

「あああああああ！」

スノーホワイトが再度昇りつめた瞬間、男も同時に果てたようだった。


「は、はぁ、はあ、……お、おわり……ました？」

男が抑えていた手首を離すと、スノーホワイトの体はぐったりと地面に落ちた。

イルミナートが自身の灼熱《しゃくねつ》を引き抜いた瞬間、充血の引きさらない肉の合わせ目がほころんで、自身の秘所からとろりと白い残滓《ざんし》が洩《も》れるのを感じた。

一息吐く音が背後から聞こえる。

「いるみ、なーと、様……」

信じられない事に、痙攣が止まらないスノーホワイトのこの体はまだ男を求めていた。

これもそれも何度達しても、未だ花芯の上で蠢き続ける淫蕩虫のせいだ。助けを求めるように目で訴えると、何も言わずとも理解しているといった顔で微笑みながら男はスノーホワイトを戒める縄をナイフで切り裂いた。

「さあ、次は仰向けにおなりなさい。――お望み通り、あなたの女肉使って沢山遊んでさしあげましょう」

（ちょっと待て……っ！）

「虫を取ってくれるって、やくそくは……っ⁉」

「私はまだまだ満足していませんよ？」

「そんな！」

ずりゅっ！

また男の容赦ない灼熱が埋め込まれ、スノーホワイトは泣きながら地面の上で首を横に振り続けた。

「嫌だとは心外だ。ほら、あなたがあんなに欲しがっていた生身の男の肉だ、もっと味わいなさい」

「ひあっあああ！」

パンパンと肌と肌が打ち合う音、止まらない淫猥な水音と嬌声。水晶玉のような透明な汗が二人の間で弾ける。

「いい、本当にいいですよ、スノーホワイト」

男はスノーホワイトの太股を持ち上げると自分の肩に乗せた。

「――っ⁉」

体位が変わり、深く挿し込まれた瞬間またしても意識が飛ぶ。

「そういえば折角挿れてやったというのに、まだ感謝の言葉もありませんねぇ、なんて礼儀知らずな娘でしょう」

男はまたスノーホワイトの乳首を摘む。摘んでは離し、摘んでは離し、そんな風にからかうように体を玩ばれるのが嫌で、そんな馬鹿にされているような愛撫でも感じまくっている自分に耐えられず、俺は自ら男の首に手を回し体を密着させる。

「あ、ありがとう、ございます！　私のからだを、つかって、たくさんっ、楽しんでくださ、いっ……！」

「そうですか、良い心掛けだ。――ならば、もっと淫らに啼いて私を悦ばせなさい」

「は、はい……っ！」

一体いつになれば淫蕩虫からも、この男からも解放されるのだろうか？　男にしがみ付き、揺さぶられながら、そんな事を思った。

あの王子にイルミナートに、連日連続で啼かせ続けられたせいか、酷く喉が痛かった。もう声を出さなければいいのだと頭では理解しているのだが、スノーホワイトの甘い悲鳴は彼女が気を失うまで止まる事はなかった。

王子はイクよ、なんどでも

「私のシュガーが野菜泥棒？　可哀想に、お腹を空かせていたのかな。言ってくれれば私が何か出したのに」

「しゅ、シュガー……？」

「ところで、何故イルミが私のシュガーと一緒なの？」

「……アミー様、貴方と彼女は一体どのような関係だというのです？」

「どのようなって、将来を誓い合った仲だけど」

「あー……もしや、スライムから彼女を救ったというのはアミー様なのですか？」

「ああ、そうだよ。命を救うためとはいえ、私は彼女の処女を奪ってしまったからね、責任を取って結婚する事にしたんだ」

「アミー様は相変らず責任感が強いですねえ」

「ははは、そんなに褒めるなイルミ」

「いえ、嫌味のつもりだったんですが」

どうやら俺は気を失っていたらしい。目を覚ますと近くで男が二人、何やら話しているようだった。聞き覚えのある男達の声と、見覚えのある天井に頭が痛い。

（ええっと……）

薄目を開け、俺は口論を続ける金髪と黒髪の美男を確認した後、また目を伏せた。現実を見たくなかった。

「私は森の中で彼女に会ったのですが……失礼ですがアミー様。彼女はアミー様と結婚をしたくなくて、この部屋を抜け出したのでは？」

「はあ？　何故そう思うんだい？　私とシュガーは将来を誓い合った仲だと言っているだろう」

誰がいつお前と将来を誓い合った、この抜け作。

「いやぁ、恐らくそれは勘違いだと思われますね。——何故なら」

「何故なら？」

「彼女はもう、私から離れられない体だ」

「はあ？　何を言っているんだお前は」

（まったくだ、得意げな表情で一体何を言っているんだこの眼鏡）

狸寝入りする俺の脇で、男達はスノーホワイトの所有権を主張し、口論をはじめた。

まあ、ここまで来たら認めよう。認めるしかない。女体やばい。女体気持ち良い。ちんぽも挿《い》れてみたら、実はそんなに悪い物じゃなかった。——それでも俺の恋愛対象は男にはならない。

「薄紫色の触手」

「う」

「催淫効果を持つスライムは、薄紅色の触手だ。……彼女を騙して手篭《てご》めにした男が良く言います」

「い、いやぁ、実は森の中が暗くて見えなかったんだよ」

「目が泳いでいますよ、アミー様」

「いや、本当だって。最初は気付かなかったんだ。気付いた時にはもう彼女の純潔を奪っていたし、それなら中途半端に終わらせるのは逆に失礼かなって」

おい、ちょっと待てこのちゃっかり屋さんが。

「……どういう事ですか？」

むくりと起き上がり半眼で王子を睨むと、アミール王子はパアア！　と顔を輝かせた。

「起きたんだね！　おはよう、私の白砂糖姫《シュガー》」

「だからその呼び方やめろよ気持ち悪い！」

「へ？」

思わず素が出てしまった。

「よくもそんな適当な理由で処女を奪ってくれたな！　この抜け作！」

「だから責任は取ると」

「そういう問題じゃない！　こっちにだって選ぶ権利はある！」

俺の言葉にアミール王子は、目をぱちくりと瞬かせる。

「シュガーは私の事が嫌いなのかい？」

「嫌いとかそういう問題じゃなくてだな」

「私はずっと、あなたと再会する日を心待ちにしていたのに。シュガーは私の事を覚えていないの？」

「は？」

——その時。

ブワアアアア！　と、頭の中にお花畑の映像が広がった。うふふ、あははとその花畑を走る少年と少女。

『×××さま、待って』

『あはははは、こっちだよ！　早く！』

少女の方は言わずと知れず幼少期のスノーホワイトだ。少年の顔はぼやけて見えないが、この髪色といい髪形といい、アミール王子である。花畑のど真ん中にある大きな木の下まで来ると、二人は腰を下ろした。

『はい、お花』

『×××さま？』

『じっとしてて』

『は、はい』

幼少期のアミール王子らしき少年は、摘んできた花をスノーホワイトの髪に刺す。

『やっぱり良く似合う、とっても可愛いよ』

『×××さまったら』

『十年後、この木の下でまた会おう。——その時は』

『その時は？』

『ふふ、今は内緒だ』

意味ありげな事を言って微笑むアミール王子らしき少年に、不思議そうな顔でこてりと首を傾げるロリーホワイト。――俺は理解した。

（これは、スノーホワイトとこの王子の過去ムービーだ……）

これは乙女ゲーやギャルゲーなんかによくあるテンプレなのだ。ヒロインとメインヒーローが実は昔からの知り合いで、小さい頃からそれっぽい仲で、将来の約束をしており、大きくなってから再会するとかいうベタベタな展開で、ある意味、この手のゲームのお約束なのである。

「私の事、覚えていない？」

その時、俺の頭の中に何故か三択が浮かんだ。

1「覚えています、あなたがあの約束の王子様だったのですね」

2「いいえ、覚えていません」

3「そういえば今朝の朝食は何かしら？」

腹の減っていた俺は、迷わず3を選択した。

俺の回答に、イルミナートがしてやったりといった顔で笑う。

「ほら、王子。みてみなさい、スノーホワイトは王子ではなく私が好きなのです」

「なんでそうなるんだよ」

俺がイルミナートを睨むと、彼は眼鏡をくいっと上げ直しながら言った。

「私と王子、どちらか選んでください」

すると、またしても俺の頭の中に三択が浮かんだ。

1「あなたよりも王子の方がマシです」

2「両方とも、ありえません」

3「(正直、淫蕩虫プレイだけはまたしたい……)」

俺は迷わず2を選ぶ。

「ぴろりろりーん♪」という謎の効果音と共に、王子と眼鏡が破顔した。

二人のバックには何故か上向きの矢印が見える。

(あれ、おかしいな。俺、選択肢間違えたか……?)

何故か、この二人の好感度的なものが上がってしまったような気がする。

＊＊＊＊

場面は変わってリンゲイン独立共和国、首都シャンティエルゴーダにあるシャンティエルゴーダ城。最上階にある、スノーホワイトの継母ことリディアンネルの寝室。

「はっ！」

「どうしました、アキ様」

ガバッ！　とベッドを飛び起きるアキに、鏡の妖魔もつられて起き上がった。

起き上がると神妙な顔で目元を押さえる主人の顔に、彼は戸惑う。彼は主人の寝顔を見つめながら、何やら決死の誓いを立てていた最中だった。

「そろそろだわ」

「な、何がです？」

「だから何がです……？」

「アキラ君の入ったルートの流れからして、そろそろくるはずなのよ……」

「アキラ君は、そろそろアミー様とイルミ様のどちらかを選ばなければならないという、つらい選択肢にブチ当たるの」

鏡の妖魔は、想定外のどうでもいい話に「はあ」と間の抜けた声で返事をした。

「実はね、どの選択肢を選んでも、18禁バージョンの『白雪姫と7人の恋人』は、ここから3Pに突入するのよ！」

「は？」

「鏡よ鏡、鏡さん」

「あの、王妃様、まさか……？」

「今のアキラ君の様子を見せて！」

「うわあああああ！　やっぱりィっ！」

鏡の妖魔は頭を抱える。しもべの心、主人知らずという奴である。

鏡に映された光景を見る限り、スノーホワイト達はまだ3Pには突入していなかった。

主人に隠れて、鏡の妖魔はこっそりと安堵の息を吐いた。主人はといえば、興奮した面持ちで拳を握りしめながら三人の会話を見守っている。

「凄い！　凄いわアキラ君！」

「な、何が凄いんです……？」

「二人とも拒んだ！　肉便器ルートに入らなかった！」

「は、はい？」

肉便……とか、なんだか凄い言葉が聞こえた気がする。ぽかんと口を開ける妖魔に、アキは人差し指を立てると得意気な顔で話しだした。

「私の前世の世界の乙女ゲーマー達はね、初回は必ずここで躓《つまず》くの。さっきのアキラ君には三択の選択肢があった。

1「覚えています、あなたが約束のあの王子様だったのですね」

2「いいえ、覚えていません」

3「そう言えば今朝の朝食は何かしら？」

ちなみに1を選ぶと王子に嘘がバレて好感度が下がる。2も王子の心は傷付いて、やっぱり好感度は下がる。3のとぼけた回答が正解なの。――アキラ君は見事に3を選んだ」

胸を反らして得意げな顔で話すリディアンネルだったが、彼女の使い魔は、ぷるんと揺れたたわわな乳房しか見ていない。内心「もう一回犯りたいなぁ」と思っている使い魔の心中を知る由もないアキの前世はオタクだ。自分の好きなアニメやゲームの話になると、空気を読む力がなくなり、興奮して早口で話しはじめて止まらなくなる。今もまた、使い魔が全く興味のなさそうな顔をしている事に気付かずに、彼女は早口で話し続ける。

「元々このゲームは個別ルートに入り個別キャラのTrue EDを見るのが難しい本格的な逆ハーレムゲームなのね、つまり選択肢を間違えるとすぐに逆ハーになってしまって本命キャラのエンディングには辿り着けないのよ。そうすると最終的にあの小屋で7人の男達の飯炊き係り兼性欲処理班として使われるEDになっちゃうのね、それが巷では肉便器EDって言われてて、それはそれで人気があったんだけど、でも、最後まで逆ハーレムを形成せずに、7人の恋人の親密度を等しく上げていくと」

「上げていくと？」

「大団円ED――つまり7人の恋人に求婚されて、7人の恋人達全員と結婚出来るっていうスーパー逆ハーレム重婚が見れるの！」

「え、えっと、つまり……？」

「アキラ君たら、順調にそのスーパー逆ハーEDの選択肢を選んでるの！　凄い！」

なんだかんだで付き合いの良い使い魔は、やや考えてから主人に問う。

「ちなみにアキ様。……その肉便……EDと、重婚EDってどう違うんですか？」

彼の主人は目を輝かせると、唾を飛ばしながら話しはじめた。

「よくぞ聞いてくれました！　とても良い質問です！　まずはエッチなイベントが増えて

エロスチルがたくさん回収出来るでしょ？　あとはエッチがより濃厚になって、7人の愛が溺愛から超溺愛になるって違いで、あ、あとはその最難関重婚EDを見る事によって、声優さん達の作品インタビューと甘い囁きが聞けるっていう特典があって、あとは」

「……もういいです」

ひたすら続く主人のオタトークに、流石の彼も疲れてきたようだった。

――この二人の会話をアキラが聞いたら、卒倒するかもしれない。

って、いい加減終わりにしましょうお願いします

「スノーホワイトはどうやら私達二人を選べないようだ」

「そもそも選びたいと思ってないしな」

「どちらにせよ彼女に選んでもらうしかないね」

「いや、だから選びたくないんだけど」

真顔で答えるが、どうやら男達には俺の言葉を聞こえていないらしい。右の肩はやるせなさそうに息を吐く王子に摑まれ、左の肩は自信に満ち溢れた顔で嗤う眼鏡に摑まれる。

（ん？）

気が付けば、俺の脚は宙にプラプラと浮いていた。

長身の二人の男に抱えられるようにして向かう先は、またしてもベッドである。

（おい、待て）

自分の顔が青ざめていくのを感じた。

（ま、まさか……？）

「前から思っていたけど、イルミはもう少し主人である私を立てるべきだ」

「それをいうのなら、アミー様はもう少し配下の者どもに施されるべきです」

「分の過ぎた施しは、本人のためにならないというだろう」

「無報酬でこんな僻地《へきち》まで付き合ってやっている臣下によくそんな事が言えますね、あんた……」

「あははは、それを言われると痛いなぁ」

「それに私には男を勃《た》ててやる趣味はない」

「イルミは相変らず上手い事を言うなぁ。――じゃあ私を勃《た》てる役目はシュガーにお願いしようかな？」

（眼鏡はともかく、王子様も案外お下品！）

二人はスノーホワイトの体をベッドの上へと下ろした。アミール王子は俺にそのまま覆いかぶさってくると、またあの触れるだけの甘いキスをはじめる。

「もしかして怯えているの？　大丈夫だよ、怖い事なんて何もないから」

青い顔で口を噤《つぐ》むスノーホワイトに、なにやら勘違いしたらしい抜け作は宥めるような優しいキスを繰り返す。

（いや、怖いから。男に襲われてる時点で既に恐怖だから。ホラーだから）

「いやです、こわい……」

「安心して、優しくしてあげる」

「そういう意味じゃ」

アミール王子の後で舌打ちをしながら、上着のボタンを外していくイルミナート。

「勃てるって、私はなにを……？」

何をさせるつもりだろう。

（フェラか？　フェラなのか？）

自然と顔が引き攣り、腰が引いた。淫蕩虫がついていた時は、訳が判らず無我夢中で鬼畜宰相のモノをしゃぶっていたが、今のスノーホワイトの秘所にはあの虫はついてはいない。流石に正気のまま男のモノをしゃぶるのは、俺にはまだ不可能だ。怖い。ちんぽ怖い。ママン助けて。

および腰になるスノーホワイトの腰を抱き寄せると、王子は甘く目を細めながら微笑んだ。

「私に素直に身を任せるだけでいい、さっきのように」

その言葉を聞いて、とりあえずフェラではない事に安堵する。

ここは乙女ゲーの世界だ。しかも18禁の恐ろしい乙女ゲーの世界だ。——男二人のモノをダブルフェラでもするエロイベントでも発生したのかと、俺は怯えていた。両手にちんぽとか全く嬉しくないです。

「ぅ……んっ！」

触れるだけのキスはいつしか快楽を貪る為の、深いものへと変わっていく。頭がクラクラしてきて、ろくな思考が働かなくなった辺りで王子はやっと解放してくれた。

「今から私達はシュガーにどちらがイイか選んでもらうだけだ。……きっと私が勝つから安心して？　シュガーはただ、私の名前を呼び、私の事だけ感じてくれればそれでいい」

どうでもいいが、俺の腰にまたこいつの硬くなった凶悪な武器が当たっている。布越しにグリグリと押し当てられる熱に「こんな小綺麗な顔の王子様であってもやはり男は男で、例えそれが異世界であっても、乙女ゲームの中であっても、世の男達のヤル事は変わりがないのだ」という、あまり知りたくもなかった現実を知った。

王子の張ったズボンのテントの先が、何も下着をつけていないスノーホワイトの花芽に擦れて、またしてもこの敏感体質っ子の体は高ぶりはじめる。スノーホワイトの口から、自然と甘い吐息が漏れた。勝手に浮いてしまった腰に気付いて渋い顔になる俺を見て、王子様は微笑んだ。

「もう私が欲しくなっちゃった？」

「ち、ちが」

「本当に？」

否定するとツツツ、と花溝をなぞられて、出来る事ならば一生知りたくもなかった何かが俺の背筋をゾクゾクと駆け上がる。――その時。

「勝手な事を言わないで下さい」

上着を抜いたイルミナートが、いつの間にかベッドの上に居た。

スノーホワイトの足の甲に口付けるその眼鏡に、俺は目を剝く。麻縄、淫蕩虫とずっと鬼畜続きできたせいだろう。俺は大層驚いた。そのまま男は王子とスノーホワイトに見せ付けるように、彼女の足首を持ち上げると太股に舌を這わせる。

「んんっ」

そのいやらしい舌の動きに、思わず声が漏れてしまった。

イルミナートは太股の付け根まで舐め上げると、スノーホワイトの脚をベッドに降ろし、また彼女の足の甲に口付ける。まるで下僕が主人にするようなキスに俺は呆然とする。

「彼女の体はもう私のものだ」

そのままスノーホワイトの足指をしゃぶりだすイルミナートの姿に、「あれ、あんた鬼畜だけの男じゃなかったんですか？　尽くしちゃう夜もあるんですか？」と、驚きのあまり声が出ない。ふと、こちらを見上げる男と目が合った。レンズ越しの瞳の熱に、また俺の認めたくない何かがゾクゾクッと背筋を這い上がる。

王子はイルミナートを見て「はあ」と溜息を吐くと、まるで駄々っ子をあやすような口調で肩を竦める。そしてスノーホワイトの秘唇にある色あざやかな尖りを、指でツンツンと押しながら身を起こした。

「きゃうっ」

声を上げるスノーホワイトに彼は「後でね」と言いながらにっこりと微笑む。

（人の体で遊ぶな！　エロ！）

と思うのだが、そんな些細《ささい》な刺激にも反応してしまうこの体の悲しさよ。

「この女の体はもう私から離れられない。――そうでしょう、スノーホワイト」

「相変らずイルミは自信家だなぁ。女性は初めての男を一生忘れられないって話を聞いた事はないか？」

「それは世の男達の都合の良い幻想です。初めての男よりも、自分により深い快楽を与えた男の方が、女の記憶に残り続ける」

「私は自分がイルミよりも快楽を与えていないなんて一言も言っていないんだけど。ねえ、シュガーも私の方が良かったでしょう？」

「そんな事ありませんよね、スノーホワイト」

勝手な事を言いながら、男達はまるでバナナの皮を剝くようにスルスルとスノーホワイトの服を？いでいく。

俺は今、何をすればいいのだろうか？　恐らくフラグを折ればいいのだ。

（でも、どうやって……？）

もう、既に３Ｐイベントのようなものははじまっている。

「可愛い、可愛いよ私のシュガー」

「スノーホワイト、貴女はここが悦いのでしょう？」

男の四本の手で玩ばれ、蹂躙されて行く乙女の白い肌。口では「嫌だ」と言っているのに、男の味を知ってしまった体は、来るべき快楽の予感にどんどん熱くなっていく。あまく疼きはじめたその場所からは、男達を誘うように熱い滴が溢れ出す。

「ねえ、どっちがいいの？」

「選んで下さい」


夢にまで見た３Ｐだが相手がまた男というオチ

「さてと、ではまず私から。シュガー、私の良さを思い出させてあげるよ」

「いえいえ、毒見役は臣下の勤めです、私が先にスノーホワイトをいただきましょう」

「……。譲れイルミ」

「いえいえ、これは臣下の勤めです。王子を思えばこその決断です」

「よく言う」

バチバチと二人の間に火花が散る。俺はベッドの上でぐったりとしながら、二人の男のアッホウな戦いを見守っていた。それから二人はまずどちらが最初にスノーホワイトに突っ込むか、真剣に話しはじめた。散々乱されたスノーホワイトの呼吸も落ち着いて、体の熱もやや冷めてきた頃、二人はコインで決める事にしたらしい。

「ではいきますよ」

イルミナートがコインを宙に放り投げる。彼がコインをキャッチした瞬間、アミール王子が口を開く。

「表」

「では私は裏で」

イルミナートが手の平を開くと、出てきたコインは裏だった。

にんまり笑う眼鏡に、悔しげな表情で唇を噛み締めるアミール王子。

「まあまあ、そんな顔をなさらないで下さいよアミー様。あなたにもお手伝いしていただきますから」

イルミナートはそう言うと、スノーホワイトの背中から腋の下に手を入れて、彼女の体をベッドから抱き起こした。ぐったりしたまま動けない俺は、そのまま男に身を任せ――って、おい。待て。ちょっと待て。

イルミナートの奴は、なんたる事かスノーホワイトの両膝の裏に手を入れて背後から持ち上げたのだ。まるで女児におしっこをさせる時の格好、とでも言えば伝わりやすいだろうか。ちなみに今、スノーホワイトは全裸である。つまり、奴が膝を持ち上げた手を大きく広げれば、必然的にスノーホワイトの脚も大きく開かれ……。

「きゃあああっ⁉」

スノーホワイトの剝き出し陰部が、アミール王子の目の前に晒される。瞬間、王子の顔がパアアア！　と輝いた。

「ちょっ、駄目です王子！　見ないで⁉」

「ごめんねスノーホワイト、これは不可抗力だ。恨むならイルミを恨んで。――で、イルミ。私は何をすればいいの？」

おいこの抜け作！　お前、随分楽しそうな顔してるな！

超笑顔だな！　くそ、くっそっ！

「そうですね、私が挿れましたら王子は彼女の前から可愛がってやって下さい」

「了解」

「では挿れますよ、スノーホワイト」

「ちょ、ちょっと待って⁉」

イルミナートはそのままベッドに腰を下ろすと、スノーホワイトの体をゆっくり下へと下ろしていく。ベッドの上に胡坐をかいて座った自分の元。猛り勃つもの上へ、ゆっくり、ゆっくり、ゆっくり――。

にゅち……。

男の物の先端がドロドロに溶かされたスノーホワイトの柔肉に触れた。

「ひゃうっ」

「おや、お嫌なのですか？」

クスクスと笑いながら、男はスノーホワイトの秘唇を玩ぶように自身の先端でツンツンとつついては彼女の体を持ち上げ、つついては持ち上げを繰り返す。

「い、いるみっさま……⁉」

思わず首を捻り後を振り返って奴を睨むと、イルミナートは愉しそうに笑うばかりだ。

「どうしたのですか？」

「どうしたって……！」

「嫌だったのでは？」

（こ、こいつ……）

握った拳がブルブルと震えた。

悲しい事に男達により蕩けさせられたこの体は男を欲しがっている。俺は「早くいれて」と喉元まで出かかった言葉をぐっと飲み込み、男の手から逃れようと試しに暴れてみる。

しかし身長は百五十センチメートル少々しかなく、体重も四十キロちょっとしかない小柄なスノーホワイトの体では、鬼畜宰相の体に敵うわけがない。控えめに見積もってみても、奴の身長は百八十センチメートルはありそうだ。体重だって、スノーホワイトより、十キロから二十キロは多いだろう。

「やめて、くださいっ！」

「ほう、やめてほしいんですか？」

身を捩っても男の体はビクともしない。イルミナートはそんなスノーホワイトを窘《たしな》めるように、より一層彼女の脚を大きく開き、今度はそのそそり立つ肉棒で彼女の感覚の中心に触れた。

「――っ！」

そのまま花溝の間に肉棒を縦に添えるようにして据え置くと、男は腰を動かしだした。

そんな事をされると必然的に、秘められた花の頂点にあるスノーホワイトが一番弱い部分もグリグリやられる事となって、――こうなってしまうと、もうこの体は駄目だ。

「いや、いあ、あっあぁっん！　やん、やぁあっ！」

首を横に振っていやいや言うが、彼等にはスノーホワイトは嫌がっているようには全く見えないだろう。俺がこの男達の立場でも、こんな女を目にしたら絶対に嫌がっているとは思わないと思う。あんあん喘いで悦んでいるようにしか見えないと断言する。

イルミナートの物はスノーホワイトの蜜ですぐにドロドロになり、すべりが良くなった肉棒が花溝を擦る度ににゅちにゅちと部屋に卑猥な音を響かせた。

「いや、いやです、やめ、て……っ！」

「気持ち良いんですね。そうですかそうですか、それは良かったですねぇ」

「ちが、ちが、……う、のっ！」

「はいはい、分かってますよ。――ところでアミー様、彼女の股の付け根はどんな具合ですか？」

「な……!?」

そう言って、男はスノーホワイトの膝を持ち上げると彼女の花溝に添えた自分の物を反らし、王子に改めて彼女の秘所を見せ付けた。

「こちら側からだと見えないので、どうか王子が説明して下さい」

「そうだねぇ……」

王子は顎に手を当てると、いたって真面目な顔で答えた。

「白い雪のような美しい肌の中央には、一筋の割れ目がくっきりと浮き上がっていて」

その真面目な口調とは打って変わって悪戯な指が、ツツと秘裂をなぞる。

「私が昨日散らした無垢の花の上には色鮮やかな珊瑚珠が一つ、ちょこんとあってね、それがとても愛らしい」

秘裂をなぞった指は、妖しい動きでその珊瑚珠とやらを押し潰す。

「くぅっ……んん！」

思わず声を漏らしてしまったスノーホワイトの反応を楽しむように、王子は秘所からあふれ出した蜜を指で掬《すく》うとその部分に塗りつけてくにくに弄り出した。

「ぷっくりとしてとても可愛らしい小粒なのだけれど、何故だろうな。不思議な事に今は少し腫れ上がっているようなんだ。そのせいでその肉の珠にかぶさっている三角の苞《ほう》がサイズアウトしてしまって、下から顔を半分覗かせている」

真顔でとんでもないエロを言い出した王子様に、俺は開いた口が塞がらない。

「可哀想に。――これは戻してあげた方がいいのかな？　それとも全部剝いてあげた方がいいのかな？」

「ひっ……あっあぁ、や、やだぁぁっ！」

――こいつ……、やっぱり確信犯だ！

王子はニコニコ笑いながら、スノーホワイトの屹立《きつりつ》した花芽に苞を被せてみたり、剝いてみたりして捏《こ》ねくり回す。

「どうなの？　どうして欲しいの？」

「王子……！」

「ん？」

なんともわざとらしい事を言いながらスノーホワイトのクリトリスをいじくりまわす王子を真っ赤になって睨むと、彼は笑顔のまま首を傾げた。

「そんな顔をして。……シュガー、どうしたの？」

「どうしたって……！」

「やっぱりコレは全部剝いて、今朝みたいに可愛がって欲しいのかな？」

（やっぱりこの抜け作、こいつ、天然のフリした曲者だ……！）

ギリギリと歯を食いしばりながら王子を睨むと、耳元でくすりと嗤う音がした。

「アミー様、続けてください」

イルミナートに続きを促され、アミール王子は笑顔のまま続ける。

「酷い男《イルミ》に暴かれてしまった乙女の秘肌は、発情をあらわに赤らんで濡れそぼっている。花びらの奥からはとめどなく花蜜が溢れて、入り口は先程からずっと物欲しそうにヒクヒクいってるよ」

「そうですか、流石はアミー様。非情に判りやすかったです、懇切丁寧な解説どうもありがとうございました」

「どういたしまして」

「いやぁ、こちらからは見えないので困っていたんですよねぇ」

「困った時はお互い様だよ」

そのままはっはっはと朗らかに笑う男達に、思わず俺はポカンとしてしまう。

おい何故だ。さっきまでスノーホワイトを巡って、バチバチやってただろお前等。それなのに何なんだよ、この和やかムード。

もしや逆ハーメンバーが全員揃《そろ》っても、皆、こんな感じになるのではなかろうか？　なんだかんだ言いつつも、最終的には7人で仲良く、スノーホワイトを共有する事になるのではなかろうか？　もう、嫌な予感しかしない。


夢にまで見た2穴攻めだが相手がまた男（略）

イルミナートは王子と楽しそうに笑い合った後、こちらを見下ろしながら晴れやかな笑顔のままで言う。

「スノーホワイトも良かったですね」

「何が良いんだ！」

「自分では自分の様子はよく分からないでしょう?」

「分かりたくもない！」

思わず素で叫んで返すが――

にゅちっ！

「っあ！」

そんな反抗的な態度を窘めるように、また男の肉で肉芽を擦られて声が上がった。その後もイルミナートは焦らすばかりで、中々その熱杭の上にスノーホワイトの体を下ろして、その熱い肉を埋め込んではくれなかった。彼はスノーホワイトの太股を持ち上げたまま、熱いものの先端で玩ぶように花びらを掻き乱す。自分の物を蜜で濡らされた仕返しとばかりに、自身の先端から浮かび上がった悦びのほとばしりをスノーホワイトに擦り付けては、腫れあがった花芽をからかうようにつついて遊ぶ。秘所から溢れた蜜と男の物で、滑りがよくなった熱い物で、にゅるにゅるやられていると、スノーホワイトの呼吸は乱れに乱れ、たまに漏れるだけだった嬌声も次第に止まらなくなっていった。

「シュガーの下のお口は正直でとっても可愛いね、もう我慢出来ないってさっきからパクパクいってるよ」

そしてそんな痴態を、アミール王子に間近で見つめられ、笑顔で実況中継をされ続け。なんという辱めだろうか——と思うのだが。人に見られるというのは案外興奮するものらしく、自分の恥ずかしい場所や恥ずかしい体の反応を見られ、そしてそれをいやらしい言葉で辱めるように告げられるとますます体の熱は更に昂っていった。

（ありえない……）

昨日から何度もそう思ったが、ありえない事に俺は男との3Pで感じまくっていた。

「ひぁっ」

秘裂を擦って遊んでいた先端が、蜜をいっぱいに溢れさせている部分に当てがわれた瞬間、喉が引き攣り、期待で体が震える。しかしイルミナートは赤黒い物の先端のほんの先っぽだけを挿れただけで、すぐに抜いてしまった。

「ふぇ……？」

にゅち……にゅぷん。

最初は間違って挿れてしまったのかと思ったがそうではなかった。男はわざとらしく先っぽだけ挿れては抜いて、挿れては抜いてを繰り返しはじめた。

「み、なーと、様……っ⁉」

チロチロと燠火にくすぶられるように奥がむず痒く、思わず恨みがましい声が上がる。

「どうしたのですかスノーホワイト、言ってもらわなければ分かりませんよ」

「うううううっ」

（こ、こいつ……！）

「るみ、さま、……っやだ、やぁ、や、ぁ、んんっ！」

「はいはい、どうなされたのですか？」

「うっ、うう」

しばらくそのまま焦らされて、焦らされて、焦らされて――俺はすぐに墜ちた。

「いっ、い、いるみ、なーとっ……さまぁ」

「どうしたのですか、スノーホワイト」

「いっ、いれて、いれてくださいっ」

腰をくねらせ自分を求めるスノーホワイトに、鬼畜宰相は優越感に満ちた瞳で笑う。そしてスノーホワイトの痴態を楽しげに見守っていた王子に、得意げな顔で言い放った。

「ほら、見てください。スノーホワイトはこんなに私を欲している」

「え？　ああ……いや、でも私が同じ事をしても彼女は同じ反応みせると思うけど」

きょとんとするだけの王子の反応に、イルミナートはつまらなそうな顔をすると、またスノーホワイトの中に自身の先端を埋め込んだ。

肉が粘膜にめりこみ、にゅちっといやらしい音が鼓膜に届く。

「どうされたいのですか？」

「おく！　おくまで、挿れてくださいっ！」

「仕方ないですねぇ、本当に欲しがりなお姫様だ」

やれやれ、と言いながら脈動する雄で一気に奥まで貫かれる。

「あっあああああああっ！」

ずっと求めていた物を、深く、奥まで挿れられて。耐え切れずに恍惚の声を漏らしてしまう。満たされていく充足感に涙がボロボロ止まらない。

イルミナートはそのまま腰を動かす事はせずに、スノーホワイトの脚を改めて大きく広げてベッドの上に座り直した。一度達したスノーホワイトに「良かったねぇ、シュガー」とニコニコと眺めていた王子に、男はとんでもない事を言い放った。

「さあどうぞ、毒見はすみましたよ。王子、召し上がってください」

「なっ⁉」

「あれ、もういいの？」

「ええ、彼女は男を咥え込んだ状態のまま、陰核を愛されるのがお好みのようなので」

「ちょっと⁉」

「——では、遠慮なく」

王子と目が合った。

「イルミのだけじゃ駄目だよ。私の愛も受け取って？」

「な……！」

アミール王子はにっこりと微笑むと、イルミナートの後ろから羽交い絞めにされたまま熱杭を埋め込まれたスノーホワイトの陰部に顔を埋めた。

「まずはたくさんキスしてあげる」

「や、やめ！　い、ひぁっ！」

チュッチュとわざとらしい音を立てながら、一番敏感な部分に口付けられて。中ではみっちりと埋め込まれた男の肉に、子宮口をぐいぐい圧迫されて。同時に、後ろからやわやわと胸を揉まれながら耳朶を甘噛みされて。

(なにこれ、気持ち良すぎる)

どうしよう、半端なく気持ち良い。３Ｐ、至れり尽くせりで意外に悪くない。

(これならあと、一人くらい恋人増えても悪くないかも……って、俺、今何考えた？　ないだろ。ないないないない、絶対にありえない！)

男とのセックスどころか、男との複数プレイにまでそんな淡い期待を感じはじめた自分に俺は身震いした。

慣れとは恐ろしいものだ。いや、もっと恐ろしいのはこの乙女ゲームの世界なのだが。

「や、んんっ、ひぁ、っ、んぁ、あ！」

「ふふふ、私の方が良いでしょうシュガー」

「いいえ、スノーホワイトは私に動いて欲しいようだ」

昂る体の熱も、甘い悲鳴も、もう止まらない。

(い、イかせて……！)

きっと王子が花芽を軽くしか刺激しないのも、イルミナートが埋め込んだ熱杭を動かそうとしないのも、自分の名を呼んでスノーホワイトに欲しがらせたいからだろう。

(――どうする……!?)

考えたが体は正直だった。

「イキた、い……っ！」

俺が漏らした言葉に男二人は「ん？」「誰に、どうされたいのですか？」とわざとらしい顔で言う。

「このままじゃ、いや……、二人とも、ちゃんと、うごいて、いっ……イかせて、くださ……っ！」

涙ながらのスノーホワイトの訴えに男達は顔を見合わせる。

「そんな我が侭を言って。ちゃんとどちらか選んでいただかないと」

「イルミは冷たいねぇ、でも私はそうじゃないから」

一瞬、ニッコリ笑う王子が救世主に見えたが、それは勘違いだった。アミール王子は、先日まで童貞だったとは思えない舌技を披露していた場所を指で摘む。

「きゃあ……!?」

「私はイルミと違って優しいから。ちゃんとイかせてあげるね」

口調こそ優しいが、この男も自分の名前を呼ばないスノーホワイトに腹を立てているのか、それともイルミナートの物で感じている彼女に苛立っているのか、その指の動きは二人でしていた時よりも些か荒っぽい。

――しかし、こう言っては何だが……スノーホワイトの体はスノーホワイトの体でしかなかった。

「やぁ、っん！　ふぁ、あ、あぅ、う、ッひぁ」

いつもより優しさの足りない愛撫でも、そんな事は関係なしにすぐに達してしまう。そんな彼女の中の収縮に合わせて、イルミナートも埋め込んでいる熱を仕方なしに動き出す。

「ほら、私の方が良いでしょう？」

「あぁ、はっ、う、んっ、……あ、っぁああ！」

絶頂を迎えても止まらない指の動きに、内部で激しく動き出す男の肉。

「……王子？」

「何？」

「無粋な真似をして」

「私はお前と違って紳士だからね、女性の辛そうな顔を見るのは忍びない」

「よく言います」

そんな事を言い合いながらも、イルミナートはスノーホワイトの柔壁を抉り続け、王子は王子で先ほど達した花芽を弄り続けていた。

男達の戦いはスノーホワイトが何度達しても終わる事はなかった。

「シュガー、次は私の事を愛してね」

「スノーホワイト、ここも物足りないでしょう？」

次は前に王子の熱を埋め込まれ、淫蕩虫により開発された後にはイルミナートの熱を埋め込まれ。

「や、もう、やだ……っ！」

「やめないよ、あなたがどちらが良いか選んでくれるまで」

セックスで悦過ぎて女が失神するというのは、乙女ゲームでは良くあるワンシーンなのだろうか？　そんな事を考えながら、俺はまたしても意識を手放した。

第三章　嬉しくねぇよ、両手に男根

折角女体転生したので自慰をしてみる事にする

——あの後。

「いつまでもシュガーにそんな格好をさせているわけにもいかないし、私達は近くの街に買い出しに行ってくるね」

「貴女は少し寝てなさい」

そう言って王子はスノーホワイトの額に優しい口付けを落とし、鬼畜眼鏡もらしくなく優しい手付きで頭を撫でてきた。犯し潰されて動けないスノーホワイトをベッドに残して、男二人は街に買い出しに出掛ける事にしたらしい。

「シュガーに似合いそうなドレスやアクセサリーを、沢山買って来てあげるからね」

「王子。今、うちはあまり贅沢が出来る財政状況ではないのですが」

「分かってるって。でも女性の喜ぶ顔を見るのが私達男の楽しみだろう」

「まあ、ここには男物しかありませんからね、多少は良いでしょう」

この会話だけ聞けば（さっきまでの3P云々はおいておいて）、とても女思いの優しい男達の会話だと誤解される方も出てくるかもしれない。しかし現実は違う。そんな事は全くないのだ。——何故かスノーホワイトの体は全裸のまま、ベッドに繋がれているのだから。

「ちょっと待って！　まさかこのまま出掛けるんですか⁉」

「大丈夫だよ、トイレにはちゃんと行けるから」

キラキラと眩《まぶ》しい笑顔で、王子様はなんとも恐ろしい事を言い出した。

アミール王子の言うトイレとは、どうやらベッドのすぐ下に置かれたブリキのバケツの事らしい。

「トイレってこれにしろって事⁉」

「また逃げ出されたら困りますしねぇ」

「お土産を沢山買ってきてあげるから、いいこにして待っていておくれ」

「水はここに置いておきますね。食事は帰ってきたら一緒にとりましょう」

そして男達は、スノーホワイトを残して小屋を出た。

男達が出て行った後、首輪を付けられたまま俺はしばしベッドの上で呆然としていた。

首輪の鍵はイルミナートが持って行ってしまった。なんとか外してみようと試みるが、ベッドの柱に繋いだ鎖も首輪も外れそうにない。木のベッドならなんとかなったのかもしれないが、これまた頑丈な鉄《アイアン》のベッドだ。周りに使えそうなものがないかしばらく探してみたりもしたが、どうにもならないという結論に達した俺は、この状況を楽しむ事にした。

——所謂《いわゆる》、女体観察という奴である。

俺が前世の記憶を取り戻すまでスノーホワイトは自慰もした事がない、純情可憐な少女であった。自分の秘所など見た事もない、湯浴みでその部分を洗うのも恥じらうような、そんな花も恥らう清らかな少女だった。

しかし今はそうではない。惜しむらくは、十八歳童貞のまま天寿を全うとしたこの俺が中の人となったのだ。目の前には、調度良い事に全身鏡が立てかけてある。

「ふむ……なるほど、なるほど」

俺はベッドの上に立ち上がると、スノーホワイト十八歳の裸体を視姦して楽しむ。

（やばいやばいやばいやばい！　スノーホワイトちゃん、可愛いよ可愛過ぎるよ！）

スノーホワイトの体は肩幅が狭く、手足も細いせいか、裸になると普段服を着ている時よりもやや幼い印象を受けた。先程の情事の残り香で、白い頬をピンク色に染めてぽーっとしているその表情《かお》は、そんな幼い肢体とミスマッチでなんともまあ色っぽい。男を知った色気がしたたらんばかりに溢れている。

気だるい体で、鏡の前でくるりと一周してみる。

「お、おおおお……!?」

ほどよく肉の付いたそのヒップは、細く長い脚とキュッと締まったウェストとのバランスが最高で、男なら誰もがバックで突きたくなる至高の逸品であった。——問題は今の俺にその突くモノが付いていないという事である。……欝だ、死のう。

気を取り直して、お椀《わん》型の小ぶりのおっぱいをやわやわと揉んでみる。

「や、やわらかい……！」

自分の乳ではあるのだが、感動のあまり思わず涙してしまった。まるでマシュマロのような柔らかおっぱいをもみもみしながら感涙する。小ぶりでこそあるが、スノーホワイトのおっぱいは見れば見るほど俺好みだ。ややグラデーションがかかったピンク色の小さな乳輪の中央には、ツンと上を向いた乳首が世の男達の欲望を嘲笑うような顔をして、お乗りあそばせていらっしゃる。そんな小生意気な突起を「このっこの、このっ！」と懲らしめてやりたい衝動に駆られるが——あれ、なんでこれ俺のおっぱいなの？　なんで俺がペロペロちゅぱちゅぱ出来ないの？

（いまいち納得いかない部分はあるけど、女の子のおっぱい柔らかい。おっぱい最高。女体最高）

男に犯されたり男に処女奪われたり、男と3Pしたり、最近色々大変な事ばかりだったけど、生きてて良かった。本当に良かった。俺幸せ。そんな事を考えながら、スノーホワイト十八歳美少女のおっぱいの柔かな感触を楽しんでいると——

「あっ……ん」

桜色の乳首に偶然触れた途端——この敏感っ子スノーホワイトちゃんの体ときたら。やはりというか当然というか、すぐにスイッチが入ってしまい、エッチな気分になってきてしまった。「あれだけ男とヤリまくった後なのに、一体何なんだろうこの体は」とは思うのだが、折角なので女体転生の醍醐味というか、自慰を楽しんでみる事にする。

「んっ……」

男の時は、こんなに乳首でビリビリ感じなかった。これは女体の仕様なのか、敏感っ子スノーホワイトちゃん仕様なのか分からないが、とても気持ち良いのは確かなので、そのまま乳首を捏ね繰り回す。スノーホワイトの乳首はすぐにピンと勃ちあがった。

「あっ！　あぁ……んっ、やぁん！」

充血して少し赤みがかかった乳首を見ているだけで、なんだかとってもいやらしい気分になってきた。次第に、スノーホワイトの唇から漏れる甘い声の糖度も増していく。あいつらに犯されている時はあまり意識してなかったが、このヒロインちゃんは声もとても可愛いらしいのだ。スノーホワイトの声であんあん言っているだけで、中の人は勝手に盛り上がってしまい、すると必然的にその体も盛り上がってきてしまう。本能の赴くままに、熱を持ち出した下肢に手を伸ばすと、すぐに卑猥な水音が部屋に響きはじめる。

自分でいうのも何だが、ベッドの上に首輪で繋がれた美少女が、真昼間から全裸でオナニーしているのだ。なんとエロい光景なのだろうか。鏡に映るスノーホワイトの痴態に、ゴクリと息を飲む。気分は、美少女の一人エッチを覗き見している男の物でしかなかった。

自慰に夢中になっている俺は気付かなかった。イルミナートが置いていった小瓶の中の淫蕩虫が、瓶の中で触手を伸ばして蠢きだしている事に。

性的魅力の確認に童貞を誑かしてみる事にする

どこかで聞いた事のある虫の羽音に、ハッとした時には遅かった。

俺の目の前で羽ばたく、てんとう虫に良く似たその虫の名は、――忘れるはずもない、淫蕩虫《いんとうむし》だ。

背後の戸棚を振り返れば、イルミナートがそこに置いて行った小瓶の蓋が開かれている。

淫蕩虫は、スノーホワイトの痴態に媚液《えさ》の匂いを感じ、小瓶から抜け出したのだろう。

すぐさま触手がにゅるりと伸びて、スノーホワイトの華奢な体に襲いかかる。

「きゃああ⁉」

にゅるるっ！

今回は麻縄ではなく、淫蕩虫の触手で、身動きが取れないように拘束されてしまった。

(くそ、この虫こんな事もできるのか！　本当にエロゲ向きの虫だな！)

「っく、……んん！」

そのままスノーホワイトの唾液やら愛液を吸い取った淫蕩虫の触手は、あの時のように男根に似た形の物に変わっていく。

「きゃぅ、ッあ！……ふぁ、あああんっ！」

鏡の中には触手に犯されている美少女が映っていた。

その淫猥な光景といったら、前世の俺が見たら泣いて喜ぶものである。

（そういえば俺、魔法少女になって敵に敗北して触手に犯されるのが夢だったんだ……！）

魔法少女ではなくプリンセスだがこれはこれでありかもしれない。

「やぁん！　あっ、あ、だめ、いやぁっ！」

鏡に映った美少女が触手に犯されるシチュを楽しむのも束の間。容赦ない触手に前の穴も後の穴も犯されて、何度かイった後、俺は恐ろしい淫蕩虫の設定を思い出した。確かこれは、生身の男の物を受け入れて、中で射精してもらわなければ、どんどん疼きが増していくものだった。このままではまずい。ここにあいつらが帰って来たら「これも人助けだね、何度だって私が助けてあげるからね」「仕方ないですねぇ、本当にどうしようもないお姫様だ」とかなんとか言われながら、あの二人に前から後からズコバコ犯されてしまう。

「そっ、それはイヤだ……っ！」

何度も絶頂を迎えさせられ、快楽の海で溺れながらも危機感は募っていく。触手の出す体液の媚薬効果で、スノーホワイトの体はもう既に男の子種が欲しくて堪らなくなってきている。

それから数分も経たない間に、あの二人でも通りすがりの木こりのオッサンでも誰でもいいから、さっさとちんぽを突っ込んで欲しいという状態になってしまった。

しかし、幸か不幸かここには男は居ない。この森の奥にある小屋から一番近い街まで、馬を走らせても片道二時間かかるという。買い物の時間も含めて、あの二人が帰って来るまでの時間はどんなに軽く見積もっても五時間はかかる。軽く魔法の結界を張ってあるので、一般人が入って来る事はまずないと王子も言っていた。……となると、最後の希望の通りすがりの木こりのオッサンも無理である。

（五時間これに耐えろって事か……⁉）

「そんな……む、むりィっ！」

触手もどうすればこの体が感じて蜜を出すのか判ってきたらしく、わざとスノーホワイトの腰を持ち上げては、男根型の触手が出入りするさまを見せ付ける。

「きゃっ、あっあああん！」

その時、淫蕩虫の胴体から二本、小さな吸い玉《カッピング》のようなものが先っぽに付いた触手が俺の目前に迫ってきた。今までにない形だ。

しかし、この形の触手を俺は知っていた。何故かというとエロゲやエロ漫画で何度も見た事があるからだ。これは主にちんぽやら乳首やらクリトリスやらの吸引専門の触手だ。その触手は俺の読み通り、スノーホワイトの乳首にすっぽりと吸い付き、吸引しはじめた。

「ひっいあ、やぁっ、……いやぁ、んっ！」

透明なその触手の中で、勃起した乳首が伸ばされ、中に新しく生まれ出た筆のような細い触手で先端を擽られているのが見える。

（し、進化してる⁉　どうしよう！　このままじゃ、本当に気が狂う……！）

――その時。

ガチャ！

「ただいまー。王子ー、イルミー、エルー、いないのー？」

表のドアが開く音と共に、間の抜けた男の声がした。

「助けて……！」

「ん？」

部屋の外に向かって助けを呼ぶと、声の主はすぐに部屋に駆けつけて来てくれた。

「うわあ、なんだこれ⁉」

寝室のドアを開けて、声の主の男は叫んだ。

彼が驚くのも無理はない。寝室のベッドには柵に首輪で繋がれた全裸の美少女がいるのだ。しかもその美少女の陰核には、てんとう虫ならぬ淫蕩虫が張り付いており、その妖しい触手により手足は拘束され、穴という穴を犯されている最中で。

（こいつもつくづくラッキーだな……）

このゲームの攻略キャラ達は、皆、どれだけツイてるんだ。

「た、助けてください！」

涙ながらに助けを求めつつも、気分は施してやる女神のものであった。

開け放ったドアの元、真っ赤な顔で立ち尽くすその男はちゃっかり王子や鬼畜眼鏡より少々年下に見える。恐らく十八、九歳と言った所だろうか？　蘇芳《すおう》色の髪に同色の瞳、青いマントに銀色の甲冑《かっちゅう》。腰に下げた剣。格好からして騎士だろう。

（このタイミングで騎士って事は、ワンコ騎士か……！）

名前は確かヒルデベルト。姉情報によると、確かいつも「腹減った」と言って、スノーホワイトが食事を作っているとつまみ食いに来るキャラクターだったと記憶している。厨房《ちゅうぼう》に来た時に飯さえやれば、割と簡単に落とせるキャラだったはずだ。

（って事は、これからイベントが発生しても飯をやりさえしなければ、この男のフラグは立たないんだな）

淫蕩虫にあんあん喘がされながらも、冷静にそんな事を考える。

「助けてって、……えっと、斬ればいいのかな⁉」

スチャ！

ワンコ騎士らしい男は勇ましく抜刀する。

「ちょっと待ってて！　今助けてあげるから！」

（なるほど、確かにその手もあったか）

抜刀する騎士を見て、今更ながら「確かに精液《ザーメン》ブッかけなくても、普通に淫蕩虫殺せば良かったんじゃね？」と思う俺だった。

（いや、でも殺したら可愛い女の子と会った時に使えないしな……殺すのは、うん、もったいな――じゃなくて、ほら、殺生って良くないじゃん？　俺、優しいし？）

ジュッ！

男の剣が淫蕩虫の触手を裂く。——しかし。

にゅるるるるっ！

斬られた傍から淫蕩虫の触手は再生していく。

「え、何だこれ……！　このっこの！」

騎士はそれから何度も淫蕩虫の触手を切ってくれたが、乙女ゲーのお約束とでもいうのだろうか。エロを絡ませずにこのイベントを終了させる事は出来ないらしい。

（やっぱり無理か。……仕方ない）

俺は覚悟を決め、キッ！　と視線を上げる。

「騎士様、この虫は私のここに貼りついている本体に精液をかけると弱まるのです！　お願いです、どうか助けてください！」

「えっええええええっ⁉」

一歩後に下がり赤面して叫ぶ男の反応に、「そうだよな、これが普通の男の反応だよな」と内心思った。どうしよう。あのラッキースケベに鬼畜眼鏡と連続できたせいか、まとも過ぎて好印象だ。こいつにになら掘られてもいいかもしれない。というか、今は心の底からこいつに掘られたい。頼むからさっさと犯してくれやがって下さい。

「そ、そんな！　今からここで自慰をしろって事⁉　そんな、無理だよ！」

真っ赤になって首を横に振りながら叫ぶ男の反応に、俺の頭の中が真っ白になった。

（どうしよう、まともだ！）

待ってくれ。このゲームに出てくる攻略キャラは、皆、アレな奴じゃなかったのか？　まともな男《キャラ》も出てきたのか？　もしかしてあの二人がアレだっただけなのか？

——しかし、いつまでもこのままではいられない。

「これは淫蕩虫という、拷問時に性具として使われる蟲です！　お願いです、催淫効果のある体液を出すこの蟲の触手のせいで、私、辛いんです！　どうか助けてくれませんか⁉　自慰などさせません、私の口でお慰めするので！」

「口で⁉　そんな……」

真っ赤な顔を手で覆い、なるべくスノーホワイトの裸体を視界に入れないようにしながら言う男の反応は至極まともだ。しかし淫蕩虫の触手と体液に穴という穴、全て犯されて、疼きがマックス状態の俺はなんだかイライラしてきた。

（この童貞が。俺みたいな美少女が誘ってるんだぞ、さっさとチンポ突っ込めよクソが！）

心の声をそのまま口にしてしまいたい衝動に駆られるが——それを口にしてしまったら最後、このピュアな騎士は逃げ出してしまいそうだ。そうしたら俺は、あの二人が帰って来るまで淫蕩虫にノンストップでイかされ続ける事になる。ビッチホワイトが出来上がった所に二人が帰ってきたら……きっと、取り返しのつかない事になってしまう。恐らく俺は、色々諦めて、あいつらのちんぽと共に生きていくしかなくなるだろう。

真っ赤な顔を手で隠しながら、こちらを視界に入れないようにとおどおどとしている初《うぶ》な騎士を、俺は意を決してねめつけた。――今、俺の成すべき事は一つしかない。

（お前の童貞頂くぞ、ワンコ騎士……っ！）

恥の多い前世を時には振り返ってみる事にする

「口でって……君、素人だろ？　玄人女性がするような真似を、君のような可愛らしい人にさせるわけには……！」

赤面して戸惑うワンコ騎士（童貞確定）の言葉に、またしても俺の頭は真っ白になった。

（マジかよ！　死ねよ、あのちゃっかり王子と鬼畜眼鏡！）

なんか俺、あの後あの二人にふっつーにフェラさせられてたぞ！　眼鏡にはフェラどころじゃない、イラマまでさせられてたし！

（この世界でフェラはプロしかやらない事だったのか。あいつら、昨日まで処女だった俺に、よくもちんぽなんて汚ねぇもん舐めさせやがったな……）

でもって「ほら、スノーホワイト。私と王子の雄に愉しませてもらった礼をするのです」「私は感謝とかはいらないけど、私がしたように、シュガーにも私の事を愛してもらえたら幸せだな」とか言われて、お掃除フェラまでさせられたんだが。あんなんAVの中だけの出来事だと思ってたが……そうか、こっちの世界でも普通ではなかったのか……。

（帰ってきたら文句の一つでも言ってやる……）

内心怒りに打ち震えながらも、俺はスノーホワイトの愛らしい顔に、男なら誰もが保護欲を感じずにはいられない表情を浮かべた。そしてそのつぶらな瞳を涙で潤ませ、目の前の男をジッ！　と見上げた。

「騎士様……！」

「うっ」

ワンコ騎士がうっと呻《うめ》くのを見て確信する。

（――いける）

よし。男のツボを心得ている元男の俺と、スノーホワイトの美少女っぷりの連携を試す時がきた。

ＳＮＳやネトゲでは、本物の女よりもネカマの方がモテる理論というものを、皆さんはご存知だろうか？　女の子に男が言われたい言葉は、当然俺達男の方が良く知っているし、ぐっとくる仕草だってそうだ。それをそのまま他の男にすればいいだけなんだから、これ程簡単な事もない。だから顔の判らない、アイコンや性別を選べるネット界に行くと、生身の女はネカマには絶対に敵わない。

実は俺はネカマ歴だけは長かった。何を隠そう、俺は前世ネカマに騙されて某巨大掲示板にイタイ精子脳・出会い厨として晒された過去があるのだ。ネカマだとは知らずにその子に送った恥ずかしいメッセージやら勃起ちんぽ画像まで晒されて、死ぬ程恥ずかしい思いやら悔しい思いをした。

しかし、俺はそれで挫けるような男ではなかった。俺はその悔しさをバネにして強くなった。いつしか昔の自分のような童貞達をネットで釣って玩ぶという遊びを覚えたのだ。ネトゲでは童貞達にレベル上げを手伝わせ、アイテムを貢がせて、オタサーの姫ならぬネトゲ界の姫をやっていた時代があった。戦歴を言うと百戦百勝だった。——ネットでなら、俺に落とせない男はいないと思っていたくらいだ。

そんな俺が、最強美少女アイコン・スノーホワイトを手に入れたのだ。——負ける気がしない。

「あっあぁん！　騎士様ぁ、たすけ、てぇ……んっ！」

これぞとばかりに腰をくねらせ、お股をパッカーンし、淫蕩虫の触手が出入りしている所を見せつけてやる。

にゅぷん！　じゅぷ……じゅぽじゅぽ！

「イっちゃうの、私、またっ、イっちゃうのーっ！　……はぁん！　いやぁあっ、つらい、つらい、ん、ですぅっ！」

「あ、ああ、俺は、ど、どうすれば……？」

童貞君には強過ぎる刺激だろう。彼は真っ赤な顔で、あっちへウロウロこっちへウロウロ、部屋の中を右往左往している。俺はそんな男を、更に刺激するような甘い声で言う。

「だから、どうか、あなたの、精を、私に、くださいっ！　このままでは、わたし、おかしくなって死んでしまいます……っっ！」

「えっ⁉　死んじゃうの⁉」

真っ赤な顔を一気に青くするワンコ騎士に、そうか、ここを突けば良いのかと俺は悟る。

騎士なんてやっているぐらいだし、まあ、この男も正義感正しい坊やなのだろう。

「そうです……！　このままじゃ、悦すぎて、死んでしまいます！　助けてぇ……っん！

あっ！　ああっ」

「そ、そっか、……う、うう、そうだね、人助け。人の命には代えられない……よね？」

躊躇いながらこちらに近寄ってくる男のズボンには、既に大きなテントが張っている。

ズボンの上からでも判る。例に漏れず、このワンコも良いモノを持っている。

「早くぅ、騎士さまぁ、ッあん！　た、たすけ、てぇっ！」

元々可愛いらしい声を更に可愛くして、元々可愛らしい顔を快楽で歪《ゆが》め、喘ぎながら助けを求めると男はまた「うっ」と呻いた。

「ここがぁ、ここが、つらいのっ、……はやく、はやく、騎士さまの、たくましいもの、を……！」

「わ、わかった……！」

そのままズボンのファスナーをたどたどしい手付きで下ろす男を、俺はあんあん言って
……内心、かなりイライラしながら待っていた。

（さっさと脱げよコラ。なに手間取ってんだよこの童貞）

「あれ、おかしいな。うぅっ……、ちょっと待っててね！」

世の女性達が、童貞を毛嫌いする理由が少し分かったかもしれない。恐らく女達は童貞のこの手際の悪さにイラついたり、この不慣れさを馬鹿にして嗤うのだろう。この男、ズボンのベルトを外し、ファスナーを下ろすだけの動作で明らかに三十秒以上かかっている。

余裕のある大人の女性なら、こんな余裕のない童貞君の初々しい反応も可愛らしいと思えるのかもしれないが、今の俺に余裕などというものはない。全くない。可愛らしいとは微塵《みじん》も思えない。

「きゃぅ、っんん！　あっあぁあん！　いやぁん、はやくぅっっ」

なんて可愛らしいおねだりボイスを上げながらも、俺の頭の中では「使えねーなこいつ」「だから童貞は嫌なんだよ」と白けた思考で埋まっていた。まあ、そういう俺も童貞だったんですけどね……。

「だ、出したよ……⁉」

「童貞死ね」と俺が頭の中で三十回くらい唱えた辺りで、ワンコ君の息子はやっと俺の目の前にこんにちはをしてくれた。

「で、では私にご奉仕させてくださいっ！」

「う、うん……」

戸惑いがちにスノーホワイトの口元に陰茎を持ってきたワンコ君の物をぱくっと咥えた瞬間、彼は自分の真っ赤な顔を押さえて「うわっ」と叫ぶ。

「出そうになったら、言ってくださいね？　出そうになったら口から出して、蟲の本体にかけてください」

「んっ……う、うん」

そのまま真っ赤な顔を手の平で隠しながら、うーうー言っている童貞君の反応を楽しみながら、彼のちんぽをしゃぶる。

前世自分が弱かった裏筋や亀頭周辺を丹念に舐めてやると、童貞君はびくんびくんと体を震わせて「あっ」とか「ううっ」とか可愛い反応を見せた。

不覚な事に、俺はそんな童貞君の事を可愛いと思ってしまった。……前の二人には可愛気というものが一切なかったからかもしれない。

「きもちいい、ですか？」

「うん、でも、なんか……ごめんね」

「いいえ、私はあなたに助けて戴いている身ですから」

童貞のちんぽをしゃぶるとか絶対にありえないと思っていたんだが……案外楽しいな、これ。俺も慣れてきたのか、それとも淫蕩虫の催淫効果か。

（うわ、すっげー気持ちいい……）

来るべき熱の解放の予感からだろうか。――男の物をしゃぶっているだけなのに、体の熱はどんどん昂っていく。雄の匂いに酔い、淫蕩虫にイかされ続けながら、早くちょうだい、早くちょうだいとさっきからずっと心の中で叫んでる。

「もう、イキ、そ……！」

男の物が口の中で大きく脈動した瞬間、慌てて口を離す。

一層膨らんだソレを、男がスノーホワイトの陰核に貼りついた淫蕩虫の本体に向けて発射した瞬間、俺も同時に達してしまった。

「だ、したよ…⁉」

淫蕩虫の上からスノーホワイトの秘所に、だらりと流れ落ちる男の白いものの生温かさまで気持ち良い。

精を受けると、淫蕩虫の触手はそのまましゅるしゅると縮んでいく。

その様子を見守りながら俺は荒い呼吸を整える。

「これ、取ればいいのかな？」

「はい」

「ちょっとごめんね」

男はぐったりしているスノーホワイトの陰核から淫蕩虫を恐る恐る外すと、窓の外に逃がしてやった。

なんだか少しだけもったいない。いや、今度街に行った時でもさ。可愛い女の子に淫蕩虫を貼り付けてレズプレイとか……いや、なんでもないです。

「これで、もう大丈夫なのかな」

「いいえ」

「はああ」と大きく息を吐く男に、スノーホワイトは大きく脚を開いて秘すべき場所を指で広げて見せた。男の白濁液と淫蕩虫の触手によって、どろどろに濡れたスノーホワイトのその小さな穴は、自分でもヒクついているのがよく分かる。

「どうかお次はここに精を放ってください、そうしなければあの蟲の催淫効果のある体液は中和されないのです」

「え、えええええええ⁉」

騎士はまた真っ赤になると、一歩後退して叫んだ。

しかしか弱き女性の味方素敵騎士でも、彼が年頃の男である事には変わりない。まだ陰茎を挿し込まれる事にこなれていない狭い穴の肉口が、男が欲しいとヒクヒク痙攣しながら蜜を垂らすそのさまに、彼の目は釘《くぎ》付けだった。

その時、膣内《なか》からとろりと垂れたのはスノーホワイトの愛液だろうか？　それとも淫蕩虫が中で放った体液だろうか？　どちらにしても男からすればとてもいやらしい光景に見えただろう。

「お願いします、騎士さま。どうかあなたのその逞しい物で私をお救い下さい」

蜜で溢れた穴に指を挿れて「ここ、です、ここに」と言ってみせると、ワンコ騎士がごくりと唾を飲む音がスノーホワイトの耳にまで届いた。

可愛いワンコ騎士の童貞を奪ってみる事にする

「あの虫のせいで、私、ずっと変な気分で」

真っ赤になって固まるワンコ騎士に内心舌打ちしながら、俺はスノーホワイトの白魚のようなほっそりとした指を、濡れ肉の狭間にぬぷぬぷと埋め込んでいく。

「お恥ずかしながら奥が疼いて、疼いて、仕方ないんです。……どうか、たすけてください」

俺がここまでお膳立てしてやったというのに、ワンコ騎士は石のように固まって動かなくなってしまった。

（チッ、あんまり女に恥かかせるんじゃねーよ、これだから童貞は）

心の中で毒づきながら俺はワンコ騎士に自慰を見せ付け、誘惑し続ける。

「あ、あ……ッん、つらい、つらいのっ！　騎士さま、たすけて！」

しばらく部屋にスノーホワイトの嬌声と淫靡《いんび》な水音が響く。――ややあって。

「……わ、わかった」

どうやら意を決したのだろう。奴の瞳が男のものになっている。

（よしよし。この俺、スノーホワイト十八歳美少女プリンセスがお前を男にしてしんぜよう。苦しゅーない、苦しゅーないぞ）

俺はスノーホワイトの美少女フェイスに、女神のようなたおやかな笑みを浮かべながら両腕を広げた。腕どころかお股もパッカーン広げてウエルカムしている。気分は若い男の誘惑に成功した女郎蜘蛛《ぐも》であった。

「早く、きて」

「う、うん」

いそいそと、鎧《よろい》やらマントやらブーツを脱ぎ捨てるワンコ騎士を見守る。

さっきはあんなにもたついていたくせに、今回は早い事早い事。ワンコがベッドの上に飛び乗って、押し倒されてからは更に急ピッチであった。

「ここで、いいんだよね？」

「はい……っ！」

秘所に既にスタンバイOKの物をあてがわれて頷いた瞬間、一気に熱を埋め込まれる。

「いく、よ……！」

「く、ぅ、……あ、ぁっあああああっ！」

体をギュッと抱き締められながら腰を打ち付けられて、思わず大きな声が上がってしまった。淫蕩虫の触手により散々慣らされていたはずなのに、挿しこまれたその陰茎の硬さに痛みを覚えた。

（な、なんだこれ、なんでこんなに痛いんだ……!?）

短期間にヤリすぎたせいだろうか？　いや、もしやこれが世の中のうら若き乙女達のいう性交痛というものだろうか？　王子と眼鏡のちんぽも硬かったが、こいつの物は奴等に輪をかけて硬かった。

「ま、待って⁉」

「えっ……ご、ごめん、もう無理だよ、待てない！」

「そんなっ！」

　自分で誘っておいてこんな事を言うのはアレなのは分かるが、硬鉄で内臓を削られているような感覚に悲鳴が止まらない。この硬さに慣れるまで、もう少しだけ待って欲しい。

「うわ、すごい、すごい！　これが女の子の体、なんだ！　柔らかい、なんだかとっても良い匂いもする……！」

「っだめ、だめ、です、……待っ、まって！」

　しかし、初めて抱く女――しかも非の打ち所のない美少女に感動している童貞君には、女側のそんな事情は通用しない。スノーホワイトの華奢な体を抱き締め激しく穿《うが》ちながら、譫言《うわごと》のように何か呟いている。

「ナカ、すごい、熱い、すごい、きもちいい、蕩けそう。まずい、どうしよう、どうしよう、これ、止まらないよ……！」

　まさか、このまま噂の絶倫ワンコ騎士の耐久性ノンストッププレイに突入するのか⁉

（何だこの硬さ⁉　若い男のちんぽって、皆こうなのかよ⁉　すっげぇよ……！）

　惜しむらくは、そんな硬さを活かす事なく殺す事もなくお亡くなりになられてしまった俺の前世の愛息子である。奴には本当に可哀想な事をした。さぞかし無念であっただろう。

しかしこれは……この硬さでは、セクロスに不慣れな童貞処女の若いカッポー間では、女側の負担が大きいかもしれない。特に女側が開発されるまでは辛かろう。

俺には想像も出来ない世界の話だったが、前世死ぬ程憎んできたリア充達にはリア充達なりの悩みもあったのだろう。

（なるほど。なるほど。……ああ、そうか、あれはそういう事だったのか）

実は俺の前世の高尚な趣味の一つに、ＪＫがマックでしている猥談を盗み聞きするというものがあった。ＪＫの短い制服のスカートから覗く白い太股とパンチラのために、時には百円で半日以上粘る休日もあった。

『昨日のユウ君とのお泊りデート、どうだったのー？』

『それがー、ユウ君のセックスー、痛いだけでーぜんぜん良くなくてー』

『マジうけるー』

（うけねーよ！　クソ、羨ましいなユウ君！）

俺は手に持つ文庫本を静かに捲り、ヘミングウェイを読む文学少年のフリをしながら、顔も知らないリア充男子ユウ君を内心罵り、マックから生霊を送った。

『つーかちんこって、痛いだけじゃね？』

『それってユウのがデカイからだろ！　ノロケかよ！』

『いや、それがそうでもないんだって！　納豆巻きとか細巻きみたいな太さでさぁ』

『ぎゃはははは！　明日から細巻きって呼ぶわユウの事！』

と、彼女達が話していた理由が、たった今分かったような気がする。

童貞だった俺には、その時、彼女達の会話の意味が全く理解出来なかった。エロ漫画の女の子達もＡＶ女優達も皆、最終的にはちんぽを求めていたし、素直で純真な青少年だった当時の俺は、女とはちんぽが大好きな生き物なのだと無邪気に信じていたのだ。何故なら、レズモノＡＶですら女達は最後には男のちんぽを求めだす。そして突如乱入して来た怪しいオッサンのちんぽを前に悦びにむせ返り、涙を流して受け入れる。しかし現実はそうではなかったのか？　もしやあれも男の幻想なのか？　それとも女達の嘘なのか？　現実の女は一体何を考えているのか理解出来なかった。三次の女達は男の淡い夢や幻想まで壊す怖ろしい生き物だと思った。

俺のようなキモオタやオッサンのちんぽは、彼女達に受け入れられる事も、愛される事もないだろうという諦観もあったが、奴等はイケメンのちんぽを無条件で愛する生き物ではなかったのだろうか？　女という生き物が理解出来なかった。

だが、今になって思うのだ。もしかしたらあのＪＫの彼氏のユウ君の、若くて硬過ぎるちんこに問題があったのではないか？　細巻きなのに痛かったという事は、恐らくそういう事だろう。もしかしたらユウ君のテクや前戯にも問題があったのかもしれないが、それは流石に俺の知るところではない。――ワンコ騎士の硬い陰茎にパンパン穿たれながら、賢者タイムに突入した俺は、そんな事を思い出していた。

「今更だけど、俺の名前はヒルデベルト。リゲルブルクの王太子殿下、アミール様付きの騎士なんだ……って、こんな事しながら、自己紹介するのもなんだか変な感じだね」

はにかみながら自己紹介する童貞君もやはり俺氏（スノーホワイト十八歳美乳少女）に惚れちゃってるような気がする。

まだ腰の振り方がぎこちない男に突かれながら、内心「あーやっぱワンコ騎士で合ってたか」と納得した。

確かアップルパイが大好物の男で、飯さえ食わせてればHappyの男だ。

失礼極まりない前世姉が、こいつがゲームに出てくる度に何か言いたそうな顔で俺の方を見て嘆息したり「こんな弟が欲しかった」と涙ぐんでいたものだ。

（そんなに可愛いか？　こんな奴より俺の方が……）

目の前の男の顔をジッと観察する。

キラキラと星の光りを散りばめている、微塵の濁りもない瞳は子供のように澄み切っていて、スッと通った鼻筋と、はにかむと愛嬌のある笑窪が出来る柔かな頰のバランスは絶妙だ。彼の笑顔には少年と青年の間という、危うい年齢の者にしか醸し出せない魅力がふんだんに溢れている。元気系のキャラ特有のピョンピョン跳ねている外跳ねの髪は、まるで犬耳のようにも見えた。――うん、確かに可愛い。前世の俺じゃ、逆立ちしても敵わない。ヒルデベルトは王子とはまた違った系統の爽やか系の青少年だった。

（でもな、アキ。元弟として言わせてもらいますけどね？　お前も一度こいつにちんぽ突っ込まれてみろよ。絶対無理だと思うから。鬼痛いから。確かに俺はあまり良い弟じゃ

なかったかもだが、そんな俺でも俺が弟で良かったと思う硬度だから)

しかし困った事になった。抜け作王子はDopeyで間違いないし、宰相は自分でリゲルブルクの頭脳と言うくらいなので、恐らくDocだろう。Dopey, Doc, Happyと順調に攻略キャラが揃ってしまった。……四人目の攻略キャラは絶対出さないぞ。

(こいつと一発終わったら、ここからさっさと逃げよう……)

今度は麻縄に捕まらないように、畑のない方向に逃げよう。

俺の記憶が正しければ、ワンコ騎士の次がショタっ子エルにゃん、無口猟師、チャラ男騎士にツンデレ王子の順で攻略キャラが登場する。無口猟師は巨根で獣姦。チャラ男騎士とツンデレ王子は初っ端から3Pだったはずだ。……うん、俺、全力で逃げてやる。

男の陰茎の硬度について考察してみる事にする

「君の名は?」

——ヒルデベルトに、揺さぶられながら尋ねられて思った。

(自己紹介が挿入後ってどういうこった……?)

18禁の乙女ゲームではこれが普通なのだろうか? 挿入中の自己紹介は、これで二人目である。ちなみに眼鏡の野郎には名前を聞かれもしなかった。

「わたし、は、スノーホワイト、です……！」

「スノーホワイトか、うん、良い名前だね。正に君の為にあるような、そんな美しい名前だ」

そらそうだろうよ。だって俺、白雪姫だもん。

「スノーホワイト。こんな事が先で、なんだか色々おかしいんだけど、アレなんだけど」

「はい？」

「俺、俺……ッ！」

「なん、ですか？」

そこでワンコ騎士は、熱っぽい瞳をギュッと瞑る。

「君の事、好きになっちゃった……！」

「えっ？」

ぱりくりと目を瞬きをしながら恥じらうように口元を手で覆うと、ワンコ騎士は不安そうに言い足した。

「――かも、しれない……!?」

「…………」

はい、童貞君の勘違いキター。前世の俺みたいで憎めないな、こいつ。でも前世の自分を見てるみたいで恥ずかしいよ、こいつ。こいつを見てるとさ……朝、通学路でクラスの女子に「おはようアキラ君！」って挨拶されただけで「もしかしてあの子、俺の事が好きなんじゃ?:」と意識しはじめて、気が付いたら好きになってた前世の自分を思い出す。

(ただ一回ハメさせてやっただけなのに、なに勘違いしてんだよ)

確かにお前、前の二人よりはマシだけどそれでも男はねぇよ。男はねぇわ。

筆おろししてくれた美少女が、そんな酷い事を考えているとは知らないヒルデベルトはもしかしたら幸せなのかもしれない。――しかし、ここで困った事態が訪れた。

(あー、どうしよ、硬いちんぽも慣れてきたら悪くないな……)

鬼畜宰相の麻縄プレイの時にもしやとは思ったのだが、スノーホワイトちゃんはMっ気でもあるのだろうか? ワンコの鋼鉄ちんぽが、段々気持ち良くなってきたのだ。最初はどうなる事かと思ったがこの硬さ、慣れると良い。大変よろしい。大変素晴らしい。この粘膜をゴリゴリ擦られてる感じ、なんだか病み付きになってしまいそうだ。

女体転生して思った。――俺が男時代思っていたよりも、ちんぽとは硬度がものをいうものなのかもしれない。喘ぐ事も忘れ、真顔になってそんな事を考えていたら、まるで保健所送りが決定された犬のような、縋《すが》る瞳のワンコ騎士に顔を覗き込まれる。

「こんな事いきなり言っても、迷惑、かな……?」と言われて、脳内で今まで喰ったちんぽの鑑定に勤しんでいた俺は、こいつに告白らしきものをされていた事を思い出した。

「あの変な虫のせいで、変な事になっていた君に付けこんでいるみたいで悪いんだけど。でも、でも、――俺、君の事好きみたい」

ヒルデベルトのこの張り詰めた瞳よ。恐らくここで世の女性達は、胸をキュンキュンさせたり母性本能を擽られたりするのだろう。何を隠そうスノーホワイトもさっきからキュンキュン言いっぱなしだ。しかしその胸の高鳴りに、中の人のが俺がストップをかける。

（スノーホワイトちゃん、この短期間で一体何人目よ？　君、ときめき過ぎだろ……）

——そしてその時、いつかのような選択肢が俺の頭の中に浮かんだ。

1「いいえ、嬉しいです！」

2「ごめんなさい、迷惑です……」

3「（あっ、どうしよう、気持ち良い……？）」

俺は迷わず2を選ぶつもりだった。——しかし。

ずりゅっ！

彼の灼《や》けるようなものでスノーホワイトの急所を抉られて、目の前が真っ白になった。

視界の端でパチパチいう白い火花にまたアレが来るのかと、この敏感体質っ子のいやらしい体に畏怖すら覚える。

「騎士さま、そこ、そこ、だめですっっ！」

「えっ？」

「っだめ、だめ！　イク、イク……ッ！」

「ここ？　ここがイイの？」

おかしい。何故だ。何故なんだ。何故か勝手に3が選ばれてしまった。

「ちょっと、待、まって……！」

「君が気持ち良さそうな顔をしてくれると、俺、うれしい！　俺、がんばるね……！」

スノーホワイトの細腰を掴み、快楽を与えんが為に、健気に腰を打ち付けるワンコ君。

「や、やん！　騎士さま、だめ、だめぇっ！」

「俺の事は、ヒルって呼んで。仲の良い奴等には皆そう呼ばれてる、君にも、そう呼んで欲しい。――ねえ、スノーホワイト」

「ヒル、いや、イク、イク……！」

「俺も、イクよ。ナカ、出していいんだよね？　出すよ、出すよ、スノーホワイト……!!」

「や、はげしっ……い、いやああああああっ!!」

共に絶頂を迎えながら思った。

（これは、まさか……強制ルート!?）

強制ルートとは、乙女ゲームだけではなく、ギャルゲーや正統派の冒険ＲＰＧモノでも、製作者の意図により稀《まれ》に発生する現象である。強制ルートに入ると、プレイヤーは選択肢を選ぶ事が出来ない。おおよその場合は、ステータスや親密度不足が原因なのだが……。

（ん……？）

ふと、強制ルートよりも気になる事象が発生した。

（1ピク、2ピク、3ピク、4ピク、5ピク……）

荒い息を肩でしながら自分を抱き締めているワンコ君の物が、自分の中で陸に打上げられた魚のようにビクビクと跳ねる回数を、なんとなく数えてみる。

前の二人の場合は精神的な余裕が全くなくて、吐精されている感覚しか判らなかったが、今回は向こうの物のビクつく動きを数えるくらいの余裕はあった。

膣内で精を吐き出す男の物を、女の体とはこんな風に感じるのか。感動した。自分がこのちんぽをこうさせたんだと思うと、なんだかワンコ君の物が可愛らしく思えてきた。

(自分のちんぽには常に愛おしさを感じていたが、まさか他の男のちんぽに可愛げを感じる日が来るなんて、夢にも思わなかったが……)

「これで、いいの？」

「はい、これで、毒は中和されたかと……」

(……ん？)

己の物をスノーホワイトの中に埋め込んだままで、抜く気配のないヒルデベルトを、不審に思って上目遣いで見る。目が合うと、彼は照れたようにてへっと笑った。

「もう一回、いい？」

「は？」

「だからさ、スノーホワイト。俺、君の事、好きになっちゃったみたいなんだ」

「は、はあ？」

「って事で、もっかいしよ」

「えっ、ええええええ⁉」

そして恐れていた絶倫ワンコ騎士のノンストップ耐久性プレイに突入し、俺はまたしても逃げる機会を失った。

「可愛い、スノーホワイト、可愛いよ！　好き、大好き！　俺、君の事、もう絶対に離さないっ！」

奴のエロイベントは、スノーホワイトが気絶しても続いた。

童貞が脱童貞をすると猿になると聞くがこれがその猿化現象なのか、それともこのワンコ騎士のポテンシャルの高さなのか。まだ二匹しか童貞を喰った事のない俺には分からない。というか、正直分かりたくもない。――そして。

「ただいまー」

最悪な事に、目が覚めると王子と眼鏡が帰宅していた。

「あれ、ヒル帰ってたの？」

「ああ！　王子、イルミ、おっかえりー！」

「何故貴方達が同じベッドで寝ているんですか」

「俺、この子の事好きになっちゃったんだ！　ね、スノーホワイト？」

「え、あ、ああ……」

「何を言ってるんだヒル、彼女は私のものだよ」

「いいえ、私のものです」

「えー！　俺のものだってばっ！」

そこから「私が一番彼女の事を愛している」「いや俺だってば！」「いいえ、私です」というお約束の流れで４Ｐがはじまり、俺は自分がとんでもない世界に来てしまったのだと再認識した。

（とりあえず、動けるようになったら逃げなければ……）

またしても迎えさせられ絶頂とともに意識を手放しながら、俺はそう固く心に誓った。

新キャラ（♂）登場前に逃走を試みる事にする

あれから三日、時が流れた。ぐったりとベッドに突っ伏しているスノーホワイトの上で、ワンコ騎士がふと思い出したように王子を振り返る。

「ところでアミー様、エルは？」

「さあ」

スノーホワイトの髪を愛しそうに梳《す》いていたアミール王子は、ワンコの言葉に半眼になって顔を上げる。

「イルミ、お前また何かしたんじゃないの？」

後戯らしい後戯もなく、事後、一人で優雅に珈琲《コーヒー》を飲んでいた眼鏡は、王子の言葉を聞こえないフリをしてすっとぼけている。

「まったく。……仲良くしてくれよ、困るよこういうのは」

王子は呆れ顔でベッドから身を起こすと、上着を羽織る。

あれから代わる代わる男達に犯され続けたのだが、ようやく終わりの気配が見えて、俺はといえば感動のあまり泣きそうになってしまった。

長かった。本当に長かった。この三日、寝ても覚めてもセックスしかしていなかった。喉が渇いたと言えば「本当にいやらしい娘ですねぇ」と鬼畜宰相に口に咥えさせられ、お腹が空いたと言えば「私をそんなに求めてくれるなんて嬉しいよ」と王子に腹をパンパンにされ、眠いと言えば「俺、がんばるっ！」と絶倫ワンコが頑張り失神するまでバコバコ犯された。奴等は途中、街で買ってきたパンやらチーズを齧《かじ》っていたが、俺はこの三日間、ちんぽしか喰ってない。何このイジメ。こいつら実は俺の事嫌いだろ。男共は口々に「愛してる」「大好きっ！」「私の可愛いカナリア」とか何とか言っていたが、俺はイジメ……いや、拷問か何かを受けていただけのような気がする。

男の人、怖い。男はケダモノだと思った。

この悪夢の三日間を思い出し、ガクブルする俺の上で男達は話を続けていた。

「私は知りませんよ。元々、アレが繊細すぎるのです」

「エルはお前の弟だろう、もう少しは可愛がってやれ」

「弟と言われましても。うちの父の婚外子が、何人いると思っているのですか。いちいち気にかけていたら身が持ちません」

「それでもだ。こうして私の下で共に働くという縁が出来たのだから」

そ知らぬ顔で珈琲カップに口をつける眼鏡に、王子様は嘆息する。

そうだ。そう言えば鬼畜宰相イルミナートとショタっ子エルにゃんは、複雑な関係なのだと姉が言っていたような気がする。

ここで彼の話題が出るという事は、第4の攻略キャラ登場イベントの幕開けだろうか？

（逃げるぞ、さっさと逃げるぞ……）

分かってる。どうせ男が4人揃ったら5Pが開催されるんだろ？　このゲームの流れは大体掴めてきた。新キャラが登場する前に絶対逃げてやる。

「エルヴァミトーレしか家事が出来ないのに、どうするんだ」

「そうだよー！　エルがいないなら飯どうすんだよ、もう買ってきたパンもないじゃん」

にしてもこいつらも酷い奴だな。ショタっ子は飯炊き要員か。

「そうだ、スノーホワイトは料理出来る？」

俺はベッドでぐったりしたまま、ワンコの言葉を聞こえないフリをした。

「私達のお姫様は今お疲れだ、少し休ませてあげよう」

「えー、じゃあ飯どうすんだって」

ヒルデベルトがしつこく飯飯言っていると、眼鏡が何やらぼそりと呟いた。

「畑」

「は？」

「……畑の辺りにいると思いますよ」

「何故だ？」

答えない眼鏡に、王子はもう一度嘆息する。

「ヒル、エルを探すついでにちょっと畑に行ってきてくれないか？　簡単なものなら私でも作れると思うから」

「ん？　いいけど。……何採ってくればいい？」

「そうだね、どうしようかな」

ここで俺は閃《ひらめ》いた。王子や眼鏡と外出しても、スノーホワイトの体力とか細い足では逃げる暇もないだろう。というかこの二人は、そんな隙を俺にくれないような気がする。

しかしだ。あまり脳ミソがつまっているようには見えない、このワンコ騎士と一緒ならば、逃げるチャンスもあるはずだ。

「ヒル、私も一緒に行きたい」

ベッドからむくりと起き上がりざまそう言うと、ワンコ騎士は顔を輝かせ、ガバッ！とスノーホワイトに抱き付いてきた。

「やったぁ！　じゃあ一緒に出かけようスノーホワイト！」

スノーホワイトの手を取り、じゃれるワンコ騎士を見て王子が膨れっ面になる。

「えー。シュガーには私の手料理の味見をしてもらいたかったのに」

「まあまあ、たまにはスノーホワイトに外の空気を吸わせてやるのも良いでしょう。ずっと家の中に篭《こも》りっきりというのも不健康です」

「それはそうだけど」

かくて、俺はヒルデベルトと一緒に外に出掛ける事になった。


王子達が街で買ってきてくれた、ワンピースとドレスの中間といったやたらヒラヒラした服に着替えると、男達はでれっでれの顔になった。

「流石は私のシュガー、とっても綺麗だよ。まるで朝露に濡れて咲いた、春の花の妖精のような清らかさだ」

「スノーホワイト！　君は世界で一番可愛いね！」

「ま、悪くはないですね」

うむうむ、くるしゅーないぞ。もっと褒め称えるが良い。だが王子、お前はいちいちキスするな、しつこい。ワンコ、お前はいちいち抱きつくな、暑苦しい。おい眼鏡、お前はもっと俺を褒めろ。あとな、ドサクサに紛れて尻触ってんじゃねーよ。この助平。

「ヒル、シュガーの事はくれぐれも頼んだよ」

「任せておいてよ！　これでも俺はリゲル1の騎士なんだから！」

「そうだね、お前が居れば安心だ」

胸を張るヒルデベルトに「うんうん」と満足そうな顔で頷く王子。俺はというと、やや面食らっていた。

（ヒルデベルトってそんなに強いのか）

てっきり、ただの童貞だとばかり……いや、なんでもない。


「ふんふふんふふん～♪」

春の小道をワンコと二人で歩く。

足元では花が咲き乱れ、頭上では小鳥達が囀《さえず》る。小屋の近くを流れる小川では時折魚が跳ねるのが見えた。ヒルデベルト曰く、魚だけではなく沢蟹《さわがに》も獲れるらしい。

「危ないから、手を繋ごう」

橋のない小川を渡ろうとした時、無邪気な笑顔で差し出された手に、少し躊躇《ためら》ってしまった。数秒悩んだが、俺は「はい」と頷いて、ワンコ君の手を握り返した。瞬間、破顔するヒルデベルトに「いやいや、勘違いすんなよ？　川の中に落ちてびしょ濡れ状態から～の、エロイベントよりマシだと思っただけだから」と内心突っ込みを入れる。

川を渡り終えても、ワンコはスノーホワイトの手を離そうとしなかった。

彼はとても機嫌が良いらしく、さっきからふんふんと何やら鼻歌を歌っている。

「スノーホワイト、スノーホワイト！」

「なんですか？」

「これってデートかな？　デートだよね！」

「そうですね……」

　頷きつつも、俺は思わず半眼になってしまう。

（これだから女慣れしてない男は……）

　畑に野菜取りに行くだけのデートとか聞いた事ねーわ。美形だけどフラれるぞ、お前。

「見て。あのお花、とっても綺麗」

　崖の下にある岩場に咲いた一輪の花を指さすと、ヒルデベルトは「今からボールを投げるからを取って来い」と主人に言われた犬のような顔になった。

「うん、そうだね！　あ、もしかして、あの花が欲しいの？」

　あんまりにも無邪気なワンコの反応に、今から自分がしようとしている事に、チクリと胸が痛んだ。

「摘んできてくれますか？」

「わかった！　俺、取ってきてやるよ！」

　そのまま崖を下るワンコに背中を向けると、俺は一目散に走り出した。

　岩肌はかなり急な斜面だった。転落したら命はないだろう。そんな崖の花を摘んで来いと言ってしまった事に、そしてそんな崖に、彼を置き去りにして逃げてしまった自分に、胸がザワついた。でも、そんなの知らない。――こんな感情、俺は認めない。

第四章　綺麗な薔薇には凸がある

赤ずきんちゃんと闇の森

グルルルルルル……。

仄《ほの》暗い森の中。獰猛《どうもう》な狼《おおかみ》達に囲まれ、俺は後悔していた。——無策であった、と。

すっかり忘れていたが、ここは狼どころか魔獣や妖魔まで出る恐ろしい異世界なのだ。

そして、今の俺は非力な女の身。あのワンコ騎士を騙くらかして、街まで送り届けてもらった後撒くべきだったと後悔した。

「くっ……！」

適当に拾って振り回していた木の棒も狼達の牙に砕かれ、丸腰状態になった俺はついに狼達に追い詰められてしまった。

ゴツンと大きな木の幹が背中に当たり、背後を振り返る。頭上からパラパラと降って来た樹皮に、俺はハッと上を見上げた。

（この木なら、いける……！）

丁度良い所に、幹の凹凸や枝がある。俺は意を決すると、木の棒を狼の鼻っ柱に投げつけた。そして、狼が怯《ひる》んだ隙に木によじ登る。――しかし。

ガリッ！

「きゃあ⁉」

狼の爪がスノーホワイトのスカートを掴む。ズルズルと大地へ下ろされていく体に、青ざめる。

（俺、また死ぬのか？）

――絶望で目の前が真っ暗になった、まさにその時。

パァン！

耳を劈《つんざ》く発砲音と共に、火薬の匂いが鼻を掠める。

（え……？）

近くの木の枝で羽根を休めていた鳥達が、銃声に驚き、空へと一斉に飛び立つ。

スノーホワイトのスカートをガリガリやっていた狼が、力なく大地に倒れるのを合図に、残りの狼達は逃げ出して行った。

「助かった……？」

手の力が抜け、ズルズルとそのまま地面に降りた俺の前に、一人の少女が現れた。

「大丈夫？　怪我はない？」

両太股のガーターで拳銃を吊っている少し物騒な少女は、己の獲物をスカートの中に戻すと、地面にへたり込んでいる俺の元へやって来た。

彼女が膝を突き、スノーホワイトの顔を覗き込むと、淡い金の巻き毛が揺れる。

「無事で良かった」

頭上から舞い落ちる鳥達の白い羽の中、ふわりと微笑むその少女はとても神秘的だった。彼女が拳銃を手にしていなければ、きっと、俺は森の中に天使が降臨したと思っただろう。

宝石のような輝きを放っている深い翡翠《ひすい》の瞳。全世界から祝福のキスを捧げられるために作られたような、愛らしい唇。桜色のやわらかな頬にふんわりかかる、ミルクティー色の金髪《ブロンド》は、赤いずきんで上半分を覆われている。

赤ずきんと赤いエプロンドレスが最高に似合うその美少女の登場に、俺は内心歓声を上げた。

（美少女キタアアアアアアアアア！！）


――一方、こちらでも。

「エルにゃんキタアアアアアアアア！！」

スノーホワイトの継母にして、アキラの前世の姉の方も声を大にして叫んでいた。

「向こうの世界の大人の事情により、ショタから合法ショタへと進化したエルにゃん十八歳！　女装ショタ！　赤ずきんバージョン！」

（合法ショタとは何だ？）

謎めいた言葉に真顔で首を傾げる使い魔だったが、寝室の鏡の左右の縁を押さえて叫ぶ主人に血相を変える。

「アキ様、そんなに興奮なさらないで下さい！　って鏡を叩かないで下さい！　割れてしまいます！」

「アキラ君！　会話イベントなんて全部スキップしなさいよ！」

（――って、ショタ？）

「アキ様。彼女は少女ではなく少年なのですか？」

鏡の中の赤ずきんは、彼には少女にしか見えなかった。

訝《いぶか》しげに主人に問うと、彼女は面倒くさそうな顔をして彼を振り返る。

「そうよ。エルにゃんは森の悪い人狼を討とうと女装してるの」

「何故そこで女装する必要が」

「なんでそういう野暮な事を聞くかな？」

使い魔の質問に、主人は些かムッとした様子で口を開く。

「この森には、うら若き乙女を狙う悪い人狼がいるって設定なのよ。畑の野菜を盗んでいるのはそいつだとあたりをつけたエルにゃんは、女装して、狼を誘い出そうとしているって流れなのね」

「人狼は鼻が良い。匂いですぐに男だと気付かれるでしょう」

「本当に野暮な事しか言わない鏡ね」

「す、すみません」

あれから丸三日、鏡に噛り付くようにしてスノーホワイト達の情事を鼻息荒く見守っていた主人に彼は思った。

（この人、寝なくて大丈夫なのかな）

魔女は人間ではない。一ヶ月くらい寝ていなくても、問題ないだろうが……。

（もう一回寝たいな。……性的な意味で）

「アキ様、あの……」

「あああああん！　エルにゃん可愛いよぉ！　エルにゃんの生足もっと近くで見たい！　ズームで見せてよ、ねえ早く！　早く鏡！」

しかしこの主、この調子で中々隙をくれやしない。「どうしたもんか」と考えながら、鏡の中の女装少年にキャーキャーと黄色い声を上げる主を見て、彼は嘆息した。

赤ずきんちゃんと白雪姫

「大丈夫？　怪我はない？」

その金髪美少女に覗き込まれて、俺は狂喜乱舞していた。

スノーホワイトとして生を受けて早18年。こんな美少女、鏡の中の自分（スノーホワイト）を除いて、初めてお目にかかる。

声は女の子にしてはやや落ち着いたテノールボイスだが、俺好みの声質だった。俺が前世好きだった、フタナリしか出てこないエロゲの声優の声と良く似ている。

「助けてくれてありがとう。私はスノーホワイト、あなたは？」

抜けた腰を美少女に支え起こされながら、俺は心の中で叫んでいた。

（淫蕩虫、カムバーック！）

ここに淫蕩虫があれば！　淫蕩虫さえあれば！　彼女とハメハメ出来るかも!?

（――って、そうか。今の俺にはハメる物がついていないのか……鬱だ、死のう）

いや、でも女同士でも貝合わせとか色々あるし、とりあえずこの美少女のおっぱいをモミモミしたいです。パンツも見たいです。宜しくお願いします。

（よし、スノーホワイトの美少女フェイスを生かして頑張るぞ……！）

今の俺は正真正銘美少女なのだ。彼女と仲良くなれば、女同士でお風呂に入って「最近あんたまた胸大きくなったんじゃない？」「えー、そんな事ないよぉ」という、極々自然な流れで彼女のおっぱいを揉む事だって夢じゃないはずだ。

「ぼ……いえ、私はエルザ。この森の悪い狼を退治している途中なの」

「狼ってさっきの狼の事ですか？」

下心などまったく感じさせない、あどけない表情でこくんと首を傾げて見せると美少女は顔を曇らせた。

そしてくちっとくしゃみをする。流石美少女。くしゃみの音まで可愛い。

（ん？　くしゃみ？）

一瞬、何か引っかかったような気がするが、気のせいだろう。

「いいえ、若い乙女を狙うという銀狼。この森の主よ」

「そうなんですか」

「奴は今日、……絶対に討つ」

その決意した瞳に、スノーホワイトの中の人（俺）がさっきからキュンキュン言っている。頑張る女の子、可愛い。よし、俺がこの子の事を守ってあげよう。

「あの、エルザさんは何故そんな危ない事を？」

「え？　うん。実は、見返してやりたい奴がいて」

そう言って俯《うつむ》く美少女の翡翠の瞳に、翳りが射す。

どうやら込み入った事情がおありのようだ。俺は深くは聞かない事にした。こういう時は、向こうが話したくなるまではあえて聞かない方が良い。前世は常に挙動不審で空気の読めないキモオタだったが、スノーホワイトの記憶のある今の俺は、そこそこ処世術というものも弁えている。

「奴の行動パターンは、既に把握している。今から三十分後、奴はきっとここを通るわ。私がそいつを討つまであなたはここに居てくれない？　奴と偶然鉢合わせしたら、あなたみたいな可愛い子は絶対に危ないから」

断る理由もなかった。茂みの中に隠れる美少女に誘導されるがまま、彼女の脇に伏せる。

俺が純粋にもっとこの子と一緒に居たいという理由も大きいのだが、森の主となんぞ鉢合わせしたらスノーホワイトの細腕ではもうどうしようもない。先程この美少女の銃の腕を見たが、腕は確かなようだ。彼女が茂みの奥に隠した狼の死体を確認したが、脳天に銃弾が命中していた。

（可愛い、か）

――確かに、スノーホワイトがとても愛らしい少女である事には間違いないのだが。

「でも、私よりエルザさんの方が可愛いわ」

「えっ？」

謙遜も交えながら微笑んでみせると、美少女の頬が薔薇《ばら》色に染まった。

この真っ赤になって戸惑う様子、もしやこの子は百合っ子なのだろうか？　このまま押せばいけそうな気が――俺でもヤれそうな気がする。

「そんな事は……」

（淫蕩虫さえあれば……）

いや、駄目か。あれは最終的に男が必要となる。

（ああ、ちんぽが欲しい。ちんぽが欲しいったらありゃしない）

ここはファンタジーの世界なんだし、食べたらちんぽがニョキニョキ生えてくる不思議なキノコとかそんな感じのマジックアイテムが、都合良くその辺に生えていたりはしないのだろうか？　そんな事を考えながら、俺は隣に寝そべって銃を持つ美少女の頰にそっと触れてみる。

明らかに動揺している美少女に、スノーホワイトの中の俺がＧＯサインを出す。

「エルザさん、とっても可愛い」

それ以上は言わなかった。ただ、黙って至近距離で彼女の顔をジッと見つめる。

――しばしの沈黙の後。

「えっと、……こんな適当な変装だし、やっぱり気付いていてわざと言ってるの？　だとしたら、君は意地悪だ」

美少女エルザは少し不貞腐れたような顔になると、スノーホワイトを睨んだ。

俺には彼女の言葉の意味する所が、全く分からない。

「どういう意味」

俺がそれを問いかけると、彼女はもう一つくしゃみをした。

もしや、粉症か何かだろうか？　鼻をこするエルザに、ハンカチを貸してやろうスカートのポケットに手を入れたその瞬間――。

グイッ！

「きゃあああ⁉」

スノーホワイトの足首が何かに持ち上げられ、宙吊りになった。

「スノーホワイト⁉」

慌てて立ち上がり、銃を構える美少女の体が遙《はる》か下に見える。

「な、なにこれ……⁉」

スノーホワイトの足首を掴んでいたのは、木の蔓《つる》だった。

慌ててその木の蔓の先を目で辿ってみると、その蔓は近くの大きな木から伸びている。

（これは……！）

その木はただの木ではなかった。幹の部分から、美しい人間の女の上半身が浮き出ている。女の髪は木の蔓で、耳はエルフのように尖っていた。目は魔性独特の色で、縦に細く、長い瞳孔が開いている。――その異形の者を、スノーホワイトは知っていた。

「森の悪魔ドライアド！」

『ほほほほほ！　久々に人の子を捕まえたぞ！』

ドライアドのけたたましい哄笑《こうしょう》が、暗い森にこだまする。

「くそ、油断した！　気配に気付かなかったなんて……っ！」

下でエルザがパンパン銃を撃っているが、スノーホワイトの体はどんどん蔓に巻かれ上空へと持ち上げられる。――そして。

「うわああ！」

エルザの背後から伸びた蔓が、彼女の銃を奪う。なんたる事か、エルザもスノーホワイト同様、宙吊りにされてしまった。

『今日は大漁じゃのう』
『どちらも美味そうな人の子じゃ』
根を脚のようにして、ゾロゾロと動き出す周りの大木達に俺達は絶句する。
――囲まれていた……!?
五体、いや六体か。いつの間にかドライアドの群れに囲まれている。
(絶体絶命……?)
俺の背筋を冷たいものが流れた。

赤ずきんちゃんと魔性達

森の悪魔ドライアド。――お化け柳よりも知名度は低いが、お化け柳よりも凶悪で、凶暴だと有名な木の悪魔である。その正体は、樹齢が千年を越える森の孤独な樹に彷徨える魂が宿り、悪鬼と化した魔性の一種だといわれている。貧しい村々で、口減らしに森に捨てられた老人や子供、森の中で狼や魔獣により無残に喰い殺された者。そんな者達の魂の成れ果ての姿だという説もある。

彼女達の本体は樹木だ。普段はそのまま木の根を地中に埋め、普通の木に紛れ、辛抱強く餌がかかるのを待っている。魔力の強い個体は、あやかしの歌を歌い、人を森の奥深くへ誘い込む。ドライアドの歌は、遠くで聞く分には大した効果はない。しかし距離が近くなると、魔防耐性のない人間は抗えない。フラフラと彼女達の元へ誘導されてしまう。特に、心が弱った人間や心に闇を抱えた人間は、彼女達の歌に弱い。

ドライアドの餌は、人間の肉体と精神だ。彼女達は、若くて美しい人間を好む。美しい女を体内に取り込み、その姿で人の男を惑わすのだ。ドライアドは定期的に人間を摂取しないと、ただの樹に戻ってしまう。そんな性質故に彼女達も必死だ。

余談だが、彼女達は人の女に変化した上半身にある人の口の部分で、男の子種を吸引して繁殖する。美しく神秘的な外見をしているが、その本性は残酷だ。子種を絞り尽くした後は、人間の男をなぶり殺しにするらしい。

ドライアドは、妖魔の中では低級妖魔に属される分類だが、それでも剣や魔術を使えない人間にとって脅威である。――何故なら、この世界では、「妖魔や魔族に出会ったら最後、死を覚悟しろ」と言われている。低級とはいえ、妖魔は妖魔だ。

ドライアドの群れに囲まれた俺は、引き攣った笑みを浮かべていた。

（なんだこら……？）

不運が重なり過ぎだ。普通に生きていれば、まず人は妖魔と出会う事はないのだ。夜中に街道から外れ、郊外に出れば魔獣と遭遇する事はある。森に入れば魔獣も妖魔もいるが、彼等の活動時間帯は夜だ。昼の森で、彼等に遭遇する確率は限りなくゼロに近い。

ここは闇の森ミュルクヴィズ。――名前の通り、昼でも太陽の光が射しこまない、真っ暗な森だ。しかし昼の森で妖魔と遭遇する確率なんて、妖精やユニコーンなどの稀少《きしょう》な魔法生物と遭遇するのに等しい。妖魔の群れとなると、もうこれは己の不運を嘆くしかない。

『ほほほ、お前はまずそこで見ておれ』

スノーホワイトを捕らえたドライアドは、すぐに吸収する事はしない方針でいく事にしたらしい。

俺は木の蔓に蓑《みの》虫のようにグルグル巻きにされたまま、下方で両手両足を縛られている彼女をの名を呼ぶ。

「エルザさん！」

「スノーホワイト！」

ドライアド達は、何故かエルザの事はスノーホワイトと違って、取り込む前にいたぶる事にしたらしい。木の蔓で、鞭《むち》のように彼女のしなやかな肢体を切り裂いていく。

ザシュッ！

「くっ……！」

「エルザさん！」

彼女が心配ではあるのだが、服が切り裂かれる度、徐々に暴かれていく彼女の白い素肌の方に目がいってしまうのは男の性であろうか。……いや、女なんだけどね、体は。

『これは随分と可愛らしい男の子じゃのう』

『たっぷりと可愛がってあげようぞ』

「へ？　男の子？」

舌なめずりするドライアド達の言葉に、俺は呆けた声を出してしまった。――次の瞬間。

ザシュッ！

ドライアドの蔓が、エルザの純白のドロワーズを引き裂いた。瞬間、彼女のドロワーズの中からピンク色の何かがポロンと顔を出す。

「み、見ないでスノーホワイト！」

エルザは耳まで真っ赤になって叫ぶ。彼女の股間から生える、可愛らしいピンク色のキノコは――どう見てもちんぽです、本当にありがとうございました。

「お、男おおおおおおおおっ⁉」

「見ないでって言ってるのにっ！」

ギュッと目を瞑るエルザのその愛らしいキノコの根元に、ドライアドの蔓がしゅるしゅる伸び、まだ幼さの残る彼の性器を締め上げていく。

「あああああああっ！」

（うわ、痛そう……）

悲鳴を上げるエルザを見て思わず俺は及び腰になった。手が自由だったなら、きっと男時代の名残で自分の股間を押さえていただろう。

『精を吸い取る前に、楽しませてもらうぞ』

『ひゃひゃひゃひゃひゃひゃっ！』

「やめろ、この化け物！」

気丈な目で一喝した後、エルザは瞳を閉じると何やら呪文を唱えはじめた。

（まさか、魔術師⁉）

だとしたら、エルザはかなりのレアキャラだ。この世界で魔力を持って生まれる人間は、百人に一人の割合だと言われている。そしてそれを使いこなせる人間となると、更に限られてくる。——しかし。

『おお、術が使えるのか』

「ぐっ、……ううっ！」

ドライアドの蔓がエルザの首を絞め、彼の呪文詠唱を中断させた。

『ほれほれ。どうじゃ、辛いかえ？　それとも気持ちが良いかえ？』

『ほほほほほ、この坊や、先っぽからはもう透明なお汁が漏れておるぞ』

そして、エルザの剝きだしの雄をその青白い手に取ると、上下に扱き、敏感な先端部分にふうと息を吹きかけ、舌先でつついたりして、彼を辱め出した。

「や、やめ」

根元を縛られている以上、どんなに気持ち良くなってもエルザは射精する事が出来ないのだ。首を硬く締め上げている蔦を両手で摑み、苦しげに呻くエルザの腰は、先程からビクビクと断続的に痙攣している。

ドライアド達はエルザの精を搾り取る前に、彼をいたぶり、辱める事にしたのだろう。

彼女達は人間の怒りや憎しみ、悪意などの負の感情を吸収すればするほど、強力になっていく生き物だ。しかし、恐怖や痛み、羞恥心などの感情は快楽へと繋がるらしい。

「――っ！」

エルザの首を絞める蔓を緩め、彼の乱れる吐息や嬌声は聞こえるように。しかし呪文詠唱は唱えられない具合に、上手い具合に首に巻いた蔓の強さを調整している。

美少女と見紛う女装少年が、魔性のお姉様達にイジメられているその光景に、俺の息子はむくむくと――ではなく、スノーホワイトの秘所が疼きはじめた。

はい、男の娘《こ》とかフタナリとか、大好物でした！

『ほう？』

スノーホワイトを捕らえたドライアドが、ニヤニヤと意地の悪い目付きでこちらを見上げ嗤っている。

『このオナゴ。坊やがわし等にいたぶられている様子を見て欲情しておるぞ』

「な！」

「スノーホワイト……？」

ドライアドの言葉に真っ赤になったのはスノーホワイトだけでない、エルザもだった。

『いいだろう、主も楽しめ』

スノーホワイトを捕らえた蔓がやや弱まるが、それでも手足は硬く拘束されたままだ。

そのままスノーホワイトの体は、上空より大地へと下ろされていく。

『くく、皆の者、これを見よ』

ドライアドの本体前の目の前まで降ろすと、そのドライアドは魔性独特の白過ぎる手でスノーホワイトのスカートを捲り、既に染みが出来ているスノーホワイトの下着を撫でた。

『こんなに濡らしおって、恥ずかしい娘じゃ』

「きゃあああ！　や、やめっ」

ドライアド達の嘲笑と共に、ごくりと唾を飲み込む音が微かに聞こえた。

「スノーホワイト……」

（エルザに、見られてる）

ドライアドは蔓でスノーホワイトの太股を持ち上げるようにして縛りなおしながら、下着の上から花芯を擦りだした。

「やっ！　やぁ、やめて、くださ……っ！」

いやいやと頭を振り嫌がりながらも、俺は興奮していた。ドライアド達の上半身は、それはもう美しい人間のお姉様方なのだ。裸の。そんなお姉様達に口々に言葉攻めされるという、前世、夢にまで見たシチュに俺は感じまくっていた。

ご褒美ですか、これは。ビバ女体化転生！　涙が出るほど嬉しいです！

（って、相手が男じゃない事に喜んでる場合じゃねぇよ！　女でも妖魔だよ！）

とは思うのだが、鋭い爪の先端で下着の薄い布越しに花芯をカリカリ引っ掛かれると、とても気持ちが良い。あの男達によって、女の悦びを散々教えられた体はすぐに反応してしまう。スノーホワイトの花芯は、既に下着の上からも判るほど勃ちあがり、膨れあがっていた。最初はうっすらだった下着の染みも徐々に濃い色となり、大きく広がっていく。

『そんなに雄が欲しいのかえ？』

『いやらしいオナゴじゃのぅ、これはもう男を知っている顔じゃな』

「や、やめてくださいっ！」

『ほれほれ、わしらに己の恥ずかしい部分を見せてみろ』

笑いながら見ていたドライアドの鋭い爪が、スノーホワイトの紐パンの結び目を裂いた。

「きゃあああああああああ！」

ただでさえ薄くて頼りない下着がはらりと大地に落ちて、スノーホワイトの秘すべき場所が衆目に晒された。

『ほほほほほ！　見てみよ、こんなにおそそを濡らしておるぞ』

『もう男が欲しい、男が欲しいとヒクヒク言っておるではないか』

『坊やにもこの恥ずかしい様子を見てもらえ』

そのままスノーホワイトの体は下へと下ろされて、大きく脚を開かれた状態でエルザの目前で固定された。

「見ないでぇ、見ないでエルザさん……！」

「スノーホワイト……」

エルザの目の前に、愛液で濡れそぼり、ヒクつくスノーホワイトの秘所が晒け出される。

彼の吐息が秘所に届く、そんな至近距離だった。恥ずかしくて恥ずかしくて、しかしそんな羞恥心が更に火を付けるのか、スノーホワイトの秘所からたらりと蜜が溢れ出した。

——ちょっと待て、スノーホワイト！　……の体を持つ俺！

（命のピンチなのに、何でこんなに感じまくってるんだよ⁉）

今までの状況とは明らかに違うのだ。ここは感じる所ではない。命の危機を感じる所だ。しかし——ドライアド達の辱しめにも感じてしまっているこの体は、確かに今、目の前にある少年の雄を欲していた。

「エルザさん……」

「スノーホワイト……」

名前を呼んだ瞬間、彼の性器がびくりと反応したのは、——恐らく偶然でも俺の自惚れでもない。

魔性達の哄笑に怯えた鳥達が空へと飛び立つ羽音が、どこか遠くに聞こえた。

赤ずきんちゃんは男の娘

『面白い事を思いついたぞ』

リーダー格のドライアドはそう言って、含み笑いをする。——嫌な予感がした。

『お主もその坊やを虐めてやれ』

　ガッ！

「くっ！」

　蔓でエルザの体は、乱暴に地面へと叩き落される。後頭部を強か打ったように見えた彼だか彼女だかを心配して声を上げるが、今、次に案じなければならないのは自身の体だ。

「エルザさん、大丈夫ですか⁉」

「きゃあああ⁉」

　大きくM字に脚を開かれた体勢のまま、蔓によって戒められ、固定されたスノーホワイトの体は、またしても上へ上へと引っ張り上げられる。

　何をされるのかと思えば、ドライアドの蔓はスノーホワイトの体はをエルザの真上にまで持ってきた。もっと事細かにいえば、ドライアド達の鋭い蔓によって切り裂かれ、素肌が露出したスカートから覗く、天を目掛けて上へとまっすぐに猛り勃つ物の上に、だ。

　まさかと思ったが、俺の嫌な予感は的中してしまった。

　ズズズッ……ぐちゅっ、ぬち……！

「ひゃあ⁉」

「っん、あ、あぁぁっ！」

　スノーホワイトの体は、エルザの熱杭目掛けて一気に落とされた。まだ幼さを残した淡い色のエルザの陰茎が、スノーホワイトの秘肉の奥に白刃の如く突き刺さる。

てしまった。


(やば、い……やばいわ、これ……)

「はっ、はあ……」

下へ落とされた瞬間、子宮口を未だかつてないほど強く男の肉砲で穿たれ、一瞬で達してしまった。

「はあ、は、あ………え?」

また体を上へと引き上げられる。体の奥からエルザの熱杭を引きぬかれ、そして――。

ジュ、ギュププ……!

「きゃん! あんっ、あぅ! きゃぅ、……っや、いやぁあああんっ!」

まるで初めて家を訪れた客人を警戒して、吼《ほ》えまくる小型犬の鳴き声のような、AVでも滅多にお目にかかる事がないあえぎが、スノーホワイトの口から溢れ出す。

「っく、……あ、うっぁ」

下で苦悶《くもん》の表情を浮かべながら耐えるエルザに、甘い悲鳴を上げ続けながらも俺はふと我に返る。

(これ、まずいだろ……)

スノーホワイトの体が間違った場所に落とされ、彼の物が蜜壺に命中せずにズレてしまったら――エルザの物がボッキンと折れて陰茎折症になってしまう。

前世、俺はクラスメイトのリア充・下村《しもむら》の、下の村の者が陰茎折症になった話を小耳に挟んだ事がある。なんでも彼女の綾小路《あやのこうじ》さんが、奴の下の村の者の上で激しく腰を振っていら、力を入れ過ぎてボッキンと折れてしまったらしい。奴等は強いようで、意外に繊細で脆《もろ》い奴なのだ。壊れ物注意なのである。

エルザのおちんちんがそんな事になってしまったら大変だ。

この世界に恐らく泌尿器科は存在しない。そしてこの世界では、魔術というものは一般的ではない。魔術が普及しているのは、この大陸でもほんの数ヶ国だけなのだ。

エルザは魔術が使えるようだが、回復魔術の適性があるのかは判らないし、折れたちんちんが回復魔術でどうにかなるのかなんて、当然、俺には判らない。

俺が好きだった綾小路さんと毎日セクロスをしていた下村と、奴の下の村の者はとても罪深い奴だ。奴等には天罰が当たって当然だと思うが、エルザには何の罪もない。もしかしたらエルザも今までの人生、何かしらの罪を犯した事もあるかもしれないが――エルザは可愛い。「可愛い」というだけで、俺の中でエルザの罪は完全に帳消しになる。男の娘というこの世界の神秘に、奇跡に、罪などあるわけがない。ちんぽが生えているからこそ男の娘達は光り輝き、目が眩むような眩しさを放つのだ。ちなみにフタナリも同様である。美少女にちんぽが付いているというそのギャップに、前世の俺のような上級者の百合豚はブヒブヒ言うのである。ご理解いただけただろうか？

エルザのちんぽが心配だった。心の底から心配だった。ちんぽはエルザの魅力だ。この美少女フェイスにちんぽがあるからこそ、俺はエルザたんにハアハア出来る。ちんぽがないエルザなんて、魅力が半減どころの話ではない。折れたまま放置すれば再起不能、最悪、壊死してお亡くなりになってしまう事もあるとインターネッツ情報を思い出した俺は、彼の息子さんの事が心配で心配で仕方がないのだが、ドライアド達にとってみれば最後に精液さえ奪えれば、エルザのちんぽなどどうでも良いのだろう。最悪陰嚢《いんのう》を切り裂いて、中から精液を取り出すという強硬手段だってある。ドライアド達は哄笑をあげながら適当に俺の体を持ち上げては落とし、持ち上げては落としを繰り返す。

じゅぶ、じゅぼじゅぼ……！　にゅぽ、にゅぷぷっ！

「はあ…っあん、あっあん！　っひ、う…あっ、や、やぁ……んんっ！」

「の……ほわ、い……っと……！」

『ほほほほほ、良い声で鳴くのぅ、この娘は』

『虐め甲斐《がい》のある人間達じゃ』

エルザのちんぽを心配しつつも——可愛い男の娘のちんぽに子宮口を強く抉られ続け、綺麗なお姉様達に口々に言葉責めをされているこの現状、理性を保つ方が難しかった。

今回は今までとは違い、中の人《おれ》の性的嗜好がガッチリ一致している。下に落とされる度に、自分の最奥を炎の刃で灼かれるような、その鮮烈な感覚に気が狂いそうだ。

「いっ、おなか、あつ、い、……だ、だめぇ……っっ!!」

（やば、い……これ……）

ここ数日スノーホワイトは幾度なく、様々な男根を咥え込んできた。色々な体位で、多種多様な角度で男達に最奥を突かれてきたが、この激しさは今までのものの比ではない。

体を持ち上げられてエルザの亀頭ギリギリまで引き抜いた後、スノーホワイトの全体重をかけてその上に落とされているからだろう。今まで挿れられたどの男根よりも強く、深く、激しく奥を抉られている。下に落とされ、エルザの熱で子宮口を押し上げられる度に目の前が真っ白に染まっていく。

「はっあぁ……あ、ぅ、あぁぁ、っん！………あ……はあ、ああぁ…あああ…」

甲高いアンアンと言った喘ぎ声は、気が付いた時には力ない啜《すす》り泣きに変わっていた。

――その時。

ズブブッ……ずにゅっ！

「ひ、ひぅ……っ⁉」

一層深く奥を穿たれ、白い花火が目の端で弾けた後、体全体の力が抜ける。おしっこを限界まで我慢した後、トイレに行った時のような開放感に全身が弛緩《しかん》した。一体何が起こったのかと下に目をやれば、蜜壺からは蜜でないサラサラした透明な液体がボタボタと零れている。もしかしてこれが潮を吹いたという現象なのかもしれない。

（これが潮吹き……）

とてつもなく気持ちが良いのだが、問題は潮を噴いている間もスノーホワイトの体は、蔦で上に持ち上げられては落とされてを何度も繰り返しているという事だ。

ビチャビチャとしばらく止まりそうにない液体が、今まで以上に卑猥な音を奏でだす。

「やめ、やめてぇ……きもち、いいの、きもちいいから、やめてぇ……っ」

泣きじゃくりながらドライアド達に懇願するが、彼女達は声高らかに笑うだけだった。

『気持ち良いからやめて欲しいとはおかしな事を言う娘じゃのぅ』

『ほほほ、これはいい。しばらく喰わずに可愛がってやるとするか』

「いやぁ、いや、……そん、っなの、いやぁっっ！」

首を横に振りながら咽び泣くスノーホワイトの下のエルザの赤いスカートは、既にビショビショに濡れている。エルザの下の地面まで濡れていた。小さな水溜りまで出来ており、羞恥のあまり、一瞬、思考が停止した。

「っ！……の、ほわい、と！　そんな、キック、締めないでっ！」

俺の下で、エルザが涙目で叫ぶ。

「ごめん、なさっ……で、でも！　あ、あっあああん！　や、やぁん、んん……っ！」

「いた、い、……つらいんだ……っっ！」

俺はスノーホワイトの体が達すれば達する程、エルザの物も強く締め上げられ射精の欲求が高まる事を思い出した。エルザの物の根元は、未だに蔓によりキック締められている。

（そうか、イっちゃ駄目なんだ）

このままでは、下手をしたら彼の陰茎が壊死してしまうかもしれない。

――〝陰茎絞扼症《いんけいこうやく》〟という悪夢が俺の中に再現される。

陰茎絞扼症。生身の女には縁のない人生だったが、これは俺も一度経験があった。

俺は以前から〝陰茎の根元を縛られながら、巨乳の淫乱なお姉さんに犯される〟というシチュに憧れていた。何を隠そう、痴女に逆レイプされるのが前世の俺の夢だった。相手は女淫魔《サキュバス》の時もあれば、ミニスカ眼鏡のエロい家庭教師、欲求不満な主婦（母乳がビュービュー出る）など様々なパターンがあった。一番のお気に入りはＪＫの集団にちんぽを縛られ、玩具のように虐められる美少年（俺）というシチュだ。次は俺が女顔の美少年という設定で、スパイとして女子校に潜入したもののすぐにバレて捕まってしまい、生徒会のお姉様達にちんぽを縛られながら「誰に雇われたの？　白状しなさい？」と性的にイジメられるシチュである。

考えたら実際してみたくなり、家にある輪ゴムを使ってやってみた。次第に輪ゴムでは物足りなくなった俺は、当事好きだった綾小路さんの指輪をこっそり拝借して息子にハメてみたのだが、それがいけなかった。

暗赤色に腫脹《しゅちょう》したおのが息子に、俺は思わず悲鳴を上げて姉の部屋に駆け込んだ。姉は「もうこんな弟いやだ……」と泣きながらも救急車を手配してくれた。

——しかし困った。イってはいけないと思えば思うほど、イクのを我慢しようと思えば思うほど、体の熱は昂っていく。

「ごめ、エルザさ……っん！　また、い、イク……っ！」

「だ、だめ、待って……っ！」

下で涙目のエルザに首を振りながら哀願されるが、迫りくる絶頂感は、もう自分では止められない。

「イク、イっちゃ、ぅ、イっちゃう！　ごめ、ごめんっなさ、っい！」

「ま、待っ……んんっ！——くっ、う、ぅく、あ、あぁぁああ!?」

スノーホワイトが達すると、収縮する蜜壺の中で熱を解放できないエルザの物が一層膨らみ、彼の口から悲痛な声が上がる。

『ほほほほほ、いいのぅ。真に良い悲鳴で泣いてくれるわ』

『これは面白いの、もっと上から落としてみるかえ？』

エルザの悲鳴に応えるように、ドライアド達はスノーホワイトの体をますます激しく彼の下腹の上で上下させる。

ずりゅ！

「あっ！　あっあああっ、ごめ、ごま、た……イク……っ！」

「だ、め、だめ、イかな、いで！　も、つらいっ！」

エルザの熱杭を完全に引き抜かれ、勢いよく下ろされた瞬間、彼の熱がスノーホワイトの奥の急所にもろに当たって達してしまった。またしてもスノーホワイトが達してしまった瞬間、エルザは喉を仰け反らせて上擦った声を上げる。

「い、痛い、……だめ、も、げんか、い……っ」

涙をボロボロ溢しながら、全身をビクビク痙攣させながら呻くエルザに、これはまずいと思う。本当にこのままでは彼の物が壊死してしまう。——その時。

『うぎゃあああああああああ！』

『な、何じゃ⁉』

ザシュッ！　ズガッ！

ドライアド達が、次々と倒れていく。

（え……？）

ガッ！

「⁉」

次の瞬間、スノーホワイトはまたしても上空へと浮かび上がった。

「スノーホワイト！」

切羽詰ったエルザの声が、遙か下方で聞こえる。

（な……⁉）

首を捻って自分の襟首を掴み上げる者を見上げると、そこには驚く程大きな銀色の狼がいた。自分を咥える狼のその大きな牙に、次々とドライアド達をなぎ倒していくその凶悪な爪に、快楽の余韻が一瞬で吹き飛んだ。この大きさ、普通の狼ではない。――またしても魔性の一種だ。

「なんじゃこりゃああああああああ⁉」

思わず男時代の口調に戻って、俺は絶叫した。

覚悟してギュッと目を瞑る。……しかし、何も起こらない。それから数秒後。

（え？）

トン！　と、地面に爪先が付く感覚に、恐る恐る目を開く。

後を振返ると、銀狼が牙で咥えていた俺の襟首を離す所だった。驚く程優しく解放されて、唖然とする俺を置いて、その銀狼は高く跳躍する。そしてまた、ドライアドの群れを次々と薙倒していった。一体何が起こっているのか判らない。

「森の主！　何故お前が人間を助けるんだ⁉」

エルザの鋭い叫びに、俺は遅ればせながらこの狼の正体を理解する。

『なぜお前が人の子の味方をする⁉』

『血迷ったか！』

驚愕の声を上げたのはエルザだけじゃない、ドライアド達もだ。

グルルルル……。

銀狼は答えなかった。ただスノーホワイトを守るように俺の前に立ち、ドライアドの群れを威嚇している。

『くそ、逃げるぞ！』

『なんなんじゃ、一体！』

捨て台詞を吐きながら、森の奥へと消えていくドライアド達を、俺達は呆然と見送った。

魔性達の気配が消えると、銀狼もノソノソと歩き出す。

「待って！　もしかして、私の事を助けてくださったのですか？」

背中に向かって叫ぶと、銀狼は一瞬だけこちらを振り返った。その蘇芳色の瞳を、俺は知っているような気がする。――瞬間。

ブワアアアアアッ！

（これは……）

頭の中に広がる、二度目のムービー映像。

（一度目はあのアミール王子との映像だったが、今度はまさか……）

『野良犬か、餌はないぞ！』

『お前が来るような所ではない、帰れ』

城門辺りが騒がしい。幼女時代のロリーホワイトが駆けつけると、門番が二人、子犬を槍《やり》の先でつついて追い返そうとしている所だった。

『やめなさい、何をしているの？』

槍でつつかれている子犬は、蘇芳色の瞳をしていた。大分すす汚れており、微かに銀色に光る毛並みは、灰色に見える。――この子犬、百発百中、森の主の昔の姿だろう。

アミール王子の時も微妙に顔が隠されていたが、これ、ゲームをプレイしていて分からない奴っているんだろうか？

『お腹が空いているの？　パンをお食べ』

『くぅん』

そんなこんなでロリーホワイトが門番達から森の主を助け、餌付けしたのが二人の出会いだったらしい。

『あなたもお母様がいないのね』

『くぅん』

『なら、わたしと同じね』

母親のいない二人は、すぐに友達になった。スノーホワイトはその子犬を〝ぽてと〟と名付けた。ちっちゃな足でぽてぽて歩くその様子が、名前の由来だった。スノーホワイトとぽてとは、いつも一緒だった。一人と一匹は、兄弟のように仲良く育った。

――しかし、そんなある日。

『なんじゃこの汚らしい犬は！　城から追い出せ！』

破裂寸前の風船のような豊かな乳の、ボンキュッボン！　のお姉様――ではなかった、意地の悪い継母リディアンネルに、ポテトの尻尾が捕まれる。宙吊りにされたぽてとは、キャンキャン！　と悲鳴のような鳴き声をあげる。

スノーホワイトは、必死の形相で継母へ訴えた。

『待って義母様、ぽてとは汚くないわ！　ちゃんとお風呂にも入ってるの！』

『でも灰を被ったようなくすんだ色をしているではないか。おい、捨てて来い』

『やめて！　ぽてとは私のお友達なんです！』

兵にぽてとを渡そうとする継母に、スノーホワイトはすがり付く。

『くっ、離せ！』

ドン！

『きゃあ！』

突き飛ばされたスノーホワイトが床に倒れた、その時——

ブワッ！

ぽてとの毛が逆立ち、蘇芳色の瞳が紅く光る。

『ぎゃあああ！　妖魔じゃ！　この王女、妖魔を飼いならしておる！』

『ひっ！　姫様、離れてください！』

『えっ？』

継母に投げ捨てられたぽてとは、無事、床に着地すると、スノーホワイトを守るように彼女の前に立った。

グルルルル……。

『ぽてと、あなた、妖魔なの……？』

自分の前に立ち継母を威嚇するぽてとにそう問うと、その子犬は悲しそうな目をしてスノーホワイトを振り返る。

『そうなの、ぽてと?』

『…………』

ぽてとは答えなかった。答える代わりに、風のように彼女の脇を駆け抜けて、部屋を飛び出した。廊下を走るぽてとを、スノーホワイトは追いかける。しかし、彼はあっという間に城を飛び出して、森の奥へと消えてしまった。

『ぽてと! まって、戻ってきて!』

それから雨の日も、風の日も、雪の日も。季節が何度も廻っても、二人で遊んだ城の裏庭でぽてとを待つスノーホワイトのムービーが流れる。

しかしそれ以来、ぽてとがスノーホワイトの所に戻って来る事はなかった。

『もう会えないの? 私はあなたが人喰い狼でも妖魔でも構わない、何なら私の事を食べてくれても良かった。そのくらい、ぽてとの事が大好きだったのに』

スノーホワイトは、毎日ぽてとと遊んだ黄色のボールを片手に俯く。

『また一人ぼっちになっちゃった』

彼女の頬に、透明な雫《しずく》が滑る。空を見上げると、雷鳴が轟《とどろ》いていた。一雨が来そうだ。

そのまま裏庭にボールを置いて、スノーホワイトは城の中に戻った。

(神様。どうかあの子が雨露を凌げる温かい寝所と、温かい食事にありつけていますように)

スノーホワイトが立ち去った裏庭に灰色の影が映り、ボールを咥えた所でそのムービーは終了した。

（そうか、こいつはぽてとだ）

その時、俺の頭の中に毎度お馴染みの三択が浮かぶ。

１「きゃあ！　怖いわエルザ助けて！」

２「妖魔よ、お消えなさい」

３「ぽてとなの？　ありがとう！」

俺はその選択肢に、一瞬真顔になって考えてしまった。これ、１と２を選ぶ奴はちょっと人間性に問題あるだろ。このムービー見た後で１、２を選ぶ奴は流石の俺もどうかと思う。……いや、１を選べば怯えたフリをしながらエルザにひっつけるとか、そういう旨味のあるイベントが発生するのかもしれないが動物には罪はない。こう見えて、俺は動物好きなのだ。迷わず３を選ぶ。

「ぽてとなの？　ありがとう！」

森の主は何も応えなかった。森の主はしばし立ち止まった後、大きく跳躍すると森の奥へと消えて行った。

「助かった？」

「みたい、ですね」

しばらく俺達は腰を抜かしたままその場に佇《たたず》んでいた。

「い、いたたっ」

股間を押さえて蹲るエルザに、俺は弾けるように顔を上げた。あれは本気で痛そうだった。

「だ、大丈夫ですかエルザさん！」

慌てて駆けつけ、エルザの顔を覗きこんだ瞬間――スノーホワイトの手首は、思いもよらぬ強い力で押さえられる。そのままエルザの雄を握らされ、「え？」と顔を上げる。エルザは笑っていた。林檎のように真っ赤な唇をペロリと舐めて、エルザはまるで別人のように艶かしく笑っていた。

「ねえ、これ、どうしてくれるの？　全部とは言わないけど、君のせいでもあるよね？」

エルザはスノーホワイトの手首を掴んでいない方の手で、シュルシュルと自身の肉を縛る蔓を解くと、頭を軽く振って、被っていた赤ずきんと長い巻き毛のヴィッグを外した。

（あれ、この子こんな顔だっけ？）

いや、髪が短くなっても、赤ずきんを取っても、エルザが可愛い事には変わりない。目を細めたせいだろうか？　可憐な表情が消え、一気に男の顔付きになった。さっきまで震える仔兎《こうさぎ》のような赤ずきんちゃんだったのに、今の彼には、狼の耳と尻尾まで見える。

（おかしいぞ、幻覚か……？）

そのサディステックな微笑に、思わずイルミナートの顔が脳裏に浮かんだ。今頃あの不敬な宰相殿は、アミール王子に料理の下拵《ごしら》えをさせながら、家で本でも読んでいるだろう。

俺は何故、今、あの鬼畜眼鏡の事を思い出したのか。男顔の眼鏡と、美少女フェイスのエルザとでは顔の造りが全然違う。似ている部分すらない。

「君があんなにギューーギュー締め付けるから、もげると思ったよ」

少し恨みがましい目でこちらを睨んだ後、エルザは白い真珠のような歯を零して笑った。

「ねえ、スノーホワイト。僕のペニスを慰めて。とっても痛いんだ、ほら、赤く腫れているでしょう？」

（いや、腫れてるのは勃起してるからだろ）

内心、突っ込みを入れた後、俺は少しの間考える。――しかし考えるまでもなかった。

（男のちんぽ↓気持ち悪い。死んでも舐めたくない。男の娘のちんぽ↓舐めたい！　不思議！）

俺は跪《ひざまず》くと、ぱくりとエルザの雄を咥えた。

男のちんぽを咥える事に、抵抗を感じなくなってきている自分に、少しだけ悲しくなる。

「仕方ないですね」

「ありがとう、スノーホワイト」

そう言ってニッコリと微笑むエルザの笑顔は、やはりとても可愛らしい。だが、なんだかこの美少女フェイスに騙されているような気がしてきた。

「っ……ん、ん」

口に含んだエルザの物からは、雄の味がした。――欲情している、男の味だ。

今までずっと、「男の娘のおちんちんは、おんにゃのこみたいな甘い香りがフンワリする！」とか、「男の娘おちんぽみるくは、練乳味に決まってる！」とか思っていたが、この分だとエルザの精液の味も、王子達の物とそう変わらないだろう。

そんな現実に少し悲しくなりつつも、いや、これはこれでむしろありだなと思ったり。

「そうそう、上手いね。……君、結構経験あるの？」

「そんな、ないですけど」

つい先日まで処女だったし。しかし、言われてみれば何気にエルザで四人目だ。

「本当に美味しそうに舐めてくれるね、嬉しい」

裏の筋が張っている部分を、根元から丁寧に舐め上げると、エルザは満足そうに微笑みながら、スノーホワイトの頭を撫でてくれた。

頭を撫でる手に、ふと顔をあげてみればエルザと目が合った。優しく細められる瞳に、スノーホワイトの胸がまたしてもキュンキュンいっている。「短期間でトキメキ過ぎ！一体何人目だよ！」と突っ込む事は、もう止める事にした。恐らくこれは生理現象……いや、科学反応なのだ。

「よしよし、いいこだねスノーホワイト」

（うう……）

フェラしている時、こうやって優しく頭を撫でられると、何故かとても嬉しくなって「もっと頑張らねば！」と思ってしまう。

（奴等好みに調教されつつある。なんだか嫌だな……）

俺のフェラ技術は、あの地獄の三日間でかなり上達したと思う。元々、中の人が男なので、スノーホワイトは男の弱い部分を知っている。男は視覚的興奮に弱いのも承知していた。最初は吐き気しか催さなかったイラマチオも、今となってはスノーホワイトの秘所を疼かせ、愛涎《あいせん》を垂れ流すためのただの嬉し恥ずかし口腔凌辱となってしまっている。亀頭の先端をグイグイと喉に抽挿されながら腰を振られると、最初は苦しいのだが、次第に酸欠から頭がボーっとして気持ち良くなってくるのだ。

自らあの恍惚《こうこつ》感を求めるように、エルザの物の先端を喉奥に咥えこむ。気持ちがいいのか、エルザの腰がぴくりと震えた。それがとても可愛くて、ますます嬉しくなってきてしまった俺は、必死に口腔内で舌を裏筋に這わせて動かす。

「腰、動かしていい？」

そう言うなり、エルザはこちらの返事を聞く前に、両手でスノーホワイトの頭を抑えて固定する。

「……んっ！」

顔面が彼の下腹に密着すると、彼の下腹の芽生えも必然的にスノーホワイトの顔に触れた。陰茎そのものは雄の匂いだったが、そのつつましやかな繊毛の絹草からは、なんだかとても良い香りがした。恐らく彼の使っている石鹸《せっけん》に、花の精油が含まれているのだろう。甘い芳香に頭がクラクラする。

「いくよ」

エルザは見掛けによらぬ強い力でスノーホワイトの頭を押さえつけた後、腰をガンガン振りはじめた。下腹と顔面が密着する度、エルザの髪と同じ色の柔らかい金の若葉が頬に触れるのだがその感触がこそばゆい。

（あー、俺、凌辱されてる……）

腰の動きは徐々に早くなっていき、エルザの呼吸も次第に上がっていく。亀頭が喉を抽挿する動きもどんどん激しさを増していく。

苦しい。吐きそうだ。しかしそれを我慢してひたすら耐えていると、いつかのように頭がぼーっとしてきた。思考と視界に霞《かすみ》がかかり、なんだか体がフワフワしてきた。スノーホワイトの体は疼きを覚え、内股のあわいをドロリとした生温かいものが流れ落ちる。

（バックからも突いて欲しいな……）

腫れぼったくなっている秘肌を後から貫いて、揺さぶる男の肉がないのことを寂しく思う。――って、待て。一対一のセックスで物足りなさを感じるとかないだろ！　あいつらに毒され過ぎだろ、しっかりしろ、スノーホワイト！　というか俺！

「驚いた。君って本当にいやらしい子だね。今僕に口の中を凌辱されているっていうのに、もっと辱めて欲しい、こっちもお願いって、物欲しそうにお尻を振ってる」

エルザに指摘され気付く。スノーホワイトは彼の物を咥えながら、尻を高く突き出すようにして腰を振っていた。

「さっき初めて会った時は、まさかスノーホワイトがこんなにエッチな子だと思わなかったよ。ねえ、僕がドライアドに辱められているのを見て、ここを濡らしていたって本当なの？」

エルザの伸ばした白い手が、愛涎でどろどろに蕩けたスノーホワイトの秘裂に触れた。

「んんん！　ぅ、んっ……！」

来るべき官能の予感に、スノーホワイトの体がぞくりと震えた。

赤ずきんちゃんと秘め事

「本当に濡れてる」

このままでは手淫しにくいと思ったのだろう。エルザはくすりと笑いながら、スノーホワイトの腰を自分の上に持ち上げた。スノーホワイトの体が地面に横たわるエルザの上に乗っかる形で、双方の頭と足の位置が逆になる。

（こ、これは、シックスナイン⁉）

「そのまま続けて」

エルザは下からスノーホワイトの鼠径部の窪みをなぞると、下腹にある小丘を指で拡げて見せた。

「凄い、本当にびしょ濡れだね。なんでこんなに濡れてるの？　ドライアド達に悪戯されたから？　それとも僕のがそんなに良かった？」

「待っ……て！」

「それとも君はああやって沢山の人に見られると燃えちゃうタイプ？」

「ちがっ、……ん……ッんん、ふ、……は、ぁ、」

意地悪な事を言いながら、エルザはスノーホワイトの剝きだしの秘裂をゆっくりと指でなぞり上げる。

思わずひっと喉が引き攣り、咥えていた物を口から離してしまった。

「そんな、こと、されたら……っ、うまくできな、っ……ああッ！」

「うん、歯、立てないでね」

イラマチオの時も思ったのだが、ここで歯を立てるとか立てないとか、そこまでの配慮ができる奴っているのだろうか？　自分が女になって奉仕する側の立場を経験して、なんとも恐ろしいプレイだと実感した。

「だめ、そんな！　ぁ……っんん！」

エルザの顔のある方を振り返って抗議するが、彼は我関せずといった様子で中の肉の合わせ目をも指で割り、奥の肉の洞まで暴きだす。

「綺麗な色だね、とっても美味しそう」

「やぁっ！　エルザ、そんなとこ、見ないでっ！」

「恥ずかしいの？　困ったなぁ、本当に可愛い」

「な……っ！」

「もっと恥じらってみせてよ。君の恥じらう姿、僕とっても好きみたいだ」

よがるスノーホワイトを嗤うように、彼はくすくすと笑いながら蜜壺から溢れる花蜜を舐め、濡れた花弁をその愛らしい唇で啄ばむ。

（だめ、だ……）

ドライアド達の手により、何度も強制的に達せられた事もあって、元々敏感なスノーホワイトの体は、更に敏感になってしまっている。物足りない刺激に、理性の糸が今にもプツリと切れてしまいそうだ。少しでも気を抜くと、彼の顔に陰部を擦り付け、腰を振りだしてしまいそうだ。そんな自分の衝動に気付き、唖然とする。

「スノーホワイトのここ、舌だけじゃ足りないってヒクヒクいってる。自分でも分かる？」

「わかん、なっ……ん、っんん……！」

「もっと奥に欲しいって、ほら、僕の指を飲み込もうとしているよ。スノーホワイト、君みたいなはしたない子に、生まれて初めて会ったよ。女の人って怖いなぁ、君のような清《せい》楚《そ》な顔をしてる子でも、一皮剝けばこんな風になっちゃうんだもの」

「そん、な……は、ぁっん」

「それとも、君が特別なの？」

二本そろえた指がとめどなく愛涎をたらす秘口につぷんと挿し込まれる。待ち焦れた刺激に、悦びで背筋がしなった。

「僕もどうやら悪趣味みたいでね。昼は淑女、夜は娼婦。そんな君の二面性が好ましい」

「なに、を……」

「ひとたび触れれば即座に反応する感度の良い体に、蜜のように甘い声。愛欲で濡れる瞳はぞくりとするほど艶かしい。……不思議だな、今まで出会ったどの女の子よりも君に女の色香を感じるよ」

指で抽挿を繰り返しながら、エルザはちゅっと甘い音を立ててスノーホワイトの一番弱い部分に吸い付いた。

「ッああ！」

「知覚神経終末で、性感を得る陰部神経小体が外陰部の皮下組織内に散在する為、特に陰梃の刺激に女性は弱いと本で読んだ知識としては知っていたけれど、……ふぅん、やっぱりそうなんだねぇ」

「っひ、あ！　やだ、まって……！」

（この子、クリトリスペロペロしながらなんだか変な事言ってる！　なんだか難しい事言ってる！）

どうやら俺は、また男の童貞を奪ってしまったらしい。童貞喰いのアキーラホワイトとでもこれから名乗ろうか。

「ここを弄ると、中に挿れてる指を締め付ける力が強くなるんだね。スノーホワイト、ここ、気持ちがいいの？」

「んっ…う、ん、……きもち、いいっ」

駄目だ。クリトリスは、どうやらスノーホワイトのやる気スイッチ的なものらしい。ここを弄られると、どんなに抗おうとしてもビッチホワイトモードに入ってしまう。

エルザは次に秘唇から少しはみ出た赤い舌を唇で挟んで、チロチロと舌で舐めて愛撫しながら、スノーホワイトの花芯を指でくにくにと弄りはじめた。

(それにしても上手いな！　なんなんだこの世界の童貞は！)

エルザから与えられるその快楽に、スノーホワイトはもう、ただ喘ぐ事しか出来ない。

そんなスノーホワイトにエルザは嬉しそうに笑った。

「可愛いなぁ、もっとたくさん啼かせてあげたくなる」

「ひゃん！　あっあん！　ぅ、んく、ん、……え、エルザぁ」

「エルザじゃなくてエルヴァ。エルヴァミトーレ。ね、エルって呼んで、スノーホワイト？」

「っひぅ！」

どこかで聞いた事のある名前だなとは思ったが、今はそれどころではなかった。キュッと花芯を抓られて、その悦さでボロボロ涙が溢れ出す。

「エルって呼んで」

「ん、っんん……え、エル！」

「なに？」

「や、そこ、や、やさしく、して……」

彼の顔を振り向きざま、そう哀願するが、彼は狡猾《こうかつ》な狼のように目を細めて笑うだけだ。

「どうしようかな。さっき、スノーホワイトは僕に優しくしてくれなかったじゃないか。僕はあんなにイかないで、そんなに締めないで、痛いって言ったのに、……君は何度イったか覚えてる？」

（それは不可抗力ですーっ！）

やっぱり根に持ってた！

「だか、ら、それは悪かったたって……っ！」

嗚咽《おえつ》を零しながら必死にエルザの物に奉仕すると、彼は小さく息を吐いた。

「……でも、女の子を虐めるのは良くないもんね、いいよ、優しくしてあげる」

「きゃう！　っうあ、ああっ、も、もう……っ！」

心得たように花芯を擦り上げられて、俺は慌ててエルザの物から口を外す。

駄目だ、これ以上続けられたら絶対歯が当ってしまう。

「スノーホワイト、お口がお留守だよ。また自分だけ気持ち良くなるつもり？」

「だ、って、あっああっ」

「駄目だよ、ちゃんと僕の事も満足させて。ずっと我慢し通しだから、いい加減、そろそろイキたいんだ」

「ふ、ふぇぇっ」

（この鬼畜ショタ！　この状態でイラマ続けろってか⁉）

さっさと口に咥えろとでも言うように、エルザはズキズキとうづきたつ神経叢《しんけいそう》を荒っぽい指の動きで攻め立てる。包皮を剝かれ、鋭い感覚のかたまりとなったその場所をぐにぐに弄られると、喉から絞るような声が漏れ、腰をビクビクと跳ねた。

手でしごいているだけだったエルザの陰茎を慌てて喉に咥え直し、必死に頭を上下する。

（早くイってくれ！　これ以上は本当に厳しいっ！　絶対に歯、当たる……っ！）

ボロボロと零れた涙が、エルザの鼠蹊部の窪みに溜まっていく。これは、エルザの舌技と手淫から来る悦びの涙なのか。それとも、喉奥まで咥えた雄による、酸欠によるものなのか。そんな事を考えていると、エルサは切なそうに眉を寄せる。

「イイ……イクよ、スノーホワイト……」

上でも下でも抽挿の動きが早くなっていった数秒後、生温かい液体が口の中いっぱいに広がった。

彼の物を噛まずに極めさせた事に俺は肩で安堵の息を吐き、脱力する。口の中に広がるエルザの味は、馴染み深い雄の味だった。いちご練乳風味でない事を少し残念に思いながら、そのまま飲み干すと、エルザはかなり驚いた顔になる。

「飲んでくれたの？　あんなの吐き出してくれて良かったのに。……ごめんね」

申し訳なさそうな顔で、よしよしとスノーホワイトの頭を撫でるこの少年は鬼畜なのか鬼畜ではないのか。いや、まだ経験が浅いだけでエルザに鬼畜の素質があるのは確かだ。絶対こいつ、その内、ザーメンゴックンは義務とか言い出す男になるぞ。この俺、ビッチホワイトが賭けても良い。

「ねえ、エル……」

ぼーっと思考の働かない頭のまま、未だ硬度を保っているエルザの若い肉をきゅっと握る。散々焦らされた体が熱を帯び、ジンジンいっていた。

「じゃあ次は私にご褒美をちょうだい」

彼の物を己の秘所にあてがい、こてりを首を傾げるとエルザは息を飲んだ。——その時。

「おーい、スノーホワイトー！」

そう遠くない場所から聞こえてきた声は、すっかり忘れていたワンコ騎士ヒルデベルトの声だった。

「げっ」

「うわ」

スノーホワイトとエルザはパッと離れると、慌てて身繕いをはじめる。

「ヒルだ、どうしよう……！」

(すっかり忘れてた…)

「まずい。……急用を思い出した！　またね、スノーホワイト！」

「エルザ？」

エルザは光の早さで服を調えると、脱兎《だっと》の如くその場から立ち去った。

俺も近付いてくる気配に、慌てて服を直す。ドライアドに切り裂かれ、地面に落ちている裂かれた下着はどうしようか迷った挙句ポケットの中に突っ込んだ。

ガサッ！

「探した探した！　こんな所にいたんだね！」

何故かボロボロの姿で現れたヒルデベルトに、意表をつかれる。

ヒルデベルトの服は泥だらけで至る所に穴が開き、穴から覗く素肌には擦り傷まであった。頭には木の葉が付いているし、背中のマントは裂けて半分以上裂けている。恐らくどこかに引っ掛けて破れたのだろう。そんな彼の姿に、体の熱が瞬時に冷めた。

「はい、どうぞ」

ヒルデベルトがスノーホワイトに差し出したのは、一輪の花だった。その花には見覚えがあった。――先程、スノーホワイトが欲しいと指差したあの花だ。

「これ……本当に、取ってきてくれたの？」

「うん、欲しかったんでしょ？」

はにかむヒルデベルトの瞳に息を飲む。彼の瞳は、ぽてとと同じ蘇芳色だった。褒めてと、パタパタしている犬耳と尻尾の幻覚のようなものまで見えた。

（そうか、こいつぽてとに似てるんだ）

スノーホワイトの記憶は俺の中にある。スノーホワイトの記憶は、俺がこの身で確かに経験した記憶達だ。他人事のように思えるエピソードもあるが、思い入れのあるエピソードもある。ぽてととの日々は、数少ない思い入れのあるエピソードだった。

「って、なんで泣いてるの⁉ あ、あわわ、ごめん、お花気にいらなかった？」

胸に、今まで知らなかった温かい感情が拡散されていく。こんな一円にもならないであろう一輪の花が嬉しかった。――スノーホワイトの為に、あんな急斜面の崖を飛び降りて。こんなボロボロの姿になってまで、彼が摘んできてくれたこの花は、きっと、どんな宝石よりも価値がある。

「ヒル」

「うん」

「ありがとう。また、一緒に畑デートしましょうね」

「うん！」

いつしか夕焼け色に染まった空が、何故か優しく感じた。


「帰ろうか」

ヒルデベルトに差し出された手を、笑顔で取る。

夕焼け空の下、二人で手を繋ぎながら暗くなりゆく森の中を歩いた。

「でも、どうやって私を見付けたの？」

「ん？ スノーホワイトは良い匂いがするから、どこにいても匂いですぐに分かるよ」

「ふふふ、ヘンなの。ヒルって本当にぽてとみたいです」

「……ぽてと？」

「ええ、私のお友達です。元気でやってるみたいで良かった。……また会いたいなぁ」

足を止めたヒルデベルトに、後を振り返る。

「どうしたの、ヒル」

「いや、なんでもないんだ」

ヒルデベルトは今にも泣き出しそうな、でも嬉しそうな、何とも言い難い顔をしていた。

彼は一瞬、何か言いかけて──そして止めた。

「もしかしてとは思っていたけど。……スノーホワイト、やっぱり、君だったんだね」

いきなりガバッと抱きつかれ、しどろもどろになる。

「なっ何がですか？」

「俺がずっと探していた俺の運命の人！」

「へっ？」

「スノーホワイト！　好き、好き、好きっ！」

「ちょっと、いきなりどうしたの！　こんな所で駄目よ、ヒル！」

＊＊＊＊

「お帰り、灯りがなくて大丈夫だった？」

「遅かったですね、一体どこで道草を喰っていたのですか？」

ワンコ騎士に絆されて、逃走する予定の男達の家にそのまま一旦帰宅した俺だったが、俺達二人を出迎えたのはアミール王子とイルミナートだけではなかった。

「お帰り、スノーホワイト、ヒルデベルト」

心配顔のアミー王子と呆れ顔の眼鏡の間から、ひょこんと顔を覗かせる男の顔は、俺の知っているものだった。

丈の長いコートのような衣装は、アミール王子とイルミナートと同じタイプの、リゲルブルクで主流の男性用の衣服だ。先の二人の衣装よりも刺繍《ししゅう》などの数は少なく、一見地味にも見えるが、高価な布地をあつらえて作った服だという事は一目で分かった。

彼の心臓の上にある、クロスした二本の剣と、雄々しい獅子《しし》の国旗の刺繍はイルミナートの胸のものと同じで、リゲルの高級官僚を示すものである。確かその国旗を囲む刺繍の色と、下に引かれた線の数で、その者の国内の地位を表すという話だが、流石にそれ以上の知識は、リゲルブルクの人間ではないスノーホワイトにはない。ローブの下に見え隠れする胸の弾帯、ベルトに挿した短剣。細身のロングブーツと、男らしい格好をしているが、顔はその格好にミスマッチな美少女フェイス。分からないはずがない。さっき別れたばかりのエルザだった。

「あれ、エル帰ってたの久しぶり！」

「うん、久しぶり」

「エルって、え……ええええええええ!?」

「あれ？　エル、シュガーとは知り合いなのか？」

「さっき森の中で会ったんだ、ね、スノーホワイト」

「え、え、えええる、える……」

ストップとでもいうように、エルザはスノーホワイトの唇を人差し指でツンと押さえる。

「自己紹介がまだだったね、僕の名前はエルヴァミトーレ。エルヴァミトーレ・シルヴェストル。今はこの通り、訳あってこんな生活をしているけれど、元々、リゲルで文官をしていたんだ」

（逆ハーメンバーだったあああああああ!?）

何故、気付けなかったのだろう。いや、思い返せばヒントはあった。まず、彼が口ごもりながら名乗った名前がエルザだった時に気付くべきだった。次に、エルザのサディステックな微笑に鬼畜宰相の顔を思い出した時に気付くべきだった。――この男はイルミナートの腹違いの弟で、奴と同じ血が半分流れている。

女装を解くと――ああ、どう見てもただの美少年です。俺の敵でしかない美少年です、本当にどうもありがとうございました。

「あ、ああ、あ……」

俺の中のエルザとの夢のような一時が、男の娘ドリームが、ガラガラと音を立てて崩れていく。

（こんなん、ただの男じゃねぇか……）

必死にフェラしてイラマチオまでして奉仕していた、さっきの自分が馬鹿みたいだ。

「これからよろしくね、スノーホワイト」

差し出された手を見つめ半笑いしていると、勝手に手を取られて握られた。

「はい、握手」

「はは、あはは……」

もう泣き笑いする事しか出来ない。

「ところでシュガーもヒルも、なんでそんなにボロボロなんだい」

「それはね、崖から飛び降りたからだよ！」

「はあ？　なんでまたそんな危険な事を」

「ところで頼んでいた野菜はどうしたの？　取ってきてくれた？」

「ごめん！　忘れてた！」

「今まで何やってたんですか、本当に」

「いいよいいよ、食事ならキッチンにあるもので僕が適当に何か作るから。二人は湯浴みでもしておいで」

「わーい！　スノーホワイト、俺と一緒にお風呂入ろう！」

「え？」

「こら、この駄犬。抜け駆けは許しませんよ」

「そうだよずるいよヒル、今日一日私のシュガーを独り占めしただろう？　湯浴みは私が彼女と一緒にするよ」

「いえいえ、湯浴みの世話などという、下女のするような真似を王子にさせるわけにはいきません。不肖この私がいたしましょう」

「……イルミ。お前、家事の類は全く手伝いもしないくせに、こういう時だけ私を王族扱いするのはやめてくれないか」

「私は自分の得手不得手を理解しているだけですよ」

「ちょっとちょっと。僕一人に料理作らせておいて自分達だけ楽しむ気？　そんな事するつもりなら夕飯作らないよ」

（逆ハーメンバーが、また一人増えてしまった……）

くちっとくしゃみをするエルヴァミトーレと目が合うと、彼は少し照れくさそうに微笑んだ。そういえばこの男、森の中でも何度かくしゃみをしていた。――なるほど。エルヴァミトーレがSneezyなのだろう。

「ところで、なんでシュガーは下着を穿いていないの？　ここもびしょ濡れじゃないか」

「……ヒルデベルト、まさかお前」

スノーホワイトの服は、いつの間にかちゃっかり王子とエロ眼鏡の手によって脱がされており、何故か割れ目までサワサワもみもみツンツンいじいじされている。

「お、俺は何もしてないってば！」

「ふーん、本当に？　二人でそんな泥だらけの格好をしているし、外でちゃっかりしけ込んで来たんじゃないの？」

「この野良犬風情をスノーホワイトの番犬としてつけたのが間違いだったか。我々に拾われここまで育ってもらった恩義を反故するつもりか、ヒルデベルト」

「本当に俺、何もしてないってば！　アミー様、イルミ、目が怖いよ！」

「じゃあスノーホワイト。あの三人は置いておいて、僕とあっちでさっきの続きでもしようか？」

「って、お前かよエルヴァミトーレ！」

「エル……お前いつの間に」

「これだから面の皮の厚い妾腹《めかけばら》は……」

「えー、酷いな兄さん。僕は別にやましい事なんて何もしてないですよぉ、僕はただ、彼女が狼に襲われていた所を助けてあげただけです。その後ちょっとしたハプニングがあって、役得はありましたが。――ね、スノーホワイト？」

　それからはじまった5Pに、俺はワンコ騎士にほだされてここに帰宅した事を後悔した。激しく後悔した。

第五章　ワイルドベリーは甘すぎる

どないしよ、続々揃うわ…逆ハーメンバー

慣れとは恐ろしいものだ。俺がこの森に来て、早一ヶ月が経過した。

何度か逃げようと思ったが、この森をスノーホワイト単身で抜け出す事はどうあっても難しい。次に街に行く機会を虎視眈々と狙いながら、俺は率先して家事を行っていた。

何故ならここには性欲がありあまっている若い男が四人もいて、セックスの他に娯楽らしい娯楽がない。奴等の相手をするよりも家事をした方が楽だという事に気付いた俺は、積極的に床の雑巾掛けをし、窓ガラスを拭き、川に洗濯に行き、せっせと働いた。不幸中の幸いか、継母に下女扱いされてきたスノーホワイトの家事能力はやたらと高い。——というわけで。今日も俺にはやる事が沢山あった。

一人チェスをやる王子に、暢気に読書を楽しむ眼鏡。森に野苺《のいちご》を採りに行ったまま帰って来ないワンコ騎士を苦々しく思いながら、俺は洗濯物を取り込み家に戻る。

洗いたてのテーブルクロスをダイニングテーブルにかける前に、もう一度テーブルを水

拭きしようと腰を屈めた時の事だった。尻肉をふにふに揉まれる感触に、俺は半眼になって後を振り返る。そこには爽やかな笑顔のまま、何故かベルトをガチャガチャと緩めている王子様の姿があった。

「ねえシュガー。あなたが可愛いお尻をフリフリ振っているのを見ていたらこんな事になってしまったよ、責任を取ってくれないかい？」

責任って何だよ責任って！　勝手に人の尻視姦した挙句に、おっ勃たててんじゃねーよ！　こっちは家事してんだ、邪魔すんな！

「スノーホワイト、外から帰って来たというのにご主人様にただいまの挨拶がまだでしょう。早くこちらに来て這いつくばって奉仕なさい」

ご主人様って何だよご主人様って！　ご奉仕ってまたちんぽ舐めさせるつもりかよ、お前も飽きないな！　一応俺、一国の王女《プリンセス》なんだけどそこン所理解してる⁉

「えっと、さっき五人でなされたばかりでは……」

「あんなのじゃ物足りないよ、もっと私の愛を受け取って欲しい」

「そうですねぇ、私も不完全燃焼です」

（セックスの事しか考えてねぇのかよこいつ等は、体が持たねぇよ……）

「そ、そうだー、夕飯の準備があったー！」

日も高い内から盛り出す男達から、俺は逃げるようにしてキッチンに滑り込む。

「エルヴァ、一人で夕食の準備をさせるのは心苦しいので私も手伝います！」

「そう？　助かるよ」

キッチンに立っていたエルヴァミトーレが破顔する。白いフリフリのエプロンをしてだったらドストライクの顔なのに。ああ、眩しい。なんで男なのこの子。女の子てたら、尻にズコバコしたい顔してるのに。ああ、犯したい。なんで今俺女なの。ちんぽさえ付いて
（ああ、ちんぽが欲しい、ちんぽが欲しいったらありゃしない。明日起きたら男に戻ってて、ちんぽが生えてたりしないかな……）

そんな事を考えながら真顔でエルヴァミトーレの尻の辺りを見ていると、背後からガバッと抱きすくめられる。

「ふふふ、追い駆けっこはもう終わり？　捕まえた」

「この私に手間をかけさせた代償、その体でたんと払っていただきましょうか」

「い、嫌ああああああ……っ！」

スノーホワイトを追い駆けてキッチンにまで入って来た男達に、エルヴァミトーレは眉を吊り上げた。

「またですか。王子もイルミナート様もいい加減にして下さい、暇なら何か手伝って下さいよ」

「暇じゃないよ。私は今、シュガーを愛でるのに忙しい」

チュッチュとスノーホワイトの首筋に唇を落としながら言う王子に、エルヴァミトーレ

は呆れたように溜息を吐く。

「王子達に家の手伝いは期待していません。ただ僕やスノーホワイトの家事の邪魔はしないで欲しいと言っているんです。邪魔するぐらいなら働いて下さい。それこそ外に行って、獲物でも狩ってきてくださいよ」

「そんなのあの野良犬にさせればいい」

イルミナートの手がスカートを捲り、スノーホワイトのあらぬ場所に忍び込む。

「ヒルデベルトは、今、森に野苺を採りに行っています。少しは彼を見習って働いて下さい。ここは何でもあるお城でも便利な王都でもないんです、働かざる者喰うべからずです」

エルヴァミトーレの言葉に、スノーホワイトを後から抱き締めながらおっぱいをもみもみしていたちゃっかり王子と、股間をまさぐりはじめていた変態宰相は顔を見合わせる。

「一理あるな。イルミ、久しぶりに私と狩りの勝負でもするかい？」

「下賤《げせん》な生まれの者の言う事を聞くのは癪《しゃく》ですが……まあ、いいでしょう」

「ならさっさと離せや、スケべども」と心の中でぼやくが、スノーホワイトの体は相変らずだった。服の合間に侵入し、胸の飾りを転がす悪戯な指と、下肢の柔肉をもみしだく大きな手に、スノーホワイトの乳首は尖り、腫れぼったくなった花唇の奥は、甘く疼きはじめている。

「では、私が勝利したあかつきには女神の祝福を」

そう言ってアミール王子はスノーホワイトの手を取ると、床に片膝を付いて口付けた。

うん、そんな事やっちゃうとなんだか本物の王子様みたいだね、アミー様。って、あぁ、忘れてた。お前ただのスケベじゃなくてホンマにリゲルブルクの王子様だったな……。

（格好いいよな、本当に）

キラキラと目に眩しい金の髪は、サラサラ揺れ動く度、天使の輪が幾重にも広がって光を撒き散らす。クリソプレースとターコイズの中間色のような淡い水色の瞳は、その眩いブロンドとの相性が最高で、彼を王子様たらしめている。甘く微笑みかけられると、男には興味のないはずの俺までなんだかヘンな気分になってきてしまうから、メインヒーローのキラキラパワーは恐ろしい。アミールは、正に物語に出てくる王子様そのものだった。

思わずぽーっとしてしまった後、猛烈な自己嫌悪に陥ってしまう。……別にアミールに見惚れたわけじゃない。ぽーっとしてしまったのはアレだ。こんな美形の上、王族というキングオブブリア充という名に相応しいこいつに対する嫉妬を通り越した何かだ。この王子様のような顔に生まれれば、女どころか世界までもが微笑みかけてくれるだろう。

「そうだ、エル、抜け駆けするなよ」

「僕に家事をさせて抜け駆けしようとしていたのはあなた達でしょう」

「それを言われると痛いなぁ」

あっけらかんと笑うちゃっかり王子を、エルヴァミトーレはジト目で睨む。

「そうと決まれば早く出掛けますよ。ただ勝利するのは私ですが」

「い、イルミ様」

スノーホワイトを壁に押しつけ、顎をくいっと持ち上げるイルミナートにエルヴァミトーレはまた叱咤の声を上げる。

「兄さん！」

「気安く兄呼ばわりするな、妾腹」

舌打ち混じりに義弟を振り返る宰相殿のあまり良ろしくない言葉に、いつものほほんとしている王子様も、流石に眉を寄せて窘める。

「イルミ、そういう言い方はあまり良くない」

「しかし、私はこんな者に兄と呼ばれるいわれはない」

「もうそんな事はどうでもいいので、さっさと出掛けてきてくれませんか？」

ブツブツ言いながらも猟銃を持ち、家を出る二人をプリプリしながら見送るエルヴァミトーレを、俺はだらーんと鼻の下を伸ばしながら見守った。

「やれやれ、やっと行った」

へくちっとクシャミをするそのクシャミの音すら可愛い。ああ、可愛い。なんで女の子じゃないんだ畜生。ああ、可愛い。なんで男の娘じゃないんだ畜生。

残念な事に、女装を解いたエルヴァミトーレはただの美少年でしかなかった。それでも絶世の美少女と呼んでも過言ではない顔なのだが、どうせならスカート穿いて欲しいよ……どうせならパンツもあの時みたいに女物を穿いて欲しいよ……今度はドロワーズじゃない、スケスケの紐パンとか穿いて欲しいよ……それでフリフリのフリルで、そのピンク色の可愛いおちんちんを包んで欲しい。そしたら俺、君が男でもいいよ……。

エルヴァミトーレは何故か年頃の女しか狙わないという森の主を討つために、女装していただけであり、元々、女装子ではないそうだ。女装をしていた事も硬く口止めされた。

「エルヴァ、二人きりですね」

うっとりとした表情で語りかけると、エルヴァミトーレは「またか」という風に露骨に顔をしかめた。

「お願いお願いおーねーがーいっ！　私のこのスカートを穿いてみましょうよエルヴァミトーレ！」

部屋から持って来たイチゴ柄の甘ロリスカートと、フリルとリボンがこれでもかといった具合についているフリフリブラースを差し出すが、彼は不機嫌そうな表情でぷいっと顔を背ける。

「男がスカートなんか穿いても、気持ち悪いだけでしょう」

「そんな事ない！　あの時のエルヴァ、最高に可愛かった！　女の子より可愛かった！　世界一可愛いかった！」

「何を馬鹿な事を。女装した僕なんかより、君の方がずっと可愛いよ」

「そんな事ないですってば！　私よりもエルザたんの方がずっと可愛……」

「ストップ、次エルザって言ったらどうなるか分かるね、スノーホワイト」

「は、はい」

ギロリと睨まれ俺はすごすごと引き下がる。

この通り、エルヴァミトーレは取り付く島がなかった。

何度か「わかったよ」と言うエルにゃんに騙されて、その代償にドスケベな事をさせられた。エルにゃんは自分の足を舐めさせたり、全裸のスノーホワイトに首輪をつけてお外でワンワンプレイをさせるのがお好みらしい。

そんな鬼畜ショタの所業に俺は悟った。ああ、やっぱりエルたそはイルミナートの弟なのだ、と。先日まで童貞だった男の所業だとは思えない。ドSの血筋怖い。親の顔が見た……くない。見てしまったら最後、親子丼イベントとかが発生しそうだし。

しかし甘ロリ女装ショタに、足を舐めさせられているというシチュエーションは俺を酷く倒錯的な気分にさせた。そして俺は、なんだかヘンな方向に目覚めそうになっている。おかしい。俺がしたかったのはフタナリっ子との百合プレイだったはずなのに。

スノーホワイトを一睨みした後、エルヴァミトーレはクリームらしきものを泡だて器でガチャガチャと掻き混ぜはじめた。

そんな合法ショタの頬が少し赤く染まって見えるのは、恐らく俺の気のせいではない。

前世の俺が言ったら気持ち悪がられて終るだけなのだろうが、今の俺はキモオタではない。美少女プリンセス・スノーホワイト十八歳なのだ。スノーホワイトのような美少女に「女の子よりも可愛いよ！」と言われるのは、向こうもそんなに悪い気がしないのかもしれない。……照れてはいるようだが。

　何を作っているのか手元を覗き込むと、エルは少し赤い頬のまま顔を上げる。

「そうだ。君、甘いものは好き？」

「はい」

「良かった。君も毎日頑張ってくれているから、……その、お礼にパイでも焼こうと思って」

「わあ、嬉しい！　何のパイですか？」

　感嘆の声を上げるスノーホワイトに、エルヴァミトーレはにっこりと微笑む。

「ベリーのパイだよ。川辺の方に行くとワイルドベリーやブラックベリーが沢山生えてて」

　そこまで言うとエルヴァミトーレはまた表情を曇らせて、大きな溜息を吐いた。

「……ヒルデベルトが中々帰って来ないから、作り置きのジャムで作ろうかなって思ってた所」

「なるほど」

　あのワンコ君の事だ。野苺を摘みに行った事を忘れ、犬のように蝶《ちょう》でも追い駆けてまたどこか遠くまで行っているのだろう。

「本当にここは良い所ですね。のどかで、森の恵みもたくさんあって」

　このログハウスのある場所は、暮らすにはとても良い環境だった。小屋のすぐ脇には様々なハーブや薬草が生い茂っており、少し歩けば野苺や木の実が採れる。エルヴァミトーレとヒルデベルトが作ったという畑では、四季折々の野菜が採れる。森には兎や雉《きじ》、鳩《はと》、鹿、猪など動物が沢山いるので、肉には困らない。小屋の近くには小さな川が流れており、魚や沢蟹も獲れる。少し森の奥まで行けば、岩塩が採れる岩場もあるらしい。衣料品や猟銃の弾丸等、たまに街に買い物に行く必要はあるが、ほぼ自給自足できるのだ。

「うん、実は僕も最近、王都に帰らず、このままここで暮らすのも悪くないなって思ってる。あそこにいると、……競争や足の引っ張り合いで、ストレスも多いから」

元高級官僚らしい言葉だった。こんな可愛い顔をしてもエリートだったのだと思うと、その属性に萌えもするだが、リア充への嫉妬で中の人が爆発してしまいそうだ。絶対にこいつ、数年後はアミールやイルミナートみたいな、ＩＫＥＭＥＮに成長してそうだし……。

「でも、そんな事が可能なんですか？　確かにここは森の恵みが多い場所ですが、お金がないと……」

「お金なんてどうとでもなるよ。幸いうちには、狩りの腕が良い男達が揃っているからね。鹿や猪の肉や狐《きつね》や兎の毛皮を売ってもいい。そして、塩は金になる。今は自分達で使う分しか採ってきていないけれど、岩塩を余分に採ってきて、街で売ったり、色々とやりようはある」

「なるほど、問題は冬ですね」

「そうだね。日持ちする保存食を作り貯めする事は可能だけど、……うちの男達は皆、食べるからねぇ。やはり冬は怖いな。冬までには決着が付くといいんだけど」

エルヴァミトーレはどこか遠くを見るような目付きになって、窓の外に目をやった。

季節は今、夏になろうとしていた。

イラマチオ、鬼畜ショタのご褒美？　違う

家の外では、山鳩がデーデーポッポと鳴いていた。自然と俺とエルヴァミトーレの目線は、鳩の鳴き声のする窓の外へと向けられる。

夏が終れば秋がきて、秋が終れば冬がくる。

スノーホワイトの母国、リンゲイン独立共和国は小国である。国土も資源も財源もお隣のリゲルブルクの四分の一程度で、お世辞にも豊かとはいえない国だ。そんなお国事情から、毎年、冬越えは命懸けだ。この辺りは厳冬地方で、冬になると一定数の死傷者が出る。

子供や老人、体の弱い者や病める者、貧しい者から順に死んでいく。

その法則は、もちろん、こんな不便な森の中で暮らしている国外追放者達にも適応される。人里離れた森の奥で迎える冬は厳しく、限りなく死に近い。

「アミー様は、冬までに、弟のエミリオ王子が迎えに来ると申しておりましたが……エルもそう思いますか？」

「来るだろうね」と即答するエルヴァミトーレに、俺は驚いた。

エルヴァミトーレは、あの王子様を信じているのだろう。信じているから、冬に向けて保存食の作り貯めをしない。

迎えが来ないのなら、そろそろ冬に向けて、保存食作りをはじめなければならない時期に入っている。春の芽生えと共に、次の冬越えの準備をするのは、この近隣諸国での常識だ。春には春しか出来ない、夏には夏しか出来ない、秋には秋しか出来ない冬越えの備えがある。薪だって備えがあればあるほど良い。

この中世の世界では、冬季の保存食と薪がない事は単純に死を意味する。

「そうか、そういえば君はリンゲインのお姫様だったね」

不審の色を隠さずに言うスノーホワイトに、彼は苦笑する。

「いつの間にか、ずっと昔から一緒にいたみたいに馴染んでいたから、すっかり忘れていたよ。身分の差も感じさせないし、……君は本当に不思議な子だ」

やはりとはいってもなんだが、エルヴァミトーレは祖国に忠誠を誓った人間なのだろう。

口ではそんな事を言いながらも、母国の王室事情を問い質そうとする隣国の姫に、彼は注意深く目を細める。こちらの真意を窺《うかが》うように、ガラス玉のように透き通った翡翠の瞳でジッと目を覗き込まれた。

しかし、こちらにはやましい事など何一つない。俺は表情一つ変える事なく続ける。

「エルなら、エミリオ様に直接お会いした事があるのでしょう？　あなたから見て、エミリオ王子とはどのような人物でしたか？」

ここに冬まで滞在するつもりはないが、最悪のケースも考えられる。そうなった時に、自分の命綱を握っているエミリオ王子とやらに俺が興味を持つのは、自然な流れだった。

しかしアミールに弟王子の話を聞いてみても、兄馬鹿補正がかかってろくな話が聞き出せない。イルミナートに聞けば、「教えてやっても良いが体で払え」と言われるのは目に見えている。ワンコはしょせんワンコなので言葉が通じない。……とまでは言わないが、ヒルデベルトから情報を聞きだすのは、案外骨が折れる。

そういうわけで、今回、俺はまだまともそうなエルヴァミトーレにエミリオ王子の話を聞いてみる事にしたのだ。

「エミリオ様は……そうだな、なんていうんだろう」

彼はスノーホワイトに含むものがないと思ったのか、はたまた話して問題ない情報だけ話す事にしたのか、顎に手をあてながら話しはじめる。

「とても野心家で、聡明《そうめい》な方だと聞いております」

スノーホワイトの言葉に、エルヴァミトーレは首を捻ると「うーん」と呻いた。

「違うのですか？」

「難しい質問だな。……ベルナデット様――あの御兄弟の御母堂は、エミリオ様を産んですぐに亡くなられている。陛下はその後、すぐに新しい妃を迎え入れ、お二人には新しい兄弟が出来た。……でも、エミリオ様の中で、本当の兄弟はアミール王子だけなんだろうね。今回の件で袂《たもと》を分かつまで、お二人はとても仲睦まじいご兄弟だったよ」

アミールの母親が亡くなっていたいう話に俺は驚いた。あの暢気な王子様は、きっと、両親に深い愛情を注がれ、何の悩みもなく、何不自由無く育ったに違いないと思っていた。

（案外、苦労してたんだ）

胸が痛むのは、スノーホワイトが自分と王子の生い立ちを重ねてしまったからか。

「ああ見えて、アミール王子はかなりの傑物なんだ。あの人を一番近くで見て、育ったエミリオ様本人が、誰よりもそれを理解している。だからこそ王位を奪おうとか……そういうのはないと思う」

シャカシャカとボウルの中のクリームを掻き混ぜながら、彼は唸る。

「では何故、あなた方はエミリオ様に王城を追われたのですか？」

「それはまた別の事情というか……どこの国にも、どこの家にも色々問題はあるんだよ」

切なそうに笑うエルヴァミトーレのその言葉には、暗に自分の家の事も含まれているように思えた。

「エルもイルミ様に認められたい？」

彼は苦笑した後、虚空を見上げる。

「認められたい？　……難しいな。あの人の言う通り、僕がヴィスカルディ伯爵の妾腹である事は確かだから」

「エル……」

「士官学校に入って文官になったのは、母さんに楽をさせてあげたかったからなんだ。……でも、母さんをゴミのように捨てた伯爵や、僕の存在すら認めようとしないあの人達を、一度でいいからギャフンと言わせてやりたいという気持ちは、確かにあった。そういった意味で、彼等に何らかの形で僕の存在を認めさせてやりたかったというのは……やっぱりあるのかもしれない」

ふと、彼との出会いを思い出す。イルミナートを見返してやるために、森の主を討ちにきた彼と、俺は出会ったのだ。この兄弟にもきっと、色々あるのだろう。

「エルのお母様は、今はどうなさっているのですか？」

「母さんなら去年死んだよ。僕が国試に通ったと聞いた後、笑顔でそっと息を引き取った」

（うわ、シリアスだ……）

寂しげに微笑むエルヴァミトーレに、根がギャグキャラの俺は挙動不審になってしまう。

「すみません、変な事を聞いてしまって」

「ううん、別に隠していないし」

（……気まずい）

空気を変えようと、俺は勢いよく腕まくりをした。

「私は何を手伝えばいいですか？」

「そうだね、じゃあちょっと味見してくれない？」

「はい、分かりました！」

しかし、パイ作りはもうほとんど完成してしまったらしい。あとは焼けたパイを冷まして、クリームやらジャムやらを挟めばいいという所まで来ている。

「今朝、森の鶏にもらった新鮮卵のアングレーズソースなんだけど、どうかな?」

ゴムベラに付いたクリームを人差し指で掬い、エルヴァミトーレはそれをスノーホワイトの口元まで運ぶ。一瞬躊躇った後、俺はそのまま彼の指に舌を伸ばした。

「美味しい?」

「ええ、とっても」

アングレーズソースとは、いわゆるカスタードクリームのようなものだ。小麦粉が入っていないので、カスタードクリームよりはとろみが少ない。

恐らくこのソースをパイの上に垂らすのだろう。

(美味いけど……なんかエッチだな)

差し出された指をペロペロ舐めながら、なんだか卑猥だと思った。

グイッ!

「────っ!?」

そのまま口腔内に押し込まれた指に、思わず目を見開く。口内に侵入した指はスノーホワイトの舌を撫で、上顎を、歯茎をなぞり、口腔内をどんどん蹂躙していく。

「んっ…んんんんっ!」

いつの間にか指の動きは、情事を彷彿《ほうふつ》とさせる抽挿になっていた。まるで口の中を犯されているみたいだ。

「エル、ヴァ……？」

いきなり何をするんだと、抗議の意を込めた目線を向けると彼は笑っていた。

しかしその翡翠の瞳は笑っていない。瞳の奥で、メラメラと炎が燃えている。

「ねえ、スノーホワイト。――話を戻すけど、満足してないのは僕もなんだよね」

「は、はぁ？」

エルヴァミトーレは妖しい微笑を口元に湛《たた》えながら、スノーホワイトの口内から引き抜いた。自身の指をペロリと舐めると、ボウルをテーブルの上に置く。

「乳首、勃ってる」

「え、エル？」

背後に回ったエルヴァミトーレに、後から乳房を鷲掴みされ俺は思わず息を飲む。

「気付いてなかった？　さっきキッチンに入ってきた時からずっと勃ってたよ。アミー様に触られて、感じちゃった？」

身を捩りながら「違う」と反論するが、彼の手はブラウスを捲ると、素肌を撫でながら胸の頂きまで簡単に到達してしまった。レースの上から透けた乳輪の形をなぞられる。

「んっ……」

触れるか触れないかというギリギリの強さで胸の飾りに触れられて、焦らされていると、そのもどかしさからじんわりと全身に熱が伝わっていく。

「やだ……エル、それ、いや……」

「ならどこならいいの？　ここ？」

クスクス笑いながら胸の突起をレースの上から押し潰しては摘ままれて、転がされてはなぶられて。そんな事をされていると、次第に制止の言葉は意味を失い、上擦った声が漏れていった。いつの間にか外されたブラジャーの下で、エルヴァミトーレの手はよからぬ動きを続けていた。スノーホワイトの小ぶりの胸をすっぽりと包み込んだ手の平は、その張りのある乳房の柔かな感触を楽しむようにブラウスの中で暴れている。

気が付くと、スノーホワイトの腰は揺れていた。

エルヴァミトーレはくすりと笑うと、スノーホワイトの下肢に手を伸ばす。

「兄さんに触られて、またここに欲しくなっちゃった？」

「なに、言って」

あの二人に悪戯されてスノーホワイトが感じていた事に、彼は気付いていたらしい。

咎めるような口調でそう言いながら、スカートの中に侵入した手はじっとりと熱を持ちはじめた割れ目を上からなぞる。ブラジャーと同じ素材の、陰部の保護という役目をろくに果たしていない布地は頼りなく、簡単に男の手の侵入を許してしまう。

「だめ、よ」

「濡れてる。もう、本当に酷いなぁ、あの人達。いつも僕に家事やらせておいて、自分達はスノーホワイトにこんなことばかりして遊んでるんだから」

「エル！　ぬけがけ、しないって……！」

「抜け駆けしてるのはあの人達でしょう？　さっきだって、王子と兄さんは君の中で二回も果てたじゃないか。ヒルデベルトは一回だったけど、あいつは抜かずに三連発くらいやってたよね？　なのに僕は君の口で一回愛してもらっただけ。こんなの絶対不公平だ」

（やっぱり数えてたか……）

五人でやるというのは限界がある。スノーホワイトの体が開発されているとはいえ、四人の男を同時に受ける数の穴は、物理的に持ち合わせていない。口で奉仕しながら下の二つの穴で男を受け入れるとして、やはりどうあっても４Ｐが限界なのだ。

５Ｐになると、必然的に棒は一本余り、余った棒の持ち主は待機する事になる。しかし、大人しく正座をして待機しているような性格の男はこの家にはいない。待機中も待機メンバーはスノーホワイトの乳を揉みしだいたり、耳朶を甘噛みしたり、スノーホワイトの手を取って自身の陰茎をしごかせたりするのが常だ。

（これで七人になったら、俺どうなんの？　今でも色々厳しいんですけど、これにあと三人男が増えたら俺、確実に死ぬだろ……）

どんどん増えていく恋人達に、俺は一抹の恐怖を覚えていた。

「酷いな。君を喜ばせようと僕がパイを焼いている間に、またここを兄さんに許したの？」

エルヴァミトーレの目は、いつかのように、赤ずきんちゃんのような可愛らしい美少女フェイスにミスマッチな、いや、ある意味大変マッチしているともいえる狼の目になっている。――今、この家にはスノーホワイトとエルヴァミトーレ二人しかいない。

（まずい）

エルヴァミトーレの回数が少ないのは、彼が家事をしていて途中参加だったからなのだ。

悪いなぁとは思うが、それとこれとは別だという気持ちもある。俺はこいつらを平等に愛すべく召還させられた聖女ではないし、ここ連日のセックス疲れも酷い。

「わ、わかりました」

ここは口で抜いて穏便に済ませてもらおう。名案を思い付いた俺が、椅子の前に膝を突くと彼は察したらしい。ズボンの前をはだけさせ、既に屹立している物にアングレーズソースを垂らす。

「ねえ、もっとちゃんと味見してくれる？　僕のお手伝いをしてくれるんでしょう？」

エルヴァミトーレは浅く椅子の上に腰掛けると、大きく脚を開きながら椅子の上に片膝を立てて、立たせた膝の上で頬杖《ほおづえ》をついてこちらを見下ろした。

その不遜なる態度は、普段の大人しくて控えめな少年から受ける印象とは間逆のもので、改めてドSの血を感じた。

「どう？　お砂糖、もっと入れた方がいいと思う？」

「んんっ、う……このくらいが、すき、かも……」

ピチャピチャとキッチンに卑猥な音が響く。熱いものの幹を伝うアングレーズソースが、エルヴァミトーレのズボンに零れ落ちないように必死に舌を動かす。するとクリーム色のソースを押上げるようにして、彼の物の先端からぷっくりと透明な液体が浮かび上がった。

「とろみは？　卵はこのぐらいでいいかな？」

「うん、とってもとろとろしてて、濃厚で、おいしい、です……」

取れたて卵のなめらかソースと交じり合った体液を、舌で絡め取りながらそういうと、エルヴァミトーレは満足そうに微笑んだ。

「味見ありがとう。――そろそろ喉が渇いたでしょ？　もっと濃厚なミルクでブレイクタイムといこうか」

おい、文官。お前何言ってやがる。可愛い顔してるくせにシモネタ好きだな、お前も。

「ほら、もっと奥に咥えて」

「ん……んんっ」

頭を両手で押さえつけられて、またしても喉奥に咥えさせられる。

(おかしい。なんでだ……？)

最近、興奮している雄の匂いを嗅いだだけで、荒くなった男の息遣いを肌で感じるだけで、スノーホワイトの体は反応してしまうようになってしまった。今だってエルヴァミトーレの感じている様子に、どんどん昂りを覚えていく。疼く秘所に、甘やかに秘めたものに、恥じらいもなく手を伸ばしたくなるが必死にその衝動を堪える。

(下にも欲しい……)

複数の男に同時に愛される事に慣れてしまったこの体は、一対一で愛し合うという極普通の行為に、物足りなさを感じるようになってしまったのだろう。その事実に気付いた瞬間、ゾッとした。

「舐めてるだけでもう欲しくなっちゃった？」

「ん、んんっ」

「駄目だよ、そっちは僕の事を満足させてくれたらシテあげるから。もうちょっと頑張ろう、ね？」

優しい言葉と口調とは裏腹に、やっている事は鬼畜であった。喉奥を抽送するエルヴァミトーレの物の動きが一層激しくなった、まさにその時の事だった。

「ただいまー！　イチゴたくさん採れたよー！」

ワンコ騎士ことヒルデベルトの能天気な声に、俺達の動きはぴたりと止まる。

エルヴァミトーレは大きく溜息を吐くと、弾むような足取りでキッチンに近付いてくる足音の方を険しい目付きで睨みつけた。

エルヒルの、3Pクッキングって何だコラ

「スノーホワイトー、エルー、皆どこだー？」

そう言いながらも、ヒルデベルトは大体の見当はついているらしい。彼の足音は、俺達のいるキッチンの方へ迷わずと向かってくる。

「またいい所で。……なんなんだよ、毎回毎回」

エルヴァミトーレはその愛らしい顔を歪め、チッと舌打ちした。

あれ、エルにゃん、こんな顔をするとお兄さんとクリソツですね。顔の造形自体は全く違うのに、不思議な話だ。

「お、いたいた！　――って、エル！　何やってんだよお前！」

キッチンで行われていた不適切な行為に、キッチンのドアを開けたヒルデベルトは真っ赤になると目を皿のように丸くして叫ぶ。ギャーギャー喚くヒルデベルトに、エルヴァミトーレはスノーホワイトの頭を押さえる手を放すと、憂鬱そうな顔で前髪をかきあげた。

「何って……イラマチオだよ、邪魔しないでくれないかな」

文官、お前今さらりとイラマチオって言ったな。清純ぶった顔しても、俺、もう騙されないぞ。

「ズルイズルイ！　俺に苺狩りに行かせて自分だけ！」

ワンコよ、さっき五人でした時に一番ハッスルしてたのはお前だろうが。抜かずに三連発どころじゃない、五連発だったの覚えてるからな、この野郎。

「ずるいのは君達だろ、いつも僕に家事をさせてる間にスノーホワイトとイチャイチャして」

「それでもそれでも！　スノーホワイトを独り占めなんてずーるーいーっ！」

「ずるくない。ずるいのは君の方だよ、ヒルがスノーホワイトと愛し合った数と僕の愛し合った数じゃ、僕の知る限り君の方が四回多い」

しばらく俺は呆然としたまま二人のやりとりを見守っていたが、子供のようにギャーギャー口論を続ける様子を見ていたら、次第に体の熱も冷めてきた。

「私、服着ますね」

前を隠しながら、床に脱ぎ捨てられた服を拾っていると二人の口論はぴたりと止まる。

キッチン内に訪れた不穏な空気に顔を上げれば、男二人は顔を見合わせると何やら恐ろしい事をぼそぼそ言い出した。

「……まあ、今回は三人でもいいか？」

「……そうだね、三人なら皆一緒に気持ち良くなれるし」

なんだか……物凄く嫌な言葉が聞こえたような気がする。

「こうしている間にも兄さん達が帰ってきたらと思うと……争うのは得策ではないね」

「うん、喧嘩《けんか》してる時間が勿体《もったい》ない。王子達がいるとスノーホワイトに満足にキスも出来ないし」

真顔で頷き合うと、男達は俺が拾い集めた服を奪って床に投げ捨てた。

「ちょ、ちょっとちょっと⁉」

青ざめ一歩後退するスノーホワイトの肩を、ヒルデベルトが背後からグワシッ！　と羽交い絞めにする。両太股はエルヴァミトーレに持ち上げられて、あれよあれよという間に、キッチンテーブルの上に座らせられてしまった。

「何をするつもりですか⁉」

「スノーホワイト、暴れると危ないよ」

「うん、落ちたら怪我をするから大人しくして」

軽く抵抗してみたが、今はもやしっ子の文官だけでなく肉体労働者であるワンコ騎士もいるのだ。どんなに暴れてみようが、スノーホワイトの細腕で男二人の力に敵うわけがなかった。あっという間に体を押さえつけられたスノーホワイトの脚は、二人の男によって大きく開かせられる。

「きゃああああああっ⁉」

スノーホワイトは、一糸纏《まと》わぬ姿のままだ。その部分は二人に丸見えの状態になってしまう。

「何を！」

「三人でいっぱい気持ち良くなろうね！」

「は？」

キラキラしたおめめで、両拳を握り締めながら力強く頷くワンコに思わず俺は素で返してしまった。

「俺、がんばるっ！」

ワンコよ。違う、違うんだ。そういう問題じゃない。そんな褒めて褒めて、と俺の前世の家で飼っていた馬鹿犬みたいな顔でハッハしながら言うな。

「綺麗だよ、スノーホワイト」

「ちょっと、待って！」

そしてこちらは、恍惚の表情でスノーホワイトの足指を口に含むエルヴァミトーレ。足の指を舐めるのと同時に、スノーホワイトの脚の間に自分の体を入りこませ、脚を閉じるのを封じられる。

「ほら、もっとちゃんと脚を開いて可愛い所をみせて」

文官よ、お前は本当に先週まで童貞だった男か。

（ドライアドのお姉様方カムバック！　絶対にいつかまた、あの時みたいにお前にスカート穿かせてちんぽ縛ってあんあん泣かせてやるからな！　くそ、くっそ！）

「ほら、そんな硬くならないで」

「怖い事なんて何もしないよ、俺は君に気持ち良くなってもらいたいだけだから」

裸のまま足を大きく開かされると、同時に股の付け根まで暴かれてしまう。必然的に秘裂の左右の肉溝に隙間が出来て秘層が開く。中の粘膜が外気に触れる感覚に、ブルリと体が震えた。

「うぅ……恥ずかし……い」

そう嘆きながら真っ赤になった顔を手で覆って隠しつつも、もう既に抵抗心らしきものはほとんどなかった。こんな明るい場所で人前で裸体を晒す事も、秘めやかな場所を全開にする事にも慣れつつある自分に気付いて少しだけ切なくなる。一番切ないのは、最近、男とのセックスに全く抵抗がなくなってきている事か……。

「恥ずかしがってるスノーホワイトも可愛い」

「凄い、もう蜜でとろとろだ。……よし、俺がもっと気持ち良くしてあげるね！」

ヒルデベルトはくんくんと犬が鼻を擦り付けるようにしながら秘所に顔を近づけ、秘裂に舌を伸ばす。

「そんなの、い、いいって……！」

「遠慮しないで！」

ペロペロと溢れた蜜を舐め取られる様子を、顔を覆ったままひたすら耐えていると、エルヴァミトーレは「あ！」と何か閃いたように手を叩いた。

「そうだ、今パイを焼いてた所だったんだよ。ヒルもアングレーズソース味見する？」

「うん！」

ちょっと待て。当たり前のような顔して、何スノーホワイトの胸にアングレーズソース垂らしてんだ、文官。

「美味しい、とっても甘くておいしいよ！」

そしてお前は何故それを当然のように舐めてるんだ、ワンコ。

「スノーホワイト、やっぱり君ってとってもおいしいね！」

「……ヒル」

スノーホワイトの体に落とされたアングレーズソースを舐めるワンコ騎士の頭と尻には、パタパタと大きく動く犬耳と尻尾が見えた。スノーホワイトの体を必死にペロペロ舐めるヒルデベルトのその様子は、俺が昔飼っていた犬が鳥ささみジャーキーを食べた後、床に散らばる食べかすを必死にペロペロしている時の様子によく似ている。そのせいで、不覚にも少し可愛いと思ってしまった。

「本当に君は甘くて、おいしい」

「あっ、ん……」

「俺……いつか本当に、君の事を頭から全部ペロリと食べてしまいそうで、自分が怖い。……なんでこんなに可愛いの、スノーホワイト」

鎖骨の辺りを甘噛みしながら、そう呟くヒルデベルトの声はいつもよりも低い。

その欲に濡れた男の声に、思わず体がビクリと揺れる。

「っん……！」

デフォルトで男の色香を大量放出している王子様や鬼畜眼鏡と違って、普段は色気の欠片さえ微塵もない元気キャラのワンコなのが、この時だけは違う。性交時になると、その瞳が、その声色が、ジワジワと緩やかに愛欲に濡れた色に染まっていく。普段とのギャップが凄い。

ふと昔、前世姉が少年と青年の間という限られた年齢の男にしか出せない魅力やら色気について熱く語っていた事を思い出す。恐らく俺が今感じてる、奴から放出されている謎の色気やら可愛らしさがソレに該当するのだろう。

「我慢、出来るかな。……だって、こんなに可愛くて可愛くて、美味しいのに」

「や……ヒルっ」

下腹部に当る硬い物に自然と腰が揺れ、いつしかスノーホワイトの腕はヒルデベルトの背中に回された。

そんなスノーホワイト達の様子に、隣で一つ溜息を吐く者がいた。

「もう、ヒルばっかり。僕の事もちゃんとかまってよ」

頭を横にぐいっと傾けさせられた瞬間、エルヴァミトーレに唇を奪われる。

「んん！　ふぁ、……っん」

角度を変えて何度も何度も唇を合わせられる。唇を離すと、薄く開いた唇を舌先でくすぐるようにぺろりと舐められた。まるでリップクリームでも塗っているかのように、下唇から上唇まで丁寧に舐められる。その優しい口付けに、脳に甘い痺れが広がっていく。口腔内に侵入した舌で、上顎から下顎、歯裂から歯茎まで、舌で愛撫するように丹念に舐められる。

「つぅ……、んん……」

舌を絡め取られて吸い上げられて、思わずくぐもった声が漏れてしまった。

（やば。きもちいい）

四人の男と関係を持って思ったが、男も四人いればキスもセックスも全然違う。

王子様はあの甘いマスクに似合つかわしくない、全てを奪い尽くすような激しいキスがお好みだ。ヒルデベルトは、普段からじゃれるようにするライトなキスが好きで、本物の犬のようにぺろりと顔をやられる事も日常茶飯事だ。エルヴァミトーレは、天才パティシエの作ったショートケーキのように甘い顔立ちに実に似合わない、蛇のようにねちっこいねっとりとしたキスをする。セックスの方向性がとてもよく似ている鬼畜兄弟だが、実はこの二人には決定的な違いがある。その中の一つを挙げるとすれば、兄はスノーホワイトにキスをする事はないが、弟の方はキス魔かというくらいキスが好きな所だ。

「舌、出して」

「んっ、こう……？」

言われるがまま舌をべっと出すと、ぺろりと舐められた。驚きのあまり、思わず舌を口の中に引っ込めようとすると、エルヴァミトーレは大きくかぶり付くようにしてスノーホワイトの唇を奪う。

「ん……んんんーっ⁉」

とろんとしていた瞳を刮目《かつもく》した瞬間、そのまま攫っ攫《さら》うかのように舌を向こうの口腔内に持っていかれる。

キスの最中、ずっと伏せていたエルヴァミトーレの翡翠の瞳がそっと開かれた。その熱い眼差しに、溺愛されているといって何の遜色もない口付けに、胸の高鳴りを感じるのりと同時にもやもやしたものが生まれた。体の快楽は認めているし、素直に受け入れてもいる。しかし心の部分では、まだ認めたくない部分や、戸惑い、そして罪悪感があって。

（……俺、なんで罪悪感なんか感じてるんだろう）

こいつ等が必死に愛を囁いてる相手が俺なんかで悪いなぁと、最近思うのだ。

（分かんねぇよ）

くちゅりと唇を吸われる音と、クリームの垂らされた素肌をピチャピチャ舐められる音が耳に響く。

家の外で鳴いていた山鳩は、もうどこか遠くへ行ってしまったらしい。鳴き声はいつの間にか聞こえなくなっていた。

「っは、ぅんん！　やっ、あ、あぁ……ッん！」

その時、ずっと俺の肩を押さえながら首筋や鎖骨の辺りをガジガジと甘噛みしていたヒルデベルトの手が下に下りた。脇から胸、お腹から胸と、外側から胸の中心に向かって優しく撫でられて、思わず腰がビクつく。自分の愛撫に反応している事に気付いたのか、ワンコは嬉しそうに笑いながらテーブルの上のジャムの瓶《びん》を取った。

「そうだ、このワイルドベリーのジャムも塗ってみようよ！」

「あ、それ楽しそう！」

ワンコの提案に名残惜しそうに唇を離しながら、鬼畜ショタもノリノリで同意する。

「え……な、に？」

甘い口付けと優しい愛撫で蕩けた頭でぼーっとしていると、スプーンで瓶から掬った赤がスノーホワイトの雪のように白い肌を赤く染めていく。まるで真っ白なキャンパスを染め上げる画伯のように、至って真面目な顔でヒルデベルトは言う。

「気付いてた？　君の乳首って、普段はうっすらとした色のベビーピンクだけど、興奮するとこのジャムみたいに真っ赤な色に染まるんだ」

「いいね、このジャムとスノーホワイトの乳首、どちらが赤いか試してみようか」

（おい、ちょっと待て……）

「スノーホワイトのおっぱいは、今俺が舐めてるの！　邪魔すんなよエル！」

「ええー。じゃあいいもん、僕はこっちにするから」

膨れ面のエルヴァミトーレがそっと指を挿し込んだのは、既にぐずぐずに蕩けている秘所だった。

「スノーホワイトが気持ち良くなった時に赤くなるのは、何も乳首だけじゃない。――ここも、なんだよね」

「ひうっ」

中の蕩け具合を確認するように何度か抽挿を楽しんだ後、エルヴァミトーレは指を抜くと、ワイルドベリーのジャムをスプーンで花芯の上に落とす。

「っ、う、……つめた、い……」

冷たい銀のスプーンが一瞬花芯に触れる感覚と、ジャムがとろりと落とされる感覚に身震いした瞬間、エルヴァミトーレと目が合った。彼は天使の笑顔でにこりと微笑むと、「いただきます」などとふざけた事を言いながらかぷりと秘所に齧《かぶ》り付く。

「甘いベリーのジャムと、君の蜜の味が混ざり合ってて、とてもいやらしい味になってる」

「もっと、ねえ、もっとこのとろとろに蕩けたあまい水飴《グリュコーズ》をちょうだい」

「や、やぁぁっ……だめ！　イク、いっちゃう！」

まるで母山羊の乳を吸う子山羊のように、ちうちうと花芯を吸うエルヴァミトーレの頭を押さえ、必死にかぶりを振る。その間にもヒルデベルトは、手の平全体をつかってスノーホワイトの胸を揉みながら、ジャムを肌に広げていった。

「うわ、なんかテカテカ光ってるし、にゅるにゅるするし、色が色なだけあって凄いエッチだ……」

ジャムでベトベトになった胸まで降りてきた口が、乳首をそっと含む。

エルヴァミトーレがキス魔なら、ヒルデベルトはおっぱい星人とでもいうのだろうか。この男、やたら乳ばかり触りたがる。五人でしている時は自分がスノーホワイトのおっぱい専属ですとでもいった顔で、乳首から離れない。男の性だと知ってはいるが、たまに「そんなに吸っても母乳は出ないぞ」と真顔で突っ込みたくなる。

「やぁ……ば、かぁ……」

舌で、唇で、啄ばまれ、優しく吸われ、反対側の乳首は優しく指の腹で転がされて。そんな事をされている内に、俺もスノーホワイトの体の変化に気付いてしまった。

（本当だ、本当に乳首が赤くなってきてる）

十八年間もこの体で生きて来た自分の体だというのに、こんな風になるなんて今まで知らなかった。感心していると、刺激を与えている当の本人も気付いたらしい。

「あ！　おっぱいが赤くなってきたよ、スノーホワイト！」

「ばか、ヒル……っ！」

「恥ずかしくなると頬っぺただけじゃなくて、おっぱいや大事な所まで赤くなるなんて、スノーホワイトって本当に可愛いよね！」

無邪気な瞳でスケべな事言うなワンコ！

「ヒルも見る所はちゃんと見てるんだねぇ」

いや文官、そこ感心する所じゃないから。

「当然だろ、俺達の大切なお姫様の体の事なんだから」

「ヒル。生クリームもあるんだけど、こっちに塗ってみない？　ここは赤だけじゃなくて、白もあった方が卑猥だと思うんだ」

おい、文官。お前頭は大丈夫か？　人のまんこサワサワしながら何を言ってやがる。

「ああ、なるほどね。ほい」

「ありがと」

ヒルデベルトは、テーブルの上から生クリームの入ったボウルをエルヴァミトーレに渡す。エルヴァミトーレは、チュッと花芯に軽い口付けをすると、スノーホワイトの秘所に生クリームを塗りたくりはじめた。

「はぁ、あ！　ん……やっ、いやぁ」

「うわ、すごいエッチだ……」

「だろ？　だと思ったんだよ」

その様子を興味津々で覗き込むヒルデベルトに、何故か自信満々に頷くエルヴァミトーレ。なんでお前がそこで誇らしげなんだ、意味不明だよ。

「そうだ、折角だし俺が採ってきたイチゴものっけてみよう！」

「あ、なんかショートケーキみたいになってきたね」

「今日の三時のおやつのケーキはとっても美味しいね！　いつもありがとう、エル！」

「ふふ、そう言われると僕も頑張って作った甲斐《かい》があったな」

なあ、マジで何やってんのこいつら。

「いい加減にして！」と強めに言って二人を睨むと、彼等はさも不思議そうな顔になる。

「どうしたの、とってもおいしいよ」

「うん、野イチゴよりも可愛いよ」

ワンコはともかく、エルヴァミトーレ！　お前は女装を可愛い可愛い言われた意趣返しだろ、こなくそ！

（思春期男子の底なしのエロパワーになんて付き合ってらんねぇよ……）

ある意味、ある程度年がいって女慣れしている（？）王子と眼鏡の方がマシかもしれない。あの二人にはあの二人の恐ろしさがあるが。

「ごめんなさい、私、用事を思い出しました！」

「へ？　ちょっと、危ないよスノーホワイト！」

俺は、彼等を押しのけながらテーブルの下へと降りる。しかしなんたることか。スノーホワイトの体は、前からヒルデベルトに抱き締められる形で、尻はエルヴァミトーレに向かって突き出しているという、最悪の体勢になってしまった。

「あ、良い格好。ヒルそのまま押さえてて」

「ＯＫ！」

「げっ」

これなら素直にテーブルの上に乗ったまま、スポンジケーキよろしくデコレートされていた方がマシだったかもしれない。

「ヒルのばか！」

「ん？　俺バカだよ」

「そういう、意味じゃ……」

どこか噛み合わない会話をしながら、ヒルデベルトは、スノーホワイトの尻肉を左右に掴んで開く。

「こうした方がいいだろ？」

「うん、ありがとう」

「きゃあああああ！　ばかばかばかばか！」

「イルミやエルにバカって言われると頭にくるけど、君にバカって言われるとなんだか嬉しい。不思議だね」

（なんなんだ、こいつら！　普段は特段仲が良いわけでもないのにこういう時の団結力は！）

剝き出しにされた蕾《つぼみ》に、羞恥のあまりヒルデベルトを睨み上げ抗議の声を上げるが、蕩けるような笑顔で「可愛い」と言われちゅっちゅと唇に口付けられるだけだった。

「ヒルのばかぁ！」

「バカでいいよ。スノーホワイトのその顔、とっても可愛い」

「ばかばかばかばかっ！」

「えへへ、好き」

「ばかばかばかばかばかばかばかばかっ！」

ワンコの胸をぽかすか叩いてみるが、彼のそのにやけ面はますます蕩けるばかりで、ダメージらしきものは一切与えられてはいないようだった。非力な女の体の不自由さを改めて感じる。

「うわ、なんかムカつく」

そんな事をやっていると、背後のエルヴァミトーレが不機嫌な色を隠さずにぼやいた。

そして彼は、ヒルデベルトの手により剝きだしになっている蕾に触れた。

「僕の事も構ってってば」

「っ！」

そのまま本来ならば入口ではなく出口の場所を、指の腹で撫でるようにして弄られる。

妙ににゅるにゅるしているのは、さっきの生クリームが塗られているからだろう。

「こっちの初めては兄さんに捧げたんでしょう？」

「ひぅっ⁉」

大きく広げられた双臀《そうでん》のあわいにつぷんと入れられた指に、思わず前のヒルデベルトにしがみ付く手に力が入った。

「なんで僕と出会うまで待っててくれなかったの？　悔しい」

「お尻は、だ、だめぇ……っ！」

スノーホワイトのそっちの処女を奪ったのは、正確には淫蕩虫なのだが、別にわざわざ訂正する事でもないので俺は黙っておいた。自分のアナル処女を奪った相手が男か虫か……どちらにせよ嫌な事に変わりはない。

「お尻で気持ち良くなっちゃうなんて、本当にスノーホワイトはいやらしい子だね」

「ツんぁ！　あっ、ひっ、ぅ……ぃっ、ぁ！」

「じゃあ俺はこっち！」

「ふっ、ぁん！　待っ、て、むりっ、むり……っ！」

ヒルデベルトが下に伸ばした手が秘裂の奥に侵入し、思わずその刺激から逃れようとした瞬間、体が崩れ床の上で膝立ちになってしまう。しかしそれがよくなかった。ガタガタ震える膝に、テーブルの上で座っていた方がずっと楽だと思った。

そしてこの体勢はまずい。サンドウィッチのように挟まれて、逃げられないのだ。

スノーホワイトの体が出来上がってきた事に気付いたらしいエルヴァミトーレは、後孔から指を引き抜いた。それすら気持ちが良くて、びくんと背中が海老反ってしまう。

「そろそろ良さそうだね」

「あっあ！　はっあ、や、もう……もうっ！　や、ッだ……！」

「あれ。スノーホワイト、この体位好きだっけ？」

「好きだよ、さっきもこの体位でしたもんね？」

「や、やだ……ぁ！　すき…じゃ、……な、ッぃ！」

「そっかぁ、スノーホワイトが好きならこの体位でヤろうか？」

（人の話を聞け、お前等！）

こうやってこの体位で抱き上げられて、前から、後からつっこまれると逃げられない。

ヒルデベルトは改めてスノーホワイトの背に腕を回し、抱きかかえた。

「ん！　あ、あぁっ」

濡れた花芯と、いつの間にか露出していたヒルデベルトの硬い物がにゅぷりと擦れ合う。

「エル、そっちから先に入れてあげて」

「了解。ほら、スノーホワイトの大好きな物を挿れてあげるから、もっとお尻あげて」

後孔に侵入する熱の感覚に、ぶわっと涙が溢れた。びりびりと電流を流されたような快感が頭の上から爪先まで全身を駆け抜ける。

「入った、よ」

「あ、あぁ……」

「エル、そのまま後から抱っこしてあげてね、俺はもうちょっとスノーホワイトの事を気持ち良くさせてあげたいから」

「ヒルもけっこう酷い事するよねぇ」

ヒルデベルトの企みに気付いたらしく、エルヴァミトーレはニヤリと笑う。

「何言ってるの、俺はただ俺達のお姫様に、俺達の事をもっと好きになってもらいたいだけだよ」

「や、やだぁ…！」

「大丈夫、大好きだから」

何故「やだ」の答えが「大好きだから」になるのか意味不明だ。相変らずこの男とは意思の疎通が難しい。

ギラつくヒルデベルトの瞳は、可愛らしいワンコのものではなく、獲物を追い詰めた猟犬のものだった。飼い犬に手を噛まれた所か、首筋をガブリとやられた感覚に陥り軽い眩暈《めまい》を覚える。

これほどまでに、このワンコの飼い主である王子様と調教師の眼鏡の帰宅が待ち遠しいと思った事は未だかつてなかった。

【閑話】嘘つき男と城の魔女　前編

「アキ様、おはようございます。そろそろ起きましょう」

鏡をベッドの背もたれにセットして、ベッドの上でゴロゴロしながら白雪姫達《スノーホワイト》の様子を見守るのがデフォとなったアキの元に、ガラガラと朝食が運ばれる。

「今朝の朝食はホワイトアスパラガスのポタージュ、エッグベネディクトのサーモン挟み、プロシュート・クルードと林檎のサラダ仕立て、真鯛《まだい》ときのこのパートブリック包み焼き 香草入りジェノベーゼソースにございます。デザートは豆乳のブラマンジェに八種のフルーツを添えたものをご用意いたしました」

「おはよう、いつもありがとね」

カートをベッドの前まで持って来た銀髪の男は、言わずと知れた鏡の妖魔だ。

燕尾服《えんびふく》を着こみ、執事よろしく本日の朝食のメニューからこだわりの食材、食材の産地の詳細な説明をするが、彼の主人はあまり興味がないらしい。眠そうな半分閉じかけた瞳で鏡を注視したまま、東方列島諸国から取り寄せたせんべいという丸くて平たい食べ物をボリボリ齧っている。

シーツに落ちる食べかすに、彼はさっさとこの主をベッドから追い出して、清潔なシーツに交換しなければという使命感に燃えた。

「今朝はどのような進行具合ですか?」

「さっきアキラ君が家出したところだよ」

「家出ですか……あまり穏かではないですね」

主と一緒に鏡の中を覗き込むと、朝靄の立つ森の中を少し強張った顔で歩いているスノーホワイトが映っていた。彼女のか細い腕には、大振りの猟銃はとても重そうに見える。一本でも辛いだろうに、二本も猟銃を抱えたスノーホワイトは少しフラフラしながら朝の森を歩いていた。

鏡に映る白雪姫は、この世界で一番美しい。真実しか口に出来ない自分の口が何度もそう語ったのだから、それは真実に違いない。鏡に映った少女のその人形のように整った愛らしい顔立ちに、納得こそすれど疑う事はない。

しかし彼は、鏡の中の少女に何かを感じる事はない。美しいとは思うがそれだけだ。自分は目の前の女性の方が――隈《くま》を作った目元を手で擦り、大きな欠伸を嚙み殺しながらボサボサになった髪をかきあげる、少しだらしない女性の方が何故か可愛らしく感じる。リディアンネルは元々、可愛いではなく、綺麗とか美しいと言った方が似合う女性なのだが、それでも最近の彼女は可愛いと思う。

三浦亜姫の記憶を取り戻してからのリディアンネルは、とても〝彼女〟に似ている。

（だが、どんなに似ていても三浦亜姫は彼女じゃない）

自分は、前世の三浦亜姫の姿を知っている。今、リディアンネルの中にいるのは、あの黒髪の少女なのだろう。だが、別人でもそれでもいいと思うのだ。

最近、自分はとても穏かな気持ちで毎朝を迎えられる。こんなに心が満たされているのは何十年ぶりだろうか。それは紛れもなく今、目の前にいる主人のおかげなのだ。可能ならば、鏡の中の男達ではなく、もっと自分の方を向いて欲しいと思う。そして出来るならば微笑んで欲しいと思う。最近、朝が来るのが待ち遠しい。夜休む時間が勿体ない。少しでも彼女の顔を眺めていたいと思う。――何故なら自分達の時の流れは違うから。だから今は、一秒でも彼女と供に過ごす時間を大切にしたい。

（置いていかれるのはもう嫌だ。今度は彼女が逝く時に、自分も一緒に逝こう）

――しかし、今は目の前に片付けなければならない問題が山ほどある。

彼は今、リディアンネルの王妃としての執務の補佐をしているのだが、最近、リゲルブルクの動きが不穏なのだ。次期王位後継者の王太子が追放され、第二王子が繰り上がって王位継承権を得たという話なのだが、どうもキナ臭い。軍事に回す費用を増やして極秘に武具を買い漁り、兵を募り、戦争でもはじめるのかといった気配が漂っている。

先日、鏡の中を自由に行き来出来るという便利な能力を使って、偵察がてら向こうの城を見てきたところ魔性の気配があった。あれはお仲間だ。それも、かなり強力な。

（面倒ですねぇ）

魔女や半端者が人間の権力者や金持ちを操って、甘い蜜を吸い、悪戯に民を虐げる事はよくある話だ。

基本的に、純粋な魔性達は人間社会には不干渉だ。餌として人を食す事はあるが、実はそれにも様々なルールがある。人里に降りて人間を食すのはいけないが、人を森に誘い込んで食すのは許される等、彼等の中にも決まりがある。そしてそれを破ったら最後、制裁に遭う。

しかし半端者――つまり、半分人間だったりする半妖は、魔性の世界のルールをあまり理解していない。半端者には大した力がないので、制裁にも遭わない。

人間達からすれば、半妖や魔女はある意味一番厄介な相手かもしれない。

半妖は、人間のように脆弱《ぜいじゃく》で無力の者が大多数を占める。だからこそ魔性の世界では生き難く、こちらの世界から人の世に逃げるようにして去る者が多いのだが、時折、純粋な妖魔よりも強力な魔力を持って生まれる者もいる。

今、リゲルブルクを乗っ取っているのは恐らくそちらの半妖だろう。

（戦争になる前に、なんとか狩っておきたい所だが……）

戦争もなければ魔獣もいない平和な世界で生きてきた三浦亜姫が、戦争だ殺し合いだ、そんな血生臭い事に耐えられるとは思えない。

（俺があなたを守りましょう）

しかしそんな使い魔の決死の覚悟やら真摯な誓いを知る由もない主は、また徹夜でスノーホワイト達の睦事を覗いていたらしい。

いつまでもこちらを振り向かない主に、使い魔は溜息《ためいき》を吐く。

(貴女の瞳が俺を映し出す時間が、もっと増えればいいのに)

「アキ様。食事の時くらいはベッドから起きて、一緒に食べましょうよ」

「そうね、ごめん」

カーテンを開け、窓を開けて朝の空気を部屋に入れると彼の主人は目をしょぼしょぼさせながらベッドから降りた。

正直、自分以外の男達に黄色い声を上げる主人のその様子は面白くない。毎晩血と女に酔い痴れていた二百歳くらいの頃だったら、恐らく自分は力尽くで……もしくは鏡を条件に、彼女を篭絡《ろうらく》していたかもしれない。しかし自分ももう三百歳だ、年も取ったし落ち着いた。汚い手は使いたくないし、彼女の嫌がる事や悲しむ事はしたくないと思う。

「今日の御飯は何だっけ?」

「アキ様、やっぱりさっきの聞いていませんでしたね」

「えへへ、ごめんごめん、もっかいお願い」

(――それに俺は、毎朝、こうやって彼女と、温かいスープを飲めるだけで幸せなんだ)

今朝のスープは、森の奥の小さな小屋で〝彼女〟が毎朝作っていた白いポタージュの香りとよく似ていた。

【閑話】嘘つき男と城の魔女　後編

アキがリディアンネルに転生して良かったと思うのは、食事の時間かもしれない。

王妃という立場上、この国で一番質が良く鮮度の良いものが毎食アキの前に並ぶ。勿論《もちろん》それを調理する料理人の腕もこの国一番のもので、その部屋に合わせたテーブルコーディネートも、食材の持ち味を殺さずに生かす食器選びや盛り付けも神掛かりだ。

特にこの城のシェフのテリーヌは素晴らしい。様々な彩りの野菜を詰め込み、オクラやヤングコーン等、切り口が可愛らしい仕上がりになる野菜を使って、上手い具合にカットして出してくる事があれば、小鴨《こがも》のテリーヌに前衛的なタッチの天才画家のように赤ワインソースをかけて出してくる事もある。季節柄、この城の近辺で収穫した採れたての野菜を使うので鮮度も抜群だ。伍《ご》して素晴らしいのは食後のデザートである。リディアンネルが愛用している指輪のデザインを模ったケーキや、彼女の子飼いのカラスを忠実に再現したチョコレートケーキが出てきた時は、我が目を疑った。小腹が空いた時に頼んだカップケーキやマカロン、クッキーに至るまで手が込んでいて、食べるのが勿体ないと毎度思う。

前世はあまり食にこだわりのない人間だったが、最近は食事の時間になると幸せを噛み締める事が多い。……記憶が戻る前のリディアンネルは、こんな豪華で手の込んだ食事でも、何度も作り直しを命じては調理場の者達を泣かせてきたのだが。

どちらにせよ前世はお茶漬けとたくわん、もしくは白米とふりかけがあればそれで満足していたアキからすれば胸焼けするぐらい豪華な食生活だ。

「美味しいですか？」

「うん」

アキの目の前の使い魔は、もぐもぐと朝食を口に運ぶアキをとても幸せそうな顔で眺めている。

（なんでこの人は、私の世話をしているだけでこんなに嬉しそうな顔するんだろう）

便利な鏡を手に入れてから、ろくに飲食も睡眠も取らず風呂にも入ろうとしない駄目な人間のアキの世話を甲斐甲斐しく焼いている使い魔は、何故か毎日とても楽しそうだ。

最近、ほとんど鏡の中に戻らなくなったこの男は燕尾《えんび》服なんぞを着こんで執事となり、アキの身の回りの世話やら王妃の補佐までするようになった。

スノーホワイト達の覗き――ではなく、監視という重大な使命があるアキは、この使い魔に非常に助けられている。この男、何気に有能で仕事も出来る。

以前はリディアンネルに命じた命令を聞くのも渋々といった様子であったくせに、この変わりようときたら一体何なのか。あまりにも使えるので、最近はリディアンネルに化けさせて王妃のフリまでさせている事もある。

「お味の方はどうでしょう？」

「とっても美味しいです。特に今朝のポタージュは優しい味がして好きだわ」

何気なく言ったアキの言葉に、何故か使い魔の動きが止まる。

開眼した糸目の使い魔は、柔らかく目を細めた後「私もです」と頷く。

少しそのパーシャンローズの瞳が潤んで見えるのは、アキの気のせいだろうか？

「そういえば。なんであなたまだ鏡の中に戻らないの？」

「アキ様って、たまに残酷な事言いますね……」

「は？」

一変して不貞腐れた顔となった使い魔のその恨みがましい視線に、アキは首を傾げる。

つい先日までずっと鏡の中にいて外になど出てこない男だったので、元々そういう生き物だと思っていたのだが、この様子を見るにもしかしたら違うのかもしれない。

「私は少しでもアキ様の近くにいたいんですよ」

「そ、そう？」

頷いて返しつつも、美形と美形の甘い言葉に慣れていないアキは困惑していた。

「アキ様は私の事はお嫌いですか？」

しょぼんと八の字に眉を下げながらこちらにズイッと顔を寄せる使い魔に、アキは咳払いをして誤魔化した。

「嫌いではないけど……私、前世《むかし》から三次元の男はどうも苦手で」

「三次元？」

「三次元じゃ通じないか。えっと、リアル……も通じないか。私、現実の、生身の男が苦手で」

「しかしあんなゲームをやり込んでいたくらいです、アキ様も男が嫌いというわけではないのでしょう？」

「二次元は別なのよ、二次元は」

右手に持つスプーンの腹に映った自分《リディアンネル》の顔を眺めながら、彼女は憂鬱そうに嘆息する。

──思い出したくもない、三浦亜姫の苦々しい初恋の記憶が蘇《よみがえ》った。

リディアンネルのこの美貌や魔力さえあれば、別に現実の男を恐れる事などないだろう。

前世はコンビニ前にたむろしているDQNや、言動が乱暴で粗野なクラスの男子が苦手だったし、時に恐怖も覚えたが、今の自分は三浦亜妃ではない。裏路地にいるゴロツキや盗賊程度なら、蝿《はえ》を追い払うように軽くあしらえる程度の魔力を持っている魔女だ。

このきつめの容貌といい、気性の荒いキャラクター設定からしても、リディアンネルは老若男女を問わず恐れられる側の女である。現実問題、今も国中の人間に恐れられている。白雪姫《スノーホワイト》の次点でこそあるが、リディアンネルは彼女が成長するまではこの世で一番美しい女で、その美貌も健在だ。

今のアキが普通の人間の男を恐れる理由はないが、男を嫌悪する理由や愛せない理由なららある。

「二次元の男と三次元の男、どう違うんですか？」

使い魔に言われアキは真剣に考えた。恐れ云々以前に、前世弟を含め、現実《リアル》の男には幻滅する事が多かった。「少女漫画に出て来る王子様なんて、この世界にはいないんだ」と小学生の頃には既に悟っていた覚えがある。……でも、二次元のキャラ達は違う。

アキがハマった『白雪姫と7人の恋人達』の攻略キャラ達は、そういった意味では、アキの嫌いなリアル寄りだ。ゲーム初期、白雪姫のステータスが低いと、彼等は現実の男のようにボロクソに言ってくる。ある意味現実の男よりも酷いかもしれない。デートに好みではない服を着て行くと、彼等は暴言を吐いて帰宅する。デートの最中も、選択肢を間違えるとそこでデートは終わりだ。

あまりにも酷い攻略キャラ達に、脱落する乙女ゲーマーも多かったと聞くが、アキはむしろそれに燃えた。最初は恋でも萌えでもなかった。「このクソ雄どもに、目に物を見せてやる！」とキレ散らかしながらはじめたゲームだった。なのに、いつしか攻略キャラ達がデレはじめる過程に胸の高鳴りを覚え、気が付いた時には箱推しとなってしまっていた。最難関のメインヒーロー、アミール王子のTrue EDに初めて辿りついた時は、嬉し泣きをした。一時間くらい感動で涙が止まらなかった。画面が涙で見えなかった。

前世、萌えに萌えた7人の恋人達は、今、三次元の生身の男になっている。

もしかしたら、アキ自身が二次元の住人になってしまったという可能性も捨てきれないが、それでも今のアキにとってこの世界は現実で三次元だ。鏡に映る彼等は美形のままだったが、生身の男だった。

そんな彼等を観察して、早いもので一ヶ月が過ぎた。リアルの人物になってしまったせいか、以前、彼等にあった熱狂的な感情はアキの中で薄れてきている。……それでも彼等のファンだという事には違いないので、鏡で毎日覗いているのだが。

「とりあえず私で慣れましょうよ」

にこやかに言う執事に、ベネディクトの上に乗っていた卵の黄身をつついていたアキの手が止まった。思わず力加減を見誤って、黄身が割れてしまった。

「アキ様のために頑張りますから」

「頑張るって、何を？」

「色々と」

「色々って何さ」

「生身の男に慣れるには、生身の男と直接触れ合うのが効果的だと思いませんか？」

「つまり？」

「私と沢山エッチしましょう」

「馬鹿じゃないの、あんた」

はあ、と呆れたように溜息をつきながら、白い皿の上に拡がっていく黄身をサーモンに塗りつけるアキの頬は微かに赤かった。

男慣れしていないアキは、この男の率直な愛の言葉にどう反応していいのか分からない。

乙女ゲームのように、3択出てくれれば余裕なのにと思うが、残念ながらスノーホワイトの方と違い、リデアンネルの方に選択肢は出てこないようだ。

あれから何度かこの男と関係を持った。スノーホワイトの濡れ場を見てきゃーきゃー言っていたある日、いきなり押し倒されたのだ。

『ふぅん、そんなにあの男に抱かれたいんですか？』

『なに言って』

彼が忌々しそうに睨むのは、鏡の中のスノーホワイトをよがらせているアミール王子だ。

『せっかくだし、彼等と同じ事でもやってみましょうか？』

『へっ？』

鏡は7人の恋人達に嫉妬している事を隠さない。そんな使い魔に対して、アキの中に不思議な感情が芽生えつつある。

『そんなに良いですかねぇ、私の方がずっと良くないですか？』

『また鏡ばかり見て。今度は誰です？　イルミ様ねぇ、私も明日は眼鏡でもかけてみますかね』

『今日はエルヴァミトーレか、……女装は、流石に私には厳しいですよねぇ、うーん』

直接好きだと言われた事はないが、彼の〝嫉妬〟という、とても分かりやすい感情から結びつくものは――一つしかないように思えた。

（でもそんなの困る。今までろくに男の人と付き合った事なんてないのに。しかも相手は人間ですらないし。どうすればいいんだろう？）

　今までの人生、異性に、しかもこんな美形に好意を寄せられた事のなかったアキは、彼のその率直なアプローチに戸惑っていた。戸惑っても恥ずかしがっても、既にやる事はやっているので今更という感じもするのだが。

「ところで、スノーホワイト達はこれからどうなるんですか？」

「え？　ああ」

　アキはティーカップを置いて、咳払いした。

「アキラ君は相変らず順調にスーパー逆ハーレム重婚ＥＤへと爆走してる。もしかしてアキラ君って、乙女ゲームの才能があるのかも」

「順調なんですか？　弟さん、また家出したじゃないですか」

「これはどのルートに行っても必ず発生する必須イベントで、順調に物語が進んでる証拠。恋人達の愛が重すぎて、スノーホワイトは家出するの」

「で、どうなるんですかこれ」

「好感度が突出して高いキャラがいる場合、そのキャラがヒロインを迎えに行く。それで仲直りイベントが発生して、スチルがゲット出来る」

「スチル……確か、ゲーム内に出てくる一枚絵の画像ですね？」

　アキに付き合わされている使い魔も、異世界の乙女ゲーム用語に随分詳しくなった。

　そんな優秀な使い魔に、満足そうに頷くとアキは続ける。

「ええ。ちなみに18禁の方はそこで青姦になるらしいわ。18禁でもそこでスチルは一枚ゲット出来るみたい」

「また青姦ですか。……なんか、こう言っちゃなんですが、本当にセックスしかしてないですね、あの人達」

「仕方ないよ、18禁乙女ゲームだもん」

「はあ」

「そういうわけで、このイベントが発生する事によって、プレイヤーは誰のルートに入ったか、誰の親密度が一番高くなっているのか分かるのよ」

「ふむ。で、それがお目当てのキャラでなかった場合は、リセットすればいいという事ですね」

「そう。『白雪姫と7人の恋人』は、攻略キャラの親密度の数値が表示されないゲームなの。だからここにくるまで、プレイヤーには誰の親密度が一番高いのか分からない」

「はあ」

「でも、アキラ君は皆からの好感度を平等に上げている」

「その場合どうなるんです？」

「その場合……フフ、デュフフ」

使い魔の質問に、アキは俯くと肩を震わせ不気味に笑う。主人の様子に使い魔がうろたえていると、アキはガタン！　と派手な音を立てて椅子から立ち上がった。

「新キャラ登場イベント発生よ！」

「は、はあ？」

もう食事は終わったらしい。ベッドの上に飛び乗る主人に、彼は呆気に取られる。

「乙女ゲーで一定の人気を誇る無口キャラ属性、おじさま属性、更に18禁ゲームで大人気の巨軀《きょく》（体格差萌え）要素に、巨根という最強要素を掛け合わせた、私の夫！　メルヒの登場！」

「……もしやあの猟師ですか？」

ベッドの上で身もだえ、転げ回る主人に、鏡の妖魔は露骨に嫌そうな顔をした。

彼のそんな反応に、アキはやはりどう反応していいのか分からない。

（でもメルちゃんは私の夫だし。何度も結婚してるし。……ゲームの中での話だけど）

メルヒはアキの心の中の夫だ。イルミ様は旦那様なのだがメルちゃんは夫。伴侶。これはとても大きな違いなのだが、鏡に理解は難しいらしい。

（そういえば今、元の世界ってどうなってるんだろう？　こっちの世界と向こうの時間の流れって同じなのかな。お母さんももう生きてないのかな）

鏡にお願いすれば見せてくれそうな気もするが、見るのが怖いような気もする。

アキがベッドの背もたれにセットした鏡の中に視線を戻すと、怒れる一角獣に囲まれ震えるスノーホワイトが映っている。

しかし惜しい。青ざめ怯える姿も可愛いらしいこのヒロインちゃんの中身がアキラ君だなんて。

――新キャラ登場前座の必須イベントは、もう既にはじまっていた。

第六章　森の湖畔の処女厨

逃げたいですよね！　獣姦です！

今日、俺は一体どこで何を間違えてしまったのだろうか？　夜が明ける前、「探さないでください」という書き置きを置いて、小屋をそっと抜け出した所までは間違っていなかったと思う。もしかしたら、多分、偶然見付けた泉で水浴びしようと思ったのが間違いだったのかもしれない。

今日は陽気も良かった。こんな森の奥だし、誰かに覗かれる事はないだろう。そう高を括り水浴びをしていたら、泉の畔に白い野馬達が集まってきた。

（ん？）

その野馬達は馬にしては大分小さい。ポニーだろうか？　と思ったが、よくよく見てみるとポニーよりも一回り小さい。スノーホワイトの潤艶ストレートヘアーをゴシゴシ洗っていた俺は、顔を上げて陸の方を振り返り――感動した。獅子の尾に牡《おす》山羊の顎鬚《あごひげ》、風に波打つ毛並みは、目に沁《し》みるほど白くて美しい。二つに割れた蹄《ひづめ》、額の中央から真っ直ぐに天を指すように生える立派な角。

彼等は野馬ではなかった。――伝説の生き物、一角獣《ユニコーン》の群れだった。

「すごい、本物だ」

この世界でも一角獣は伝承の生き物といわれている。本当に存在するのかさえ不確かな、魔法生物だ。

(王侯貴族のハイスペックイケメンエリート達だけではなく、幻の魔法生物まで呼び寄せちゃうなんて、流石最強美少女プリンセス白雪姫《スノーホワイト》ちゃん十八歳の裸！)

「――って、ユニコーン？」

全身から、血の気がスーッと引いていく。

(やべぇ……)

これはアレだ。巨根猟師の登場の前座イベントの、一角獣の角攻めとかいうアレである。

(あいつらの所から逃げて来たはずなのに、どうしてこうなった……？)

これが乙女ゲームの強制力という物なのだろうか？

(なんなんだこれ。どうすれば新キャラ登場とこいつらの角攻めから逃げられる⁉)

ザバアアアアッ！

俺は勇ましく、男らしく泉の中から立ち上がった。服は一角獣達の方にあるので今は諦める。とりあえず逃走して、後で取りに来よう。

「男だらけの逆ハーレムなんて、完成させてたまるかあああああっ！」

奴等がいない方向の岸へと俺は全裸のまま走り出した。――しかし。

ドン。

俺は目の前に突如現れた毛むくじゃらの何かに頭から突っ込み、草の上に尻餅をつく。

（げっ）

スノーホワイトの目の前に現れたのは、煉獄《れんごく》の炎の如く燃え盛る長い赤毛を持つ美しい青年だった。一瞬まさかこいつが新キャラか！　と思ったが、それは違う事にすぐに気付く。何故なら目の前の男は人ではなかったからだ。馬の首から上に、人間の男の上半身を据え置いたような姿のその生き物の名前は――ケンタウロス。

「俗世の穢《けが》れを身にまといし人間の娘よ。よくもミュルクヴィズの不可侵領域、闇の泉イボバビアを侵してくれたな」

本日二種類目の稀少生物の登場に、俺は引き攣り笑いを浮かべた。

（ドライアドに森の主にユニコーンにケンタウロスに、スノーホワイトちゃんのめぐり合わせって一体どうなってんの……？）

名探偵が外に出掛ける度に殺人事件に出くわすような、幻の生物達とのエンカウント率に開いた口が塞がらない。これはスノーホワイトのヒロイン力のなせる技なのか。

しかしそんな伝説の生物やら稀少生物に巡り会う幸運に恵まれていたとしても、俺は今、全く嬉しくなかった。何故ならばケンタウロスも一角獣達も、決して友好的な様子ではないからだ。酷く興奮している様子の怒れる一角獣の群れは、鼻息荒く、前足で地面を掻くようにしながら、俺の周りに集まってきた。

「えと、その、えっ、あ、う……」

ジリジリと追い詰められ、背中がドンと何かにぶち当たる。

俺の背後にはクライマーが見たら大層喜ぶであろう、それはそれは高い崖が聳え立っていた。パラパラと小石が降ってくるその急斜面を見上げ、俺は絶望する。この崖を非力なスノーホワイトの体（しかも全裸）で登るのはどう考えても不可能だ。

（絶体絶命……？）

スノーホワイトの顔が蒼くなっていくのを感じながら、俺は引き攣った笑みを口元に浮かべた。

避けたいですよね！　苗床ＥＤ！

俺の前には、怒れる一角獣の群れと、彼等の言葉を通訳してくれる美形ケンタウロスがいる。ケンタウロスの解説によると、前足の蹄で土をカツンカツンやっている一角獣達は、「この非処女が！　非処女の分際で俺達の泉に入りやがって！」的な事を言ってお怒りになられているらしい。

前世、勝手にシンパシーを感じていた処女厨《なかま》の一角獣達に、激しい敵意を向けられて俺は動揺した。いや違うんだ、俺が非処女になったのは不可抗力で、全てはあの王子《ドーピー》が悪い。スノーホワイトちゃんだって今はこんな事になってるけど、元は貞潔な乙女だし、俺なんかもっとすげーぞ？　清らかな体のまま天に召されちゃった系男子だからな。わかる？　風俗通いしてベンツ乗り回してる生臭坊主達がいるような汚れた世界で、俺のように清らかで汚れなき存在がどれだけ稀少だったか、なあ、わかるだろ？　とどのつまり俺は君達の親友で仲間なんだって。ＯＫ？　おお心の友よ、俺の同士達よ。もちろん分かってくれるよな？　――と、真心を込めて誠心誠意伝えてみたのだが、彼等の怒りはヒートアップしていくばかりだ。

（――ってちょっと待て。ケンタウロスも一角獣もなんでギンギンにおっきしてんの？）

いやいやいやいや確かに俺っつーかスノーホワイトちゃんは美少女よ？　継母の鏡曰く世界一の美少女よ？　でも俺達人種違うじゃん？　それでもお前等おっきしちゃうの？

どれだけスノーホワイトからフェロモン出てるんだよ、美少女恐るべし。

怒れる一角獣達の額の中央には、鋭く尖った長い角が一本生えている。あの螺旋状の筋の浮いた鋭い角で攻められるのはクリトリスだけなのだろうか？　それともまんこもあのトルネードした角でズブズブやられるのだろうか？

（む、無理だ。あんなの絶対痛い……ってか、死ぬんじゃねぇの？）

それとも奴等の下腹部で今も尚みなぎっている、人間の男とは比較にならない長さと太さの男根で今から俺は犯されてしまうのだろうか？　先っぽからダラダラと涎《よだれ》のような物が滴りはじめている怒れる一角獣のグロイ物を見て、俺は軽い眩暈に襲われた。

（どっちにしても無理だろ、入るわけねぇよ）

「人間の娘よ、我等が泉を汚したその罪、その体で償え」

ケンタウロスのその感情のない淡々とした声と、無表情が怖かった。

ケンタウロスはスノーホワイトの細腰をガッチリと摑み、大地に座らせると大きく足を広げさせる。

「深き森の白き神獣達よ。この娘を供物として捧げるので、どうか怒りをお鎮め下さい」

「や、やめてぇっ！」

蹄をカツンカツンさせながら、鼻息荒く一頭の一角獣がこちらへ近寄ってきた。キラリと光る鋭い角が秘所に近付き、俺はギュッと目を瞑《つぶ》る。

じゅる……ペロペロ。

「あれ？」

（痛くない。むしろ気持ち良い……？）

不思議に思いそっと目を開けてみる。一角獣はあろう事かスノーホワイトの秘所をベロンベロン舐めはじめた。

「ふぁ……や、ッ」

人の舌よりも太くて長いその舌は、分厚くて幅がある。生温かい舌で一舐めされた瞬間、腰が跳ねる。一角獣は意外にもなめらかな触感の舌をベトっと花芯に当てたまま下にスライドさせて、そのまま舐めあげる。

「ッひあ！」

困った。気持ちいいです。人間の舌とはまた違った悦さがある。

口が人間よりも大きいせいか、人間よりも唾液も出るらしく、すぐにスノーホワイトの秘所は一角獣の唾液でねとねとのどろどろになってしまった。

「っんぅ、……っは、ぁ！　あぁッ、も、やめ……て……！」

まずい。このままじゃ馬にイかされてしまう。

その時、秘肌をしつこく舐めていた舌先が秘裂を割る。器用に縦に丸められた一角獣のその舌先が、熱いとろみで溢れ返った蜜窒の中ににゅるりと入り込んだ。

「ひっ！　……く、あ、あ、ああっ⁉」

「娘、暴れるな。神獣様のお情けだ、ありがたく頂戴しろ」

必死に身を捩るが、両腕をケンタウロスに後から押さえつけられていて動けない。

その時、頭を近付けてきたもう一頭の一角獣は、その凶器と言っても過言ではない角をスノーホワイトの秘所に容赦なく振り下ろす。中には舌が入っているので、奴の狙いは恐らくクリトリスだろう。今度こそこれから襲い掛かるであろう痛みに、本気で覚悟をして目を瞑る。――が、しかし。

にゅるん！

またしても想像していた激痛に襲われる事もなく、俺は目を開き、――そして絶叫した。

「えっ？　って、えええええええ⁉」

なんという事だろう。一角獣の頭から生えていた角だが、男根の形に変わっていた。角の表面に巻きつくようにして浮き彫りになっていた螺旋状の筋は、螺旋状の血管となり、興奮時の人間の男の陰茎の如くドクドク脈打っている。

スノーホワイトを背後から抱き締めるようにして押さえているケンタウロスが、淡々とした声で言う。

「人間如きが神獣の陽物を挿れてもらえると思ったか？　ウニコーンは同属同士の繁殖時以外にその生殖器を使う事はない」

「へ？」

（ウニコーン？　ユニコーンじゃないのけ？）

いつの間にかスノーホワイトを囲む一角獣は、一角獣ではなくなっていた。額からちんぽを生やす馬達の面白集団と化している。

「お前のように禁忌を犯した愚かな者を苗床にする時は、頭のその角茎を使うのだ」

同人やエロゲによく出てきた懐かしくも恐ろしい単語に、俺はギギギッと首だけでケンタウロスを振り返る。つーかケンタウロス。なんでお前までどさくさに紛れて俺氏（スノーホワイト十八歳、感度抜群美乳美少女）のおっぱいモミモミしてんの？

無表情のままの人外に乳を揉まれ、俺は躊躇いがちに聞き返す。

「な、苗床……？」

「そうだ。お前は今から闇の森ミュルクヴィズの生命の源、イボバビアの泉を守護する従僕を産む為の苗床となる。ありがたく闇の神獣ウニコーン様達の子種を頂戴しろ」

「そ、そんな！」

人の乳首引っ張りながら、この人馬《ひと》なんか恐い事言ってる！

(もしやこれ、バッドエンドの苗床ＥＤって奴⁉)

俺の体に悪寒が走り、背筋が凍りついたその時だった。

パァアアアン！

高らかな発砲音と共に、スノーホワイトの体を抑えていたケンタウロスが大地に倒れる。

「低級魔獣もどきが神獣を名乗り、我が国の姫様を汚そうとするなど、おこがましいにもほどがある」

猟銃を構えた、見知った大男の顔に俺は叫んだ。

「メルヒ！」

その男はいつぞやこの森にスノーホワイトを逃がしてくれた猟師、『白雪姫と７人の恋人』の攻略キャラの一人、メルヒだった。

あっという間に一角獣もどきの集団も猟銃で撃ち倒した猟師は、スノーホワイトの前までやって来ると、膝を突いて頭を下げた。

「姫様、ご機嫌麗しゅう。ご無事でございましたか？」

とりあえずあの頭からちんぽを生やしていた馬集団に犯され、奴等の苗床になるという笑えるんだか笑えないんだかイマイチよく判らない事態を避ける事には成功した。

しかし新しい攻略キャラの登場を妨げる事に失敗した俺は、さめざめと涙した。――これからまた、シナリオ通りに、スノーホワイトはこの猟師の隠し持つ大層な猟銃でズコバコ撃たれてしまうのだろう。

このメルヒという男、随分とがたいが良く身長も二メートルはありそうだ。ああもう何も言うな、脱がなくても分かる服の上からでも分かる。こいつ絶対ちんぽもでかい。

ありがちですよね！　主従モノ！

メルヒの話によると俺が一角獣だと思っていた生き物は、ウニコーンという低級魔獣《モンスター》の一種で、ケンタウロスだと思っていた生き物は人妖らしい。「ケンタウロスの頭髪は、炎ではありません」と言う猟師のそれっぽい説明に、納得する俺だった。

猟師の話によるとウニコーンは淫獣の一種なのだとか。ウニコーン達は若く美しい人間の処女が大好きで、森に迷い込んだ処女を見つけると破瓜《はか》して三日三晩愉しむという。その後は自分達の群れが信仰している泉に供物としてその少女を沈めるらしい。

ちなみに処女でなければ騙されたと怒り狂い、額の角茎で飽きるまでその体を玩び、子供が産めなくなるまで自分達の苗床として使うのだとか。ウニコーンと人間の間にできた子はあのケンタウロスのような形の人妖となる事が多いらしい。そうして産ませた人妖達に泉を守らせるそうだ。

（ウニコーン怖い。そこまで処女厨極めてどうすんだよ。そしてこんな生物がうようよしている、乙女ゲームの世界も怖過ぎる……）

「助けてくれてありがとうございました」

そんな恐ろしい連中から救って頂いたとなると、自然と俺の頭も下がった。

「頭を上げて下さい。もとはといえば、もっと早く姫様を探し出せなかった私が悪い」

「いいえ、私もいけないのです。折角メルヒがくれたお守りを落としてしまったから……」

あの日、メルヒは「誰にも見られないように森の奥で白雪姫を殺して、その証拠に彼女の心臓を持って来なさい」と継母に命じられた。しかし心優しい彼は、彼女を殺さず、「どうかどこか遠くにお逃げください」と言って、逃がしてくれた。

されど森は危険だ。か弱き姫をこんな所に置き去りにすれば、すぐに死んでしまう。

そこで彼は魔物が近付けない大木までスノーホワイトを連れて行くと、魔物避けのお守りを渡し、「姫様の死を偽装したら、戻ってきます。それまではこの樹の穴の中で、身を潜めて隠れて待っていて下さい」と言い城へ戻った。

――しかし、ここで乙女ゲームの強制力が発動する。

喉の渇きを覚えたスノーホワイトは、川を探して森の中を彷徨い歩き、メルヒにもらったお守りを落としてしまう。そしてスライムに襲われたスノーホワイトはアミール王子と出会い、話は冒頭へと舞い戻る。

「姫様はあれからいかがなされていたのですか？」

子供の頃から自分を知っているこの男に、その流れで隣国の王子にラッキースケベをされたとは、流石の俺も言い難かった。

しかし怒り狂ったウニコーン達に、陰茎ではなく角茎で襲われていたスノーホワイトを見たこの男は、もうスノーホワイトが処女ではない事を察しているだろう。メルヒに肩に掛けてもらった上着で身を隠しつつ、スライムに襲われた時の話をしていた時の事だ。

ドクン。

心臓が大きく跳ね上がり、眩暈を覚えた俺は目の前の男の胸の中に倒れこんだ。いや、正確には胸ではなく腹部か。四十センチはあるだろう身長差に、朦朧《もうろう》としながらメルヒの顔を見上げる。

（え……？）

頭は霞がかかったようにぼんやりとして、思考がどんどん鈍くなっていく。

「あれ、私、なんか……？」

「姫様？　もしやウニコーンに、粘膜の部位を舐められましたか」

頷くとメルヒは渋い顔になった。

メルヒ曰く、ウニコーンの唾液には催淫効果があり、それを巧みに使い、女を苗床にするらしい。快楽浸けにされた女は逃げる気力も失ってしまう。その強力な催淫効果は出産の痛みまでをも快感にすり替える。一度出産すると完全に脳をやられてしまうそうだ。そうなってしまえば最後、手遅れとなり、例えウニコーンの元から救出したとしても、自ら彼等の元に帰っていくようになるのだとか。

それを聞いて、俺はこの世界は本当に18禁乙女ゲームの世界なのかと訝《いぶか》しんだ。

いや、だってさ、男性向けのヌキゲー並みにハードじゃね？

（なんだ……？）

話している間にも、前後不覚の状態に陥り体がフラフラとして自力で立っているのが難しくなってきた。

実はさっきから下腹の辺りに違和感があった。月の物がきた時のようにどんよりと重苦しい感じがしていたのだが、その痛みに似た、しかし痛みだけではない何かが、急速に膨らんでいく。ふと股の付け根の肉の閉じ目から、何かがどろりと滴り落ちる気配に慌ててその部分を手で押さえた。

（あれ？）

生理がきたのかと焦り、こっそりと確認するがそうではなかった。手の平を濡らした熱い滴りは、情事の最中秘めやかな場所から零れ落ちる悦びのほとばしりと同一の物だった。

（ウニコーンのせいか……くっそ、あのエロ馬め）

スノーホワイトの体は発情していた。下腹の切ない疼きはいつしか身を焦がすような熱に変わり、体がガクガク震え出す。——もう子供ではないスノーホワイトは、この熱を発散させる手段も、禁断の果実の味も、その甘美な蜜の味も知っている。

『夜着は私が脱がせてあげようね、このままじゃ貴女も辛いでしょう?』

『あ……は、ぁ』

『ほら、起きて。夜はそんなに長くはないのだから』

『な、に……?』

『人生だってそうだ。残酷な運命の女神がまた、私達をいつ悪戯に引き裂いてしまうかも判らない。——だから、ねえ、私のスノーホワイト。他の皆が起きる前に、私と愛を確かめ合おう』

『ッあ!　だめ!　そん、な……いきなり……っ!』

いきなりでも、無理矢理でも、強引でも、不本意でも。——触れられれば最後、抵抗する気も起きなくなってしまう。散々快楽を教えこまれたこの体は、抗うのが馬鹿くさいと思うほど、ソレが悦いという事を知っている。

——だから。今すぐあの猛々しく脈打つ熱を自分の中に捻《ね》じ込んで、乱暴に腰を掴んで、奥までグチャグチャに掻き回して欲しい。

(って、今何を考えた?　誰を何を思い出した?)

「大丈夫ですか、姫様」

フラつくスノーホワイトの体を押さえる大きな男の手を見つめ、ハタッとある事を思いついてしまった。

(目の前にはちょうどよく手頃な男が……って、おい、ちょっと待て)

俺は頭をブンブン横に振って、自分を落ちつかせるために大きく息を吸って吐いた。

「え、ええ。どうすれば良いのですか……？」

「分かりませんが、恐らくウニコーンの唾液を洗い落とせば……」

「そ、そう……ですね」

確かに一理ある。唾液を全て洗い流せばなんとかなるかもしれない。

とりあえずこの男が裸のスノーホワイトを見ても襲ってくる気配がないので安心したが、ガクガク膝が震えて俺はもう立てなくなっていた。

「すみません……メルヒ、あしが」

「……失礼します」

メルヒはスノーホワイトをひょいと軽く肩に抱き上げて泉まで戻る。

「っ！　あっ、ああ、ッぅ！」

彼が一歩歩く度に肩に担がれた体が揺れ、その振動にまで感じてしまい、自分の肩をギュッと抱き締めた。

メルヒもスノーホワイトの様子に戸惑っているらしい。昔から表情の乏しい男だったが、その瞳の中には動揺の色がありありと滲み出している。

秘所を押さえビクビク痙攣するスノーホワイトを、彼は躊躇いがちに泉の中に下ろした。

「……ご自分で、洗えますか？」

確認がてら聞かれるが、こちらはもうまともに話せる状況ではなかった。

男は分かったというように一つ頷くと革靴を脱いだ。そのまま泉へと入っていき、自分の膝の上にスノーホワイトの体を横たえる。

「っは！　あ、あぁっ……は、はあ、はあ、……ッん！」

この時点でスノーホワイトの理性は崩壊していた。疼いて仕方のない部分を押さえていただけのはずの手は、いつの間にか自分で自分を慰めている。そんなスノーホワイトに彼は短く「失礼します」とだけ言って、彼女の指を秘唇から引きぬいた。

「だめぇ！　そこ、さわりたいの……っ！」

「駄目です姫様、まずはユニコーンの唾液を洗い流さなくては」

「やぁ、いや……っ！　あ、あぁ……ッん！」

メルヒは左手でスノーホワイトの両手首をおさえると、右手で彼女の秘所を恐る恐るといった手付きで洗いだした。パシャパシャと水をかけながら、剝き出しの割れ目の部分を開かれる。

「っひぁ、ん、……はあ、あ、あっ！　あぁっん！」

この状況は一体何なのか。何故か俺は、肌を隠す物が何もない状態で泉の中にいる。太陽の光が燦燦《さんさん》と降り注ぐ中、子供の頃からの自分をよく知っている男に脚を開かれ、恥ずかしい部分を指で洗われている。

その時、近くで魚がぱしゃんと水面を飛び跳ねた。魚の鱗《うろこ》が太陽の光りを反射して光る。こんな明るい場所では、秘められた花もその奥の肉の洞も全てが丸見えだ。猟師にされるがまま、俺は朦朧としてこの非日常の風景を見守った。花唇の左右にある可憐な花びらの色や、中の鮮やかな粘膜の色まで、よく見える。昔見た洋物無修正の動画よりも美しい、色素沈着のしの字すら見付からないスノーホワイトのパーフェクトボディーに我ながら感心する。ここまで美しいと、服を着て隠す事の方が罪悪とすら思えた。美術館にある裸婦画や彫刻のような、一種の芸術性を感じる。

「つぁ、は、っは、はあ、あ」

そんな風に猟師の大きな手で洗われている場面を、じーっと見ていたのがいけなかったのかもしれない。

（やば、い……っ！）

体の奥でジリジリ燻っていた熱が、大きな音を立てて燃え上がっていくのを感じる。

バシャバシャと秘所にかかる水は腫れぼったくなっている部分の熱を冷ますどころか、そのささやかで物足りない刺激に焦らされるようにして体の熱は昂っていく。

「恥ずかしいです」と言っていやいや首を横に振ると、猟師は無言で頷いた。

肉の狭間のぬめりを落とすように、メルヒの大きな手が透明な水の中で上下に動いている。メルヒは赤く充血している肉の芽にもウニコーンの唾液が付着している事に気付いたのだろう。スノーホワイトのその鋭い感覚のかたまりをにゅるにゅると洗いはじめた。

「ひ、あ！」

洗われているだけなのは分かっているのだが、――ウニコーンのぬるぬるしつこい唾液を落とすために熱心に花芯を擦られて、揉みほぐされていくうちに、スノーホワイトのその小さな尖りは屹立してしまった。

「ぁ……や、やだ……」

苞を半分押し上げたその尖りにメルヒは、その中までしっかり洗った方が良いのだと思ったらしく、指で残り半分の皮を剝く。

「きゃあ……っ⁉」

「姫様、がまんです……」

包皮を剝かれ完全に露出した敏感な部分を押し潰すようにされたり、周りの溝にたまっている唾液を落とすために、丸を描くようにゆっくり撫で回すようにされると、もうスノーホワイトは嬌声を抑える事が不可能になってしまった。

「……すみません、もう少しの辛抱です」

膝の上で体をビクつかせるスノーホワイトに、彼は戸惑いがちに言う。

「もしや、中にも舌を挿れられたのですか？」

「は、はい、舌、ナカにじゅぶじゅぶ、され、て……ッあ、ふぁあっっ！」

「……失礼します」

無骨な男の無骨で太く長い指が蜜をいっぱいに溜めこんでいる部分に潜り込み、ウニコーンの唾液の混ざった蜜を掻きだそうと動く。

「やっ！　いあ、あ！　あぁっ！」

恥ずかしい部分をまさぐっている指のその動きは、手淫と何ら変わりがない。男根の抽挿を彷彿とさせるその指の動きに、スノーホワイトの呼吸はどんどん乱れていく。泉の中だというのもいけなかった。下手に水に下腹部を浸しているので、彼が手を動かす度にバシャバシャと水音が派手にあがる。それがとてもいやらしく聞こえ、耳を塞ぎたくなった。

ウニコーンの唾液が少し落ちたせいか、思考は正常に戻りつつあったが、自分の体でありながら、自分の意思に反して反応する体に気付いてしまえば最後、逆に羞恥心を煽られるだけだった。

「あ、ああっん！　ご、ごめんなさ、ッ、こんな事、させ、て……っ！」

「……い、いえ」

「でも、あ、あっ！　そこ、だめぇ……！」

「……もう少しの辛抱です。姫様」

感じまくっているスノーホワイトとは対極的に、男の口調は淡々としていた。

呆れられているのだろうか？　一国の姫であるというのにどうしようもない娘だ、はしたない娘だと軽蔑されているのだろうか？　そう思うとなんだか無性に恥ずかしくて、自分で自分が情けなくて泣きたくなってきた。声を抑えなければと思うのに、しかし中に入れられたウニコーンの唾液を掻きだそうとする指の動きに、糖蜜のように甘ったるい声は止まらない。

「あ……」

その時、自分を膝に乗せた男のズボンが大きく膨らんでいるのに気付いた。ちょうど顔の脇にあるその膨らみに気付いた瞬間、スノーホワイトの中にあった羞恥心は掻き消される。

（メルヒも、興奮してる……）

恥ずかしいのは自分だけではないという安堵感を感じるのと同時に、ゾクゾクとしたものが背筋を駆け上がる。

（これ、ほしい）

もう、本能だとしか言いようがなかった。スノーホワイトはそのまま身を捩るとメルヒの腰をつかみ、ズボンの上から彼の肉の塊に舌を当てた。

「姫様、何を……？」

驚きの声を上げるメルヒを無視し、先端部位だと思われる部分を布越しにちゅうちゅう吸う。男の匂いがした。少しだけしょっぱい興奮している雄の味に、口元に笑みが浮かぶ。

「ひめさま、いけません……」

「でも、これ、ほしいの、……ほしい、のっ！」

いつしかメルヒに押さえられていたスノーホワイトの手は解かれており、俺はそのまま彼のベルトを外し、ファスナーも外した。ズボンの中から顔を出しそそり立つ肉塊は、今まで見た事もない、信じられない大きさで——思わず我が目を疑った。王子達の陰茎も大きいと思っていたが、これは彼等の大きさを優に越えている。亀頭が自分の拳ほどの大きさがあるそれに、しばし呼吸をするのも忘れ見入ってしまう。

（これ、マジで中に入るのか……？）

長さは三十センチ、四十センチ？　……いや、もっとあるかもしれない。

こんな大きい物で体を貫かれたらどれだけ気持ち良いだろう。挿れられた瞬間、達してしまうかもしれない。……いや、そもそも小柄なスノーホワイトの中にこんなデカブツ入るのか？　裂けて出血……はまだいいとして、最悪、死ぬかもしれない。だってこれ、どう考えても、どう見ても、明らかにデカ過ぎる。

（でも……）

なんだか妙に喉が渇いていた。

ゴクリと唾を飲み込むと舌が上顎に引っ付いて、乾いた音の咳が出た。

「姫様と私では、身分が、違いすぎます」

ゆっくりと左右に首を振るメルヒは、自らの衝動に身を任せ、この凶器でスノーホワイトを犯す気はないらしい。

（仕方ない……）

「メルヒは、わたしの事、きらいですか……？」

大きく口を開き、限界まで伸ばした舌を見せ付けるようにして、飴色《あめ》に光る男の怪物に這わせながら彼を上目遣いで見つめる。

「し、かし、……私は先王陛下の時代から、姫様を」

うっと顔を顰《しか》める大男を見て、確信する。——落とせる。

スノーホワイトの美少女アイコンが、こんなにも頼もしいと思った事はなかった。

「つらいんです……どうか、メルヒのこれで、私を慰めてはくれませんか……?」

メルヒの琥珀《こはく》色の瞳が揺れる。

口の中に収まりきらない巨大な亀頭の先をチロチロと舐めながら、唾液と泉の水でびしょ濡れの猛り勃つものを上下に擦りあげる。男の物を扱く手首のスナップに、自分でも慣れてきたなと感心し、そして小さく苦笑した。

「あなたは今、正気ではない。……後で、絶対に後悔します」

(だろうね、俺もそう思うよ)

自分から男を誘惑してるなんて、正気じゃない。

——でも、それでも今はこれが欲しい。欲しくて欲しくて、堪らない。

「こうかい、しません。——だから、ねえ、メルヒ、私を抱いてください」

＊＊＊＊

——一方、こちらでは。

「メルちゃんキタアアアっ! きょ、巨根! これが噂のメルヒの巨根なのね⁉ す、凄い凄い、想像以上に凄いっていうかエグイ! うわ、あれ入るの⁉ 入っちゃうの⁉ アキラ君の中に入っちゃうの⁉　えええええっ！　股裂けるでしょ！　いや、絶対痛いでしょ⁉　無理、無理、無理だよね⁉……え、え、えええええええええええええっ！」

バンバンバンバン！

鏡の女王は、えらく興奮した面持ちで、隣に座る使い魔の肩をバンバン叩く。

ベッドの上の固定位置に正座をしながら、鏡の中を見守る主の隣に待機する使い魔を包む空気は、とても冷ややかだ。スゥッと開いた使い魔のパーシャンローズの瞳は、氷のように冷たい。しかしそれに気付く気配もない彼の主は、両手の平で顔を覆い隠しながらも、指の合間から鏡の中の映像をチラチラ盗み見しながら叫ぶ。

「うわあああああああああああ！　……はっ、入った！　入っちゃったあああ⁉……すご！　すごすごすごっ！　わ、うわ、うわ、うわわわわわっ！　ねえねえ、あれどう思う⁉　痛くないのかな⁉　痛くないのかな⁉」

「アキ様」

振り返るとズボンの前をはだけさせ、己の一物を露出させている使い魔にアキは飛び上がって後ろに仰け反った。

「ん？　って、……なに？　どうしたのそれ！　なんかいつもよりも、大きくない⁉　てかそもそもなんで脱いでるの⁉」

「大きさは割と自信がある方だったんですが。……しかしアキ様は、私のサイズでは物足りないご様子なので、いつもよりも二十パーセントほど増量させてみました」

ガシッ！

笑顔の使い魔に押し倒されたアキは蒼白《そうはく》となる。

「それとももっと大きい方がよろしいですか？　そうだ、私達も触手や淫蕩虫を使ってみましょうか？　アキ様も興味がおありのようでしたし」

鏡の妖魔の燕尾服の背中の部分が裂け、にゅるにゅると伸びて来た触手を見てアキの顔に冷や汗がダラダラと流れ出す。

（そうだ！　すっかり忘れてたけど、こいつ人間じゃなかったんだ！）

「ち、ちがう！　誰も物足りないなんて言ってない！」

「嘘おっしゃい！　涎を垂らしながら猟師の巨根を見ていたくせに！」

「失礼ね、涎なんて垂らしてないから！　って、ぎゃ！　ちょ、ま、待って⁉」

「待ちません！　男の嫉妬は怖いんです！　その身をもって思い知って下さい！」

「ギャアアアアアアアアアアアッ⁉」

——その後、使い魔に襲われたリディアンネルは、楽しみにしていたメルヒとスノーホワイトの巨根プレイを見逃してしまった。

しかし彼女は、見逃してしまったシーンを使い魔に「鏡で見せて」という事が出来なかった。ぐったりとベッドの上に横たわる自分の髪の毛を一束手に取ると、愛おしそうに口付ける男を見ながら思う。

（この人って、私にとって何なんだろう？）

カラスの姿に変化して部屋の窓枠に待機している他の使い魔達とこの使い魔は、自分の中でも何かが違うという事にアキも気付いていた。

窓から入って来た若葉の香りに誘われるようにして、重い瞼を閉じる。

もうすぐ夏がくる。夏がくる直前のこの独特の青臭い緑の香りと、雨上がりの土の香りは、不思議な事にこの世界でも向こうの世界でも同じだ。

（あっちの世界は、今どうなってるんだろう……？）

あれからずっと、元の世界の話を聞けずにいる。

何とはなしに、自分の使い魔の端正な横顔を見上げた。

目が合うと擽ったそうな顔で笑う男からスッと目を反らす。

「どうしました？」

（聞けない……）

最近思うのだ。もしかしたらここは自分の夢の世界なのではないか？　ここは自分が逃げたかった現実から逃げた先の夢の中なのではないのか？　と。ずっとここにいたいと願っても、どんなに目覚めたくないと思っても——朝が来れば無情に終わる夢。

（私は、ずっとどこか遠くに行きたかった……）

つまらない毎日。変わり映えのない日々。そんな毎日が退屈で仕方なかった。「今日は何か、特別な事が起こればいいな」なんて期待に揺られながら満員電車に乗って登校するけれど、変化というほどの変化のない平凡な一日が続く。どこまでも、どこまでも。

漫画やアニメのように、世界の存亡を揺るがすような大事件に巻き込まれたり、身も心も焦がすようなドラマチックな恋愛をする事もなく一日一日が、ただ過ぎていく。大学は決まったが特に夢もない。やりたい事もない。

「アキ様？」

耳を擽る男の低い声は優しい。

聞けない。……聞いてしまったら最後、この夢から覚めてしまいそうな気がする。

この世界とも、この男とも、お別れのような気がして――聞く事が出来ない。

『アキ、アキラ、朝よ』

今、遠くでお母さんの声が聞こえたような気がした。

カーテンを開けながら「早く起きなさい、今日も良い天気よ」と笑うお母さんの声。

(今日、学校休んじゃ駄目かな？)

お母さん、ごめんね。――私、まだ起きたくないんだ。

おっきいですよね！　巨根野郎！

「避妊具は？」と至極まともな事を聞かれ、一粒で一ヶ月持続する避妊薬を飲んでいると答えると彼は納得したらしい。それからは早かった。無言になった猟師に泉から抱き上げられて、近くの木陰で押し倒された。

「姫様、ずっとお慕いしておりました……」

俺が何かを言おうとする前に、目を細めたメルヒにそのまま唇を奪われる。

唇を塞がれた俺の手は自然と男の頭へと伸びた。何とはなしにモスグレーの珍しい色の髪を撫でてみると、少し伸びたその短髪はとても手触りが良かった。例えるなら野球男児のスポーツ刈り。坊主頭から髪が数センチ伸びた小学生の頭。あの触り心地に近い。

そんな事を考えていると、くちゅりと唇を舐められて、口の中に舌を捻じ込まれる。獣のように激しく唇を貪られ、舌を深く絡ませられ、口腔内を犯されていくと、すぐにまともな思考ができなくなってしまう。体を突き動かす本能に身を委ね、男の舌に自ら舌を絡ませる。絡め取られた舌を向こうの口腔内に思い切り吸われた瞬間、達しかけた自分の体に思わず苦笑いした。

（あつ、い……）

岩のように硬く熱を持った肉がスノーホワイトの下腹部に当たっていた。それに気付いた瞬間、目が潤む。その熱は触れた場所から伝染するようにしてスノーホワイトの体に拡散されていく。もう耐えようがないくらいに、ジンジンと下腹の辺りが疼いていた。

（やば。きもちいい）

秘裂に伸びる指にメルヒのしようとしている事を察し、その手を押さえる。

「そんなのいいから、早くちょうだい……」

前戯なんてまどろっこしいものなんかなくていい。早く欲しい。もう、待つ事なんて出来なかった。

スノーホワイトの言葉に、男の琥珀色の瞳から戸惑いの色が消えた。彼は些か乱暴にスノーホワイトの両の膝裏を摑むと、足を持ち上げる。蕩けたその部分に、弓なりに怒気をみなぎらせた灼けるように熱いものの先端を押し当てられた瞬間、期待で胸が震え、目が眩んだ。

「っ！　――ぅあぁッ！　あ、あ、あああああああああ！」

スノーホワイトの真っ白な内股の中心にある剝き出しの割れ目に、男のかぐろい毛叢の間から屹立した肉塊がメリメリと音を立てながら埋め込まれていく。

スノーホワイトの花開いた肉は泉の中で散々ほぐされてはいたのだが、やはりこのサイズとなるとそう簡単には収まりきらないらしい。ハッハと短く呼吸を繰り返しながらチラリと下腹の方を確認すると、男の凶悪な頭部は未だその先端すら埋まっていない。

「っ……」

苦しげに眉を寄せる大男の姿に、こいつもこんな艶やかな顔をする事もあるんだな、と少しばかり感心する。

元々メルヒは、銃の腕を買われ、城に来た人間だった。城の警備をし、侵入者があれば始末する事もある。

しかしリンゲイン独立共和国は貧しい小国であり、侵略する旨味もない。諸外国の脅威もなく、たまに血気盛んな蛮族に押し寄せられる事がある位であった。国全体が貧しいのでごく稀に内紛の火種が付く事があっても、厳冬地帯故に冬がくれば自然消滅してしまうような有様で、常に平和な国であったといってもいい。

そんなわけで、仕事のないメルヒはよく森に狩りに行っていた。彼が獲ってきた獲物は、城の住人達の食事となった。狩りから帰った後は、城の裏で薪を割っていた。

スノーホワイトは暇さえあれば、そんな彼の仕事ぶりを見学に行っていた。無口だが面倒見が良い彼は、森で珍しい木の実を見付ければスノーホワイトの為に拾ってきてくれた。一緒に怪我をした小鳥の手当てをして、自然に帰した事もあった。彼はスノーホワイトが本当の父の代わりに父性を感じていた男だった。

あのメルヒに今、組み伏せられている。なんだろう。ウニコーンの唾液だけだとは言い切れないこの興奮。謎の背徳感。

「やっぱり……入らない、ですか？」

「力を抜いて、ください」

不安気に顔を見上げれば、任せろとでもいうよう顔で頷かれる。

スノーホワイトの頬を擽る男の吐息には、発散出来ずにいる彼の熱気が滲み出ているようだった。いつになく興奮している男の素顔に、自分は今とてつもなく珍しいものを見ているような気がして仕方ない。

「っく、あ、は、はあ、ッッ――――！」

次の瞬間、また男の猛々しいものがメリメリと肉壁を広げ、スノーホワイトの華奢な体の内に押し入ってきた。巨大なモノで体を抉じ開けられ、押し広げられていく痛みと衝撃で喉が引き攣る。硬く太く、大きく反り返った男の肉で、ぎちぎちと中を抉じ開けられていく。男の赤黒い物の穂先がスノーホワイトの中の弱い部分をズルリと擦った瞬間、意識が吹き飛んだ。

（こわい……っ！）

涙をボロボロ零しながら、震える手でやおら広い男の胸板を押し返す。

大きく広げられている脚を閉じようと、わななく体で上体を起こし、身を捩る。そんなささやかな抵抗も虚しく、男は自分の腰をスノーホワイトの太腿のあわいに割り込ませるようにして、奥へ、更に奥へと腰を打ち進めていく。

「ひッ⁉　あっ、あ！　や、やだ！　まだっ、やあぁ……ッ！」

「力、抜いて……、ください」

「やっ、むりィ……っ！」

俺は全力で首を横に振った。メルヒはスノーホワイトの喉から漏れる、涙ながらの苦鳴を飲み込むように唇を奪う。口腔内に侵入した舌を受け入れながら考えた。

（やっぱり、こんな大きいもんを挿れようした事自体、間違ってた……！）

「んっあ、ああ……っ！」

体が縦に真っ二つに裂けてしまいそうだ。自然と背骨が海老反りになり、喉が仰け反って重なった唇が外れた。背筋から脳髄まで、電気のようにビリビリと走った何かを体の内から逃がすように、浅く短く呼吸を繰り返す。

「もう少しで、全部入ります」

「あくっ……ッう！　深……いっ！」

（まだ全部入ってないのかよ！）

俺は顎を仰け反らせたまま、歯を食いしばった。どう考えても明らかに限界を超えている男の肉の圧迫感と、中で脈動する雄の違和感に息が出来ない。

「いき、ますよ……」

「や！　やだぁ、ひ、いっ、あ……ッあああああああっ！」

ぐっと力を込めて再度膝を持ち上げられる。

子宮口にみっちりと密着させた男の塊で、最奥から更に奥へ。内臓を上に突き上げるように深く、尚深く、ぐりぐりと凶悪な肉柱を押し込まれ、生理的な涙がボロボロと溢れた。

（こわい……っ！　やっぱりこんなのムリだ！）

俺は初めてセックスで恐怖……いや、命の危機を感じた。

スノーホワイトの首を折る事なんてたやすいであろう、太く筋肉質な腕で体を押さえられて、身じろぎも出来ないまま、肉壁を抉るように強引にこじ開けられていく恐怖。秘肌や粘膜だけでなく、交接器まで男の肉で破られて、壊されてしまうのではないかという恐怖。一本の鋭い槍で、内股のあわいから喉を目掛けて胴体を貫かれ、口から槍の先端が今にも飛び出してきそうな、そんな錯覚すら覚えた。

「いやぁ！　メルヒ、やっぱり私、怖い……っ！」

「今更、何を」

「死ぬ！　死ぬ！……ッたし、死んじゃ、うっ！」

涙ながらに訴えるが、男はうむと誇らしそうな顔をして頷く。

「光栄、です。お褒めの言葉と受け取っておきます」

違う。待て。ちょっと待ってくれ。褒めてない。褒めてないってば！　だからお前のはデカ過ぎるんだって！　この巨根野郎！

「ち、違！　ひッ……あ、あ、い、いや！　イヤあああああ！」

スノーホワイトのあらぬ部分を突き上げる男の鮮烈な熱に、自分を抱き締める男の太い腕の灼けるような熱さに、脳髄まで灼かれてしまったのだろうか。内臓が突き上げられていく感覚に、身体がビクビク痙攣した。

はやる鼓動と合わせるようにして、呼吸がどんどん浅く、短くなっていく。――その時。

じゅぶぶ！　にゅち……っ！

何故かいきなりメルヒは腰を引き、熱を入口近くまで引き抜いた。

（え……？）

凶悪な頭部の傘の部分に粘膜を激しく擦られ、中のひだを荒々しく掻き乱されて大きな声が上がる。

「っ⁉　――あ！　あ、んッ、んん……！　あ、あっあああっ！」

喉から漏れた苦鳴は、自分でも信じられない事に甘い悲鳴に変わる。

スノーホワイトが感じはじめてきた事が向こうにも伝わったらしく、男は無言で微笑みながら一つ頷くと、しばらく浅い場所で軽い抽挿を繰り返す。浅い部分の抜き挿しというなかれ。女体にはＧスポットと呼ばれるものがある。男が腰を引くと、お化け茸《きのこ》の傘の部分が中のひだひだを掻き回しながら、その部分を有無を言わさぬ強さで擦るのだ。尿意に似て非なる感覚に必死で耐えるが、サラサラとした方の女の精は既にだだ漏れだったらしい。尻臀を熱いものが流れ落ちる。ぐちゅぐちゅという浅ましい水音は、気が付いた時には泉の中にいた時と変わらぬぐらい大きなものになっていた。

「メル、ヒ！　だ、だめ！　やめ、て……っ！」

羞恥の極みに追い込まれ、さっきから何度もやめるように頼んでいるのだが、何故かスノーホワイトに従順なはずの男は、今日に限ってやめてはくれない。

「駄目、ですか？」

「……ん、うん！　だめ、だめなのっ！」

涙を零しながら駄目だと訴えると、男は「分かった」といった顔で頷いた。

真面目な顔で頷いておいたくせに、メルヒはその後も何度も何度も浅い場所での抜き挿しを繰り返した。――表情の乏しい男の口元には、さっきからずっと笑みのようなものすら浮かんでいる。

（な、なんで……？）

嗚咽を漏らしながら、何故メルヒがこんな意地悪を自分にするのだろう？　と考えて、ふといつものパターンを思い出した。

（ああ、そうか。こいつは本気でスノーホワイトが嫌がってるって思ってないんだ）

今のスノーホワイトちゃんがどんな顔をしているのか、俺にも簡単に想像出来た。

そして俺は絶望する。——この男にはスノーホワイトが自分の物で涙を流しながら悦び、よがり狂っているようにしか見えないのだろう。

「ひめさ、ま」

ぐりゅ！　と最も深い場所を貫かれ、体がわなないた。

今度は声も出なかった。脊髄に鳥肌が立つほどの快感が体を走り抜ける。痛みが、恐怖が、苦痛が。——戸惑い、躊躇い、迷い、その全てが快感にすり変わる。

「ひあああぁ……ッ！　あっ、ぁ、ああぁッ！　ンっ、い、あッ！　イヤ！　死んじゃう……っ！　死んじゃ、んっあああァ……ッ！」

宥めるような優しい手付きで花芯に触れられるが、そんな事されたらますます気持ち良くなってしまう。これ以上悦くなってしまったら、人格どころか精神までもが崩壊してしまいそうで怖かった。だから俺は必死にかぶりを振りながら、花芯を指で転がす男の手首を押さえて目で訴えるが、男はしたり顔で頷くだけで指の動きを止める事はしなかった。

「メル、……ヒっ！」

「はい」

「だめ、そこ、だめ……だってっ！」

「はい」

はいじゃねーよボケ！　駄目だっつってんだろ⁉

「ッいや、いやだ、だめ、だめ、だめっ！　馬鹿、ばかぁ……っ！」

「たくさん感じてくださっているようで、嬉しい、です」

「ッ！　いや、いやぁ……っ！　だめ、そんな、あっああ！　おかしく、なっ……おかしく、なっちゃう！　からっ！」

（やばいっ、イク……！）

男の手首を押さえたまま、スノーホワイトの体は達してしまった。

「姫様……お慕いしておりました、ずっと、ずっと、お慕いしておりました」

唇に甘く口付けられるが、スノーホワイトはもう、彼の接吻《せっぷん》に応えられる状態ではない。

「まさか……こんな夢のような日が、訪れるなんて」

もう男が何を言っているのかもよく分からなかった。激しい快楽により、震える体は痺れて自由がきかなかった。

荒い息と滲んだ視界の上で、男が笑う。体を貫いた肉杭はそのままに、メルヒは大きな手の平でスノーホワイトの頬を優しく撫でた。

メルヒはこんな時でも通常通りの顔で、しかし満足そうに息を吐きながら言う。

「全部、入りました」

俺は浅い呼吸のまま喉をごくりと鳴らし、泣き笑いした。

「ぜん、ぶ……？」

全部中に収めるまでのその過程で、一体何度イっただろう。

言われてみれば、スノーホワイトの秘肌には余すところなくぴったりと大男の腰が当たっていた。あらぬ所にみっちりと埋めこまれた大男の熱が、どくどく脈打っている。

くろぐろと盛んな繁茂がざわりと花芯に触れた瞬間、びくりと爪先が跳ね上がった。

「はは、は……」

力なく笑うと、上の男もわずかに微笑んだ。するとたっぷりとした男の垂れ袋がたぷたぷと揺れて、後ろの小さな蕾に触れる。その感触がなんだか妙にこそばゆくて、また笑えてきた。どうやら裂けはしなかったようだが、確実に裂ける寸前だったと思う。裂けなかった事への安堵の涙が零れた。

「姫様に悦んでいただけるよう、頑張ります」

ぬちっ！　じゅ、じゅち、……ぐちっ。

「ひ、いっ……や！　やぁ、っぅあ！　あ、あああああ⁉」

猟師のその言葉の意味を理解する前に、凶器をずるりと先端まで引き抜かれ、再度最奥まで貫かれる。霞んだ世界でパチパチと情火と忘我の白い花火が散った。

「悦いですか？」

「お、おく、だめ！　っあ！　あ、や！　――っだめ、やだ、やだ、やだ……！」

縋るように自分を犯す大男の背にしがみつき、必死にかぶりを振る。

「よろしいようで、何よりです」

「いや、それ、やだ、や、……やだぁぁっ！」

無理矢理中に捻じ込まれたサイズオーバーの凶器が、ガッガッと激しく奥を穿ちはじめた。骨の髄まで響く猛然たる振動に、首は自然に仰け反り、目にまっさらな青が飛び込んできた。見上げた空はどこまでも青かった。スノーホワイトが空に向かって吐いた、何の意味もなさない、言の葉にすらなっていない何かは宙に溶けては消えていく。

死ぬほど気持ち良かった。抱きついた男の身体はひどく熱かった。健康的な色に焼けたメルヒの肌は、男のくせに妙に滑らかで肌触りが良くて、抱き合っているだけでとても気持ちが良い。

今、自分を犯している男が、スノーホワイトに従順な男で良かったと心の底から思う。

何故ならば「結婚してくれ」とか「子供を産んで欲しい」とか、その手の無理難題を言われたら、今の俺は絶対に拒めそうにない。

「姫様、姫さま、……ひめさ、まっ！」

メルヒの突き上げがどんどん激しくなっていく。

「っん！　はぁ、あ、ああああぁぁ――――ッ！」

胎に熱い物を吐き出され、とろけるような恍惚感と狂おしいほどの充足感に満たされながらスノーホワイトは深い眠りに誘なわれた。

──事後。

スノーホワイトの体を泉でバシャバシャ洗いながら、メルヒは「申し訳ありませんでした」と頭を下げた。事後のメルヒは、スノーホワイトのよく知るメルヒだった。爬虫類《はちゅうるい》のように表情の変化が乏しくなったその顔に、「本当にお前悪かったと思ってんのか⁉」と引っ叩きたくなるが、その衝動を必死に堪え、口元に笑みのようなものを浮かべる。誘ったは俺の方なのだ。謝るメルヒに「いいえ」と返し、セックス酔いをした頭を押える。

酔ったのは頭だけでなく体もだった。奴の人間離れした大きさの物で散々内臓を揺さぶらされたからか、体の中の内臓という内蔵全ての調子が悪く嘔気《おうき》もあった。彼の物を受け入れた入口と中の肉壁は未だヒリヒリしている。世界はまだグルグル回っていて、体の平衡感覚もない。

(巨根、恐るべし……)

「これから、どうしますか?」

「どうしましょうか。……メルヒ、あなたもお義母様に追い出されたの?」

グラグラする頭を押さえながら問うと、メルヒは俺のよく知るいつもの愛想もそっけもない顔のまま答える。

「いいえ、私は彼女の横暴に耐え切れず辞職してきました」

「そう」

「私は先代様の時代からリンゲインの王族に仕える身です、私の全ては姫様のものです、どうぞご自由にご用命下さい」

「あ、ありがと」

会釈で返しながらこれって「俺のちんぽ使いたかったらいつでも言ってくれって事だよな」と不謹慎な事を考えた。いや、勿論献身とか従属とかそっちの意味なんだろうけど。

「これからの事ですが……」

メルヒは、もうリンゲインには帰らない方が良いと言う。このまま森を突っ切って、国境を越え、お隣のリゲルブルクまで逃げたら、親交の深いリゲル王室に助けを求めるべきだとも。すっかり忘れていたが、リゲル王族はスノーホワイトの遠戚にあたる。今は亡きベルナデット王妃――アミール王子の母親は、スノーホワイトの亡き母親の従姉妹だ。

（そうか……そうだった。そう言えばあの王子はスノーホワイトの遠縁だったっけ）

意地の悪い継母に虐め抜かれ、ついに殺されそうになった可哀想な姫君に、リゲルの身内なら恩情を与えてくれるだろう。もしかしたら兵を出し、リディアンネルを討ってくれるかもしれないと言うメルヒの言葉に、俺は笑顔のまま固まった。

――そんな事になったら、恐らく……。

リンゴーン、リンゴーン。

『ご成婚おめでとうございます！』

『アミール国王陛下！　スノーホワイト皇后陛下！』

『美男美女でなんてお似合いの夫婦なのでしょう！』

教会の祝福の鐘が鳴り響く中、色とりどりの花吹雪とライスシャワーが舞い、次々と花火が打ち上げられる。いつまでも止む事のない国民達の大歓声と拍手喝采の中、大通りにオープニングセレモニーの馬車が現れる。生花で飾りつけられた華やかな馬車の上で、国民に笑顔を振りまく玲瓏《れいろう》たる美男美女は――アミール王子とスノーホワイトだ。

ハラハラと振り出した粉雪に、二人は空を見上げた。

『どうやら大神も、私達の門出を祝福してくれているようだ。――見てごらん、スノーホワイト、雪だよ』

『本当だわ、とても綺麗ですね』

『可憐な冬の妖精達の舞いのように軽やかに舞い落ちる風花も、こうして手で触れれば儚く消えてしまうひとひらの雪のその刹那的な美しさも――スノーホワイト、あなたの美しさの前では霞んでしまう』

『そんな。アミー様、恥ずかしいです……』

『ふふ、照れた顔も可愛いね。スノーホワイト、ほら、その可愛いらしい顔を私にもっとよく見せて』

『アミー様……』

『あなたのような素晴らしい女性と結婚出来るだなんて、私はやはり世界で一番幸せな男だね』

『だ、だめです。大勢の方々が見ていらっしゃいますわ』

『たった今、神の下で永遠を誓い合った若い二人が口付けを交わす事に一体どんな罪があると言うの？　ほら、皆、私達を祝福してくれているよ。見たい奴には見せてやればいい』

『もう……』

『そんなに拗《す》ねないで。あなたが私だけのものになってくれるだなんて、嬉しくて嬉しくて仕方ないんだ。これが浮わつかないでいられるものか。……でもあなたは拗ねた顔も可愛いね、夜が待てないよ。ここで押し倒して、今すぐ食べてしまいたい』

『……私、怒りますよ』

『ははは、ごめんごめん。どうか機嫌を直して、私の可愛い白砂糖姫《シュガー》』

アミール王子はこくんと小さく頷くスノーホワイトの掌を取ると、純白のレースの手袋ごと口付けをした。そして真剣な瞳をして顔を上げる。

『――私は命を懸けて君を守ると誓おう。たった今、この空から降ってきたばかりの清らかな六花《りっか》達よりも、白く透き通った君の汚れなき心身をどうか私に守らせてくれ。この命尽きるまで』

『アミー様……』

それはいつの日か姉に見せられた、アミール王子のTruth EDムービー映像だった。

甘クサイ台詞にゾワゾワと全身に鳥肌が立ったその時、また頭の中に選択肢が浮かぶ。

1「そうだわ、アミー様に助けてもらいましょう」

2「リディアンネルを討ち、私がリンゲインの正統なる女王として君臨しましょう。メルヒ、私を手伝いなさい」

3「そんな、お義母様が可哀想です!」

「………」

(あー、うん。なんつーかもう分かってきたわ、3だろ3)

1がアミール王子ルートに入るんだろ? 2はBad EDの予感がする。このゲームの事だから王子達の肉便器EDとかだ。これは3だわ、絶対3。

「お義母様が可哀想です、彼女にだって何かしらの理由があったはずです」

「あんな酷い仕打ちを受け、命まで狙われたというのに……姫様は本当にお優しい」

ピコーンというお馴染みの音と共に、メルヒの背後で上を向く矢印が見えた。

(あれ。これでいい……んだな? 間違ってないよな……?)

猟師は今のスノーホワイトの言葉に、えらく感動したらしい。涙で潤む瞳と僅かに赤く染まったその頬を見て、俺の頬を一筋の汗が流れる。

「そういえば、姫様はあれからどうなさっていたのですか?」

「私は……今、ある方々の所で厄介になっていて」

それからスライムに襲われた一連の流れで、今、この森の奥にある家の中で暮らしているアミール王子の世話になっていると話すとメルヒは表情を和らげた。

「戻りましょう。アミール王太子殿下ならば、姫様を悪いようにはしないはずです」

いやいやいやなんでそうなんのかな、俺があそこを出てきたって事で察してくれよ。

「正直、私一人では姫様を守りきれるか怪しい」

そう言って眉を顰《ひそ》めるメルヒ曰く、リディアンネルの正体は人間ではなく魔女らしい。

彼女は凶悪な魔獣や、妖魔までもを使い魔として使役しているらしい。しかし友好国の王太子様ご一行の元にいれば、彼女もそう簡単に手出しは出来ないだろう、と彼は言う。

（そうか、やっぱり戻るしかないのか……）

スノーホワイトの瞳が虚ろになったその時だった。

「スノーホワイト！」

聞き覚えのある声に後ろを振り返ると、一頭の白い馬がこちらに向かって駆けつけてくる所だった。

「ああ、良かった！」

噂をすれば何とやら。馬上から飛び降り、スノーホワイトをひしりと抱き締める金髪の美男は、言わずと知れたアミール王子その人だ。

「ったく、この私の手を煩わせるとは良い度胸ですねぇ」

「スノーホワイト！　心配したんだからね！　悪い子！　悪い子！　悪い子！」

「スノーホワイト、何か困った事があったら何でも僕に言ってねって言ったのに、もう！

酷いよ！　なんで僕に何の相談もなく出て行くの⁉」

　アミール王子に一歩遅れて、駆けつけて来た馬の上から飛び降りるとスノーホワイトを取り囲むのは見知った顔の男達で、俺は目を白黒させた。

　なんだか毒気が抜けてきてしまい、口元に笑みのようなものが浮かぶ。

（――って、流されるな、俺！　というかスノーホワイト！）

「わ、私帰りません！」

「姫様」

　窘めるような声を下男《メルヒ》が出すが、俺はプイッとそっぽを向く。

「私の何がいけなかったの？　もしかして愛が足りなかった？」

「その逆です！」

　困ったように微笑む王子様に俺は叫んだ。

　お前等盛り過ぎ！　身がもたない！　少しはこっちの負担や体力について考えろ！　という内容を、スノーホワイトちゃんのお口から、プリンセスらしいお上品な言葉のオブラートに包んで言うと、男達は目配せをし合った。

「一人一日一回までって、これでも私達は我慢していたつもりなんだけど」

「それでも多い！　こっちは一日四回なんです！　それに絶対に四回じゃ終わらないでしょう！」

　話し合いの末、すったもんだで一日一回、日替わりで交代制という事で決着した。

ただ、スノーホワイトが恋人達を誘うのは有りという事らしい。

（なんだそれは。俺からは誘うわけねえじゃん）

そんなやりとりをしていると、メルヒがごほん！　と咳払いをする。その音で、王子達もようやく彼の存在に気付いたらしい。

「その男は？」

「私は先代様の代から、リンゲイン王家に仕えている者です」

「私をこの森に逃がしてくれた人で」

「では、あなたは私とシュガーの恋のキューピットになるのか。ありがとう」

「は？」

――そして森の奥の小屋に帰宅した後、お約束通り開催された6Pに俺は頭を抱えた。

俺は誘わなかった。誘ったつもりは一切なかった。しかし「その仕草は誘ってる」「その表情は誘ってる」「その目付きは誘ってる」と意味の分からない難癖をつけられて、スカートを捲られて、「その下着は誘ってる」とわけの分からぬ言いがかりをつけられて、いつものようにもみもみさわさわされてる内にスノーホワイトの体は出来上がってしまい、「ほら、やっぱり私が欲しいんでしょう？」「素直になりなさい」「俺がんばるっ！」「たっぷり愛してあげる」「……姫様」という流れで、気がついたらおっぱじまってしまった。

（なんだこれ。なんだこれ……）

頭が痛い。外の空気でも吸って気分転換でもしようと思い、小屋の外に出ると小屋の前にはメルヒがいた。薪割りをしているその姿に懐かしさを覚えながら、近くの切株に腰を下ろして、彼の仕事ぶりを見守る。

「メルヒ、薪割りを手伝ってくれていたんですね、ありがとうございます」

「…………」

「どうしました？」

「いえ、……まさか姫様が複数でなさるのが好きだったなんて」

「違います、別に好きじゃありません」

無言で頷く猟師の頬はよくよく観察してみるとうっすら赤い。

ああ、なるほど。この猟師はBashfulなのか。

Dopey, Doc, Happy, Sneezy, Bashfulと攻略キャラが順調に五人も揃ってしまった。

——このゲームの強制力から逃げられる気がしない。


性奴仕込ですよね！　俺ピンチ！


——それはうららかなある日の午後の事。

昼食の食器を下げたテーブルをリネンで拭いている白雪姫を、にこやかに見つめながらアミール王子は言う。

「ねえシュガー、それが終わったら私と一緒にチェスでもどうだい？」

振り返るとアミールは、チェスだろうが、ベッドのお誘いだろうが、女ならば誰もが二つ返事で了解するであろうあま～い王子様スマイルを浮かべていた。しかし、彼を見るスノーホワイトの目は半眼である。

「どうせまた、私が負けたらまたエッチな事をさせるつもりなんでしょう？　アミー様の考えている事なんてわかっていますから」

「あははははは、やはり私のシュガーは可憐で愛くるしいだけではなく、聡明さも兼ね揃えた女性だ」

「まったく」

スノーホワイトは水が入ったブリキのバケツの中にリネンを突っ込むと、プリプリしながら部屋を出ていった。

そんな彼女を鼻の下を伸ばしながら見送るアミール王子に、今日の天気について話すような口調でイルミナートが言う。

「ところでアミー様、そろそろマナの祝祭日が迫ってきましたが」

「ああ、もうそんなに経つんだね」

その答えに、イルミナートは些かムッとした表情で読んでいた本から顔を上げる。彼が耳にかけた銀縁眼鏡のチェーンが、微かに揺れる。

「エミリオ達の事だろう？　そんなに心配せずとも、もうそろそろ来るだろう」

バタン！

その時、部屋の穏やかでない空気をブチ壊すように、玄関のドアが開く。

スノーホワイトと入れ替わりに、部屋に飛び込んで来たのは、ヒルデベルトだった。

「昨日の夕方、若い人間の男が二人、森に入ったって森の動物達が言ってたよ！　一人は金髪って言ってたからエミリオ様とルーカスじゃないかな!?」

「ほらね」

笑顔でイルミナートを振り返るアミール王子に、彼は苦虫を噛み潰したような顔になる。

「では、私はそろそろ結界を解いてくるとするか」

革のブーツの紐を締め直し、椅子の横に立てかけていた剣を持ってアミール王子は小屋を出た。

「いにしえの邪神、〈幽魔の牢獄〉よ」

アミール王子の手が、剣の柄に埋めこまれているパールブルーの宝石を撫でると、石はボウッと光りはじめた。どこからか流れ出した風が、彼の煌びやかな金髪を揺らす。

「我の呼びかけに応え、今こそ迷霧の闇を解け」

パァン！

水が弾けたような音が辺りに響くのと同時に、周囲の空気が軽くなった。

「これでエミリオ達も、迷わずここに辿り着けるだろう」

アミール王子はそう独りごちると、剣を持って伸びをしながら遠くを見つめた。

――〈幽魔の牢獄〉とは、この世界に七つ存在する〈神の石〉の一つだと言われている。

〈神の石〉とは、いにしえの時代、悪戯に世界を騒がせた邪神達を唯一神が封じ込めた物である。その石を、ある大天使が堕天した時に天から地上に持ちこみ、歴史は変わった。

しかしそれはいわゆる神話の一つだ。その大天使を奉る、アドビス神性国は聖書で普及している話なので真相は不明だ。

この石について、アミール王子が知っていることはそんなに多くはない。彼が知っているのは、昔、リゲルブルクがアドビス神性国と友好条約を結んだ時に、この石を友好の証としてもらったという事と、この石がとても大きな魔力を秘めているという事。そして最後に、この石に自分は気に入られているらしいという事だ。

事実、戦闘時〈幽魔の牢獄〉は彼をよく助けてくれた。

アミール王子は魔力を持たずにして生まれたが、この剣のおかげで彼は水魔法を使う事が出来る。魔導大国としても有名な、アドビス神性国に魔術を学びに行ったイルミナートやエルヴァミトーレが「なんで基礎すら学んでない王子が、剣一本でこんな高位魔導師顔負けの術を……」と渋い顔をする程度の技は使いこなせている。

この石の凄い所は、中に込められている魔力が無尽蔵で、何度も繰り返し術を使える事だろう。〈神の石〉に選ばれた人間は、魔力を持たずとも術が使えるようになる。魔力を持っている魔導士も、己の魔力を使わずとも術が使えるという優れ物で、値段がつけられないほど稀少な物だ。よってこの石は、リゲルブルクの国宝として認定されている。

「あれ、私のシュガーは？」

部屋に戻ると、アミール王子が探していた人物はそこにはいなかった。

「一緒に紅茶でも飲もうと思っていたのだけれど」

「王子のものではありませんよ、私のものです」

「イルミ、シュガーは？」

ぼそりと呟くイルミナートの言葉を、聞こえているのかいないのか。首を傾げるアミール王子に、イルミナートは愛想もそっけもない口調で答えた。

「さあ」

「さあって」

「スノーホワイトなら、川へ洗濯に行きましたよ」

薪の暖炉の中で焼いていたクッキーの焼け具合を確認していたエルヴァミトーレがそう答えると、アミール王子は眉を寄せる。

「結界を解いたから、外に出る際には用心をするようにと言おうと思っていたのだが」

「先日、スノーホワイトには僕が作った魔物避けの護符を渡してあります。魔物が出る時間でもない。川で洗濯をするくらいなら大丈夫でしょう」

「私も、姫様には獣避けの鈴を渡しています」

裏でやっていた薪割りが終わったのだろう、首にかけたタオルで顔の汗を拭いながら部屋に入って来たメルヒにアミール王子は破顔一笑する。

「そっか、それなら安心だね」

「それより、スノーホワイトが帰ってきたら皆でお茶にしませんか？　もうそろそろクッキーも焼けますから」

「やったー！　俺、俺、ここの席！　スノーホワイトの隣がいい！」

「犬っころ、お前はそろそろ遠慮というものを覚えなさい」

「私の知らない所でも、こんなに沢山の人に慕われていたなんて……姫様は流石です」

朗らかに笑う恋人達は、スノーホワイトに対人間用の防犯アイテムを渡していない事に気付いてなかった。


大の男が五人もいると、洗濯物の量は馬鹿にならない。今日のように天気の良い日の洗濯は、最優先事項だ。洗濯物が山のように入った大きな籠を持ち、川に向かったスノーホワイトは――今、川から少し離れた茂みの中で、見知らぬ男達に押し倒されていた。

（またしても、何がどうしてこうなった……？）

あっという間だった。三日月型の短剣《ダガー》を持った、いかにも盗賊といった風体の男達に囲まれて、口を塞がれ、悲鳴を上げる暇もなかった。叫んで助けを呼ぼうにも、男の日に焼けた真っ黒い手が、スノーホワイトの口を塞いでいる。

「な？　だから言っただろ、ここに小屋があって女がいるのを見たって」

「信じらんねぇ。こんな別嬪さん、生まれて初めて見た」

「これだけの上玉だ、処女なら良い値段が付くだろう」

「綺麗な肌だなぁ。野良仕事で日に焼けた様子もないし、お貴族様の愛妾か何かか？　服も高そうだ。──おっ！　こっちの籠の中に入ってる服も、全部売れそうだぞ！」

必死に手足をバタバタさせて抵抗するが、舌なめずりしながら自分を押し倒している男達にすぐに押さえつけられ、下着を脱がされてしまう。男に足を広げられ、花溝の合わさった花びらを開かれ、奥のあらぬ部分まで暴かれて。俺の頭の中は──恐怖、羞恥心、屈辱感、嫌悪感、様々な感情でごちゃ混ぜになった。

「なんだなんだ。処女じゃねえな……」

「ああ？　じゃあ売れねぇのか？」

「大した値が付かんようなら、性奴にしてうちで飼うか？」

（おい、待ってくれよ）

今、恐ろしい言葉がさらりと聞こえた。

「いや、処女じゃなくてもこの容姿だ。性奴として仕込めば、それなりの値段はつくだろう」

「なら売る前に俺達も楽しませてもらおうか、もう膜がねぇんだからヤリたい放題だ」

「むー！」

（ヤリたい放題⁉　ちょっと待って！　何言ってんのこいつ等！）

じたばた暴れながら小屋がある方を振り返るが、誰も気付かない。誰も助けに来ない。

（こ、これは……まさかBad ED？　盗賊達の性奴隷ＥＤ？）

頭が真っ白になる。

「しっかし女なんて久しぶりだなぁ、新しいアジトに移ってから女日照りが長かったから楽しみだぜ」

「お前は王都にいた頃から、商売女にも相手にされてなかっただろうが」

「違いない」

ドッと笑う男達を俺はしばらく呆然と見上げていたが、汚い指で膣口を弄られている現実を脳が認識した瞬間、猛烈な怒りが込み上げてきた。自分の体を、自分の許可なく好き勝手にされている事に対する怒りである。

（……あいつ等とこいつ等の一体何が違うんだ？）

ふと、王子達の顔が脳裏に浮かんだ。自分の体を好き放題されている事実は何も変わりない。アミール達に、こんな激しい嫌悪感を感じた事がなかったのは、あいつ等が清潔感のある美形達だったからなのだろうか？　それとも他に何か理由があるのだろうか？

（分からない……）

――いや、本当はどこかで気付いてる。ただ、俺が認めたくないだけで。

そんな事を考えてると、盗賊の一人が、近くの樹の幹に引っ付いていた黒い何かを捕まえて、こっちへ持って来た。

「いいもん捕まえたぞ」

一瞬、蛇かと思ったがそうではなかった。鎚に似た形態の、胴が太いヘビのような不思議な生き物だ。結構ぐろい。謎の生き物は、おどろおどろしい見た目とはミスマッチな意外にも可愛らしい声で「チー！　チー！」と鳴きながら、男の手の内でビタンビタンと暴れている。亀頭を彷彿とさせるその頭部には目や鼻はないが口があり、口の中からは二叉に別れた舌先がチロチロと覗いていた。もしや、これが噂に聞くツチノコだろうか？

「お嬢ちゃん、これが何か分かるか？」

ポカンとした表情を浮かべるスノーホワイトの目の前に、盗賊はその謎の生物を突きつけるようにして笑った。

「これは〝膣《ちつ》〟の子っていう淫蟲なんだよ」

（チツノコ……？）

チツノコの紅い舌に鼻先を舐められた俺は、しばし呆然としていたがすぐに我に返る。はい！　またきたよ淫蟲シリーズ！　淫蕩虫の次はチツノコかい！

「名前の通り、こいつらは女の膣の中に入るのが大好きな子でなぁ」

「ひぁっ！」

膣口にチツノコの頭部を近づけられて、思わず腰を引こうとするが、後ろから押さえている男がいるので、体はビクともしない。

「おまんこに入れてもいいし、こうやって尻ン中に入れてやってもいいんだよ」

「きゃあ⁉　あぁっ、はぁ、ッあ！　だめ、だめぇっ」

チツノコは、スノーホワイトのもっとも秘めやかな蕾ににゅるんと入っていく。

「こっちに入れるとなー、中のもん全部喰ってくれるから、前処理をしなくて済むんだぜ。だから娼館の姉ちゃん達には大人気の蟲なんだ」

「いや、ぁ……こんな、ヘンな、の！　取って、くださ……っ！　ぁんっ！」

あっという間に、チツノコはスノーホワイトの体内に潜り込む。尻尾以外の全てが、中に収まってしまった。未知の淫蟲に恐怖を感じる間もなく、チツノコの頭が腸壁越しに子宮を揺さぶるように攻めはじめる。

「やぁ、んっ！　ッぁあ、あっ！」

「もう感じはじめてやがる、このお嬢ちゃん」

（嘘だ……そんなわけ）

下卑た笑みを浮かべて笑う男の言う通りだった。スノーホワイトの蜜壷からとろりと蜜が零れる。

「とりあえずアジトまで連れて帰ろう」

「え、ここでヤっちゃわねーの？」

「俺達が先に犯したら親分に怒られちまうだろ」

「黙っておけばバレなくね？」

「バレた時が怖いだろ」

そのまま猿轡を噛ませられた俺は、馬に乗せられる。

「まさかこんな森の奥にこーんな別嬪さんがいるとはなぁ」

「な、俺の見間違いじゃなかっただろ？」

（誰か！）

馬上で暴れながら、俺は、いつの日か姉が言っていたことを思い出した。

『エミリオたんとルーカスさんは、盗賊に浚われたヒロインちゃんを助けに来るんだけどね。18禁版はそん時、初っ端から3Pなんだって！　過激でしょ⁉　ちなみにステータスが足りなかった場合は二人は助けにこないの。その代わり盗賊のアジトに着いたら、右に逃げるか左に逃げるか、選択肢が二つ現れるんだ。右に逃げても左に逃げてもレイプEDなんだけどね！』

（あれ、もしかして、これ、最後の二人が揃っちゃうイベント……？）

それとも右に逃げても左に逃げてもレイプEDって奴なんだろうか？

石のように固まった俺の背筋を、冷たいものが流れた。


ツンデレですよね！　王子さま！

盗賊達のアジトは、スノーホワイト達が暮らしている小屋から少し離れた場所にあった。

「門を開けろー、お帰りだぞ！」

「今日は良い土産があるぞ、お前等！」

（うわ、デカ……！）

大きな湖面沿いに建てられているその古城は、シャンティエルゴーダの城よりも大きい。

（あれ、この紋章……？）

大きな門扉の両端には、見覚えのある紋章が埋め込まれている。赤い盾の中に描かれた、金色の龍の紋章は、スノーホワイトにとってとても馴染み深い紋章だった。この城は、どうやらリンゲイン王家の物らしい。スノーホワイトの知識によると、八百年前、教皇国カルヴァリオからリンゲインが独立した時に建てられた物なのだとか。

（でも、まさか、盗賊達に乗っ取られているとは……）

太陽の化身を従え、蒼天を制する紅鏡の王
かの者は言う　ロードルトの敵には旱魃《かわき》を
かの者は言う　落暉の王には永劫の殃禍を
太陽王に終りなき栄光を　太陽王に光あれ

その時、俺の頭に浮かんだのは、リンゲイン独立共和国の国歌の一節だった。建国記念日や、国家的行事などで国民が一斉に歌うアレだ。

一説ではリンゲインの建国者、ロードルト・リンゲインは金色のドラゴンを従えていたと言われている。

（そうだ、確か……）

俺の頭に、スノーホワイトの知識がブワッと溢れだした。


むかしむかし、リンゲインという国が誕生する前の事。西の大陸を、教皇国カルヴァリオが制していた頃。この辺りは、カルヴァリオに搾取されるだけの辺境の土地だった。

そんなある日、一人の青年が立ち上がる。彼の名前は、ロードルト・リンゲイン。太陽の化身のごとく、光り輝く金色《こんじき》の竜神を従えた彼は、その力を持って、民達を虐げる兵達を追い払った。そしてロードルトは、誰もが皆、何者からも支配を受けない、自由の国。独立共和国を建国する。――その国の名前は、リンゲイン独立共和国。スノーホワイトの母国だ。

その時、ロードルトに力を貸したドラゴンは、王家の紋章と国旗になって、今もリンゲインの民達から愛されている。

しかしこの物語には続きがある。平和を手に入れた民衆は、次に豊かさを求めた。復讐を、侵略を、強い王を求めた。そして、ロードルトを玉座に座らせようとした。戦争と君主制を何より憎んでいたロードルトは、それを拒否し、森の中にある湖で、竜神と共に永い眠りについたと言われている。

──それが、この場所だ。

（そうだ、この湖にはスノーホワイトの御先祖様と、王家《うち》に仕えるドラゴンが眠ってるんだ！）

湖に向かって叫んでみる。

「んー！　んむむむむー！」

「…………」

返事はない。ただの屍……ではなく、ただの湖のようだ。

悲しいかな。スノーホワイトの呼びかけに、永き眠りから目覚めたドラゴンが、盗賊達から俺を助けてくれるというファンタジーが起きる気配は、微塵も感じられなかった。

（そうだよな。ここ、正統派ファンタジーの世界じゃないもんな……乙女ゲームの……しかもエロゲの世界だもんな……）

諦めにも似た想いが胸を過ぎる。確かに俺もエロゲをやってて、いきなり王道ファンタジーがはじまったらキレるだろうし、仕方のない事なのかもしれないが──

（おい、ドラゴン！　お前の仕える王家の末裔の美しき姫君（俺）の貞操がピンチなんですけど！　あの、ちょ、俺、本当にロードルト・リンゲインの、太陽王の末裔なんですけど！　このままだと俺、ならず者達に犯されちゃうよ!?　いいの、ねえいいの!?　ここは助けときましょうよ！）

＊＊＊＊

スノーホワイトが連れて行かれた城の最上階は、とても不思議な造りの部屋だった。どこか神殿めいた造りの玉座の間には、黒曜石の大きな祭壇が厳かな顔をして鎮座している。祭壇の奥には壁は存在しておらず、大きな柱の向こうには湖が見え、ミュルクヴィズの森全体が一望出来た。

スノーホワイトはドレスを剝ぎ取られると、縄で戒められ、黒曜石の祭壇の上に寝かされた。――まるで湖の中に棲む、何者かへの供物か何かのようだ。

「やぁっ、んっ、も……！　許し、てぇっ」

あれからずっと、後孔に入れられたままのチツノコにより、スノーホワイトの体は完全に出来上がってしまった。今までも何度か、淫蟲の類を使われた事はあったが、こんな長時間使用された事はなかった。

チツノコとは淫蕩虫と同じように、人間の女の体をよく理解しているらしい。スノーホワイトの蕾から二又に分かれたチツノコの尻尾がチョロチョロと出ているのだが、カタツムリの触覚のようなその尻尾は陰核を挟み、中のチツノコの動きと連動して振動する。気持ち良いには良いのだが、チツノコは今までの虫と違い、達する事が出来ない虫だった。陰核への刺激は微々たる物で、中のチツノコ本体の動きも達するには至らない。焦らされて、焦らし続けられて、爆発寸前の熱が先程からずっと解放を求めているのだが、盗賊たちの親分とやらは外出中でまだお帰りにならないらしい。

もう誰でもいいから、さっさと犯して欲しい。

スノーホワイトの体は、既にそんな状態になっていた。

「イキた……い、の！　はっ、ッ、イかせ、て……っ！」

「ははははは、随分出来上がって来たねぇ」

盗賊の男の手が、スノーホワイトの幼さをとどめた乳房に伸びた。大きな男の手で、汗ばんだ乳房を鷲掴みにされる。硬く尖りはじめた部分を指先で押し潰されただけで、スノーホワイトは簡単に達してしまった。

「若い子のおっぱいは張りがあっていいなぁ」

「おお、本当にいい乳してんな。乳首をこんなにしちゃって、俺達に乳を揉まれるのを待ってたのか？　え？」

「ひぁッ!!　や、やめ、やめてぇ……っ！」

ますます下肢は痺れ、狂おしいほどの快楽が体中を駆け巡る。

俺はもう、ただ喘ぐ事しか出来なかった。

「あー？　何をやめてほしいんだよ？」

「乳首！　やさしく、して……くださ、っ！」

「なら、ちゃんとその可愛いお口で言わなきゃねぇ」

「ッう、はあ、あっ！　やさしく、して……、くださ、い……っ！」

「そんなんで許してもらえると思ってんのか？　あ？」

「ひゃぅっ！　は、んっ、あぁっ！　……ごめんなさ、ごめんなさ、い！」

キリキリキリと思いっきり乳首を抓って引っ張られて、痛いのか悦いのか判らずに涙がボロボロと零れた。そんなスノーホワイトの様子に、男達はまた笑い声を立てる。

今まで五人の男達と関係を持って来た俺だが、やはりこれは無理だと思った。

あいつ等にはなんだかんだで愛されてるし、大切にされている。――しかし今、ここに愛はない。スノーホワイトはこの男達の性の捌け口にされ、玩ばれているだけだ。

自分を性の捌け口にして玩んでる相手が美女ならば、フル勃起確実だが相手は汚らしいオッサン達なのだ。勃つ物も勃たない。……というか、勃つものが今はない。鬱だ死のう。

「可愛いねぇ、おじさんもう待てないよ」

それを見た一人の男が下衣の前を緩め、既にそそりたつ物を露出させた。

「ッあ！　ふぁっ……やぁぁ……」

「駄目だぞ、口使え」

「わかってるよ」

恐らく数日洗っていないと思われる陰茎を顔に近づけられた瞬間、俺は思わず顔を背けた。むわんと漂う刺激臭がキツイ。

「ほらほら、ちゃんとしゃぶれよ」

「お願いです！　許してくださっ……」

必死に顔を背ける俺の鼻を男が摘む。

「んぐ、んんんん……っ！」

（苦しい……っ！）

酸素を求めて口を開いたスノーホワイトの紅い唇に、アンモニア臭漂う恥垢がこびりついた陰茎が挿し込まれそうになったその時の事だった。

バン！

「その少女を放せ、この薄汚いならず者達め！」

（え……？）

勇ましく扉を開け放ち、玉座の間に乱入してきた金髪の美少年の姿に、俺は息を飲む。

（こ、この美少年は……）

彼が剣を構えた瞬間、彼の肩の肩章と胸の飾緒がちゃらりと音を立てて揺れる。

薄暗い城の中で惜しげもなく黄金をばら撒く鮮やかな金髪、厳かな夜の月の光のような青い瞳、気高さと気位の高さが見え隠れしている気品ある顔立ち。すらりと引き締まった体軀を包む金で縁取られた白い軍服。――俺はこの美少年の事を知っている。

「なんだなんだ！　侵入者か⁉」

「何者だ！　下の警備はどうなっている⁉」

（アキの最萌えキャラ、エミリオ王子……！）

彼の登場で、場の照度が一気に上がったような錯覚を覚える。この現象にも、覚えがあった。今もあの小屋にいるであろう王子様が登場すると、このようにキラキラと場が華やぐのだ。あれはアミール王子のメインヒーローならではのエフェクトだと思っていたが、どうやら弟の方も同様の効果を持っているらしい。

今日からあのキラキラを、俺の中で王子様エフェクトとでも呼ぶ事にしよう。

「動くな！　この女がどうなってもいいのか⁉」

白刃をふりかざし、バッタバッタと盗賊達をなぎ倒して行くエミリオ王子に、一人の盗賊が叫ぶ。

「きゃあ！」

そして盗賊はスノーホワイトを羽交い絞めにすると、喉元に短剣を突きつけた。

「こ、殺すぞ……！」

しかし王子様は、どこか人を試すような挑戦的な瞳を細め、フンと鼻先で嘲うだけで、その足を——そして、剣の捌きを止める事はしない。

震える盗賊の手中にある剣先が、スノーホワイトの白い肌に食い込んだその時——。

「よっと」

突如天井から降っていた男の手首により、スノーホワイトの喉元にナイフを突きつけていた男は音もなくその場に崩れた。

「正義の味方参上！　なんちって」

首を振って長い三つ編みを背中に流し、格好付けたポーズを取りながらこちらに向かって小さくウインクする長身の騎士を呆然と見上げる。

王子様の方と比べればキラキラ度は劣るが、やはりこちらも美形で、何かしら人目を惹き付けるものがある前途有望そうな青年騎士だった。

アクが強い、一癖も二癖もありそうなこの男の顔にも俺は見覚えがある。

（このロンゲの垂れ目の騎士は、チャラ男騎士ルーカス……？）

何人もの女の子に孕ませてきたような軽薄そうな雰囲気は、女に縁のない人生を送ってきた俺の肌にも、箱入りプリンセススノーホワイトの肌にも、合いそうにない。

俺はハッと弾かれたように天井を見上げる。ゴシック建築の神殿にも似た造りのこの城の天井は、細い柱によって、格間《ベイ》と枝《リヴ》によって分節された天井様式《ヴォールト》だ。格間が細分化されているその下には、以前はステンドグラスが入っていたのだろうと思われる高窓《クリアストーリ》が幾つも連なっている。恐らくこのチャラ男騎士――ルーカスは、エミリオ王子が盗賊達を引き付けている間に、外側の屋根から回り込んだ。そして上部の飛び梁を渡って、高窓伝いにこの部屋に侵入したのだろう。

「攫ってきた女の子に淫蟲を使って性奴に仕込もうだなんて、顔の悪い男達は大変だねぇ。そうでもしなきゃ、女の子の一人も自由に出来ないなんて」

俺を背後に庇うようにしながら、チャラ男騎士は抜刀する。

「なんだとぉ!?」

「かかってこいよ、相手になってやるぜ」

「ルーカス、そっちは任せたぞ！」

「あいあいさー！　しくじんないで下さいよ、エミリオ様！」

「フン、誰に向かってものを言っている！」

颯爽《さっそう》と現われた二人は、あっという間に盗賊団を壊滅させたのだった。


「大丈夫かい、お嬢さん」

盗賊たちを縄で縛った後、チャラ男騎士の方に声をかけられるがその時既に遅し。――俺は、チツノコのせいで完全におかしくなっていた。

「うぅ」

「これは酷い。ちょっと待ってろよ、今助けてやっからな」

慌ててチツノコを引き抜かれるが、体は小刻みに痙攣したままで、体内から抜かれてしまったチツノコが名残惜しくて仕方がない。

（駄目だ、ヤリたい）

我慢しろ我慢しろ我慢しろ。これ以上恋人《おとこ》を増やしてどうする。これ以上、経験人数を増やしてどうする。駄目だ駄目だ駄目だと心の中で念仏のように何度も繰り返す。

どこかで警鐘が鳴っている。――だけど。それでもどうしようもないほど、体が熱くて熱くて苦しかった。この体の内で燻《くす》ぶった熱を解放して欲しい。もう盗賊でも、逆ハーメンバーでも何でもいいから。

「騎士さま……たすけ、て」

もう、我慢の限界だった。縋るように男の腕を掴む。

その騎士は、全裸の美少女スノーホワイトを見下ろして固まった。きっちりとした騎士服の詰襟の下で、男の大きな喉仏がゆっくりと動く。彼が生唾を飲みこむ音がこちらまで届いた。ルーカスの顔から表情らしき物が消える。

次の瞬間、深いアーモンドグリーンの瞳に燃え上がる情炎に俺は確信した。

（あー、またしても惚れられてしまったわ……）

「チツノコか。……しゃーないな」

そう言って、その騎士は襟元の鈎ホックを外した。低く押し殺したような声に、今度はこちらの喉がごくりと鳴った。

「……今からあんたを犯す、いいか？」

「ああ、やっと犯してもらえるんだ」と思った。体が期待でゾクゾクと震えて、それだけで達してしまいそうになる。

俺は、肯定の代わりに男の腕を掴む手に力を込める。騎士はスノーホワイトのその淫猥な期待に応えるように無言で頷くと、ズボンの中から反り勃ったモノを曝け出した。

（うわ、おっきい……）

野性味溢れる男の物の形と、その雄の匂いに頭がクラクラする。

「る、ルーカス！　何を考えているんだ！」

――その時、邪魔が入った。姉の最萌えキャラ、ツンデレ王子エミリオ君だ。

スノーホワイトを祭壇の上に押し倒した騎士が、舌打ちしながら王子様を撥ね付ける。

「これは淫蟲です！　中で吐精しなければこの子は快楽で悶え狂い死んでしまう！」

（あー、やっぱそんなオチか）

どっちにしろここでこいつらとのイベントセックスは避けられないようだ。

「し、しかし、初対面の女性に、そんな事を……！」

生娘のように頬を真っ赤にして叫ぶ主をよそに、チャラ男騎士はスノーホワイトの蜜で溢れ返った場所におのが熱を埋め込んでいく。

「悪いけど、ちょっと我慢しててな」

熱を全て埋め込むと、男はスノーホワイトの細腰を掴んで体を揺さぶりはじめた。

「あの坊やはほっといて、オニーサンとちょっくら気持ちイイ事しましょうねー」

「あっ、は、やぁ、あんっ……ん！」

膣奥を男の熱でグリグリやられながら、胸の先端を口に含まれて、甲高い悲鳴のような物が上がる。

（あー、確かにこれはヤリチンだわ……）

ワンコの時みたいに躊躇いもせず、一気にちんぽ突っ込みやがった。腰の振り方も、胸の愛撫の仕方も、こなれてる。

「痛くないですよー、怖くないですよー、ちょーっとお注射するだけですからねー」

「きゃん！　あっ！　……うっ、あ、ああ！」

「ん？　ここ？　ここがいいの？」

「だめ、だめですっ！　そ、そこはっ、あ……あああああっ⁉」

胸中「何がお注射だこの変態！」と罵りながらも、内心、俺は舌を巻いていた。

（やばい、こいつ上手い……っ！）

奥のイイ部分を重点的に攻められて、頭が、そして視界が真っ白になる。目の前でパチパチと白い火花が散って、スノーホワイトは呆気なく達してしまった。

「もうイっちゃったんだ？　キミ本当に可愛いねぇ、オニーサン、真剣に惚れちゃいそう」

絶頂の余韻も抜けきれずビクビク痙攣している体に、男は更なる快楽を刻み込んでいく。

「感度も抜群だし、感じてる声も顔もめっちゃ可愛い。最高。モロに俺のタイプ。この手の平にすっぽり収まるサイズのおっぱいも、マジ俺好み」

「っん！　ッ！　だ、だめ、だめ……っ！」

「てかさー、マジでこのまま俺と付き合っちゃわね？」

チャラ男騎士は、恋人同士がするように、スノーホワイトに甘く口付けながらそう囁いた。口調こそ軽いが、その目がえらく真面目に見えるのは何故だろう。これが世のヤリチン達の口説きテクなのか？　それともやはり、惚れられてしまったのだろうか？　流石は俺……じゃなかった、最強美少女ヒロインスノーホワイト、世界で一番美しい潤艶《うるつや》ストレートヘアーを持つ十八歳。

「しかし、想像以上に凄いなこの淫蟲。……ヤバ。もう、持ってかれそう」

「騎士さま、ッあ！　ぁ、ああ……！」

快楽の涙でぼやけた世界に白い火花が散り、背中がのけぞった。

チツノコのもどかしい刺激により、体にずっと溜まっていた熱が霧散していく。

（だめ、またイク……っ！）

達した時、限界までぴんと伸びた左の足首がつってしまったようで、足首が痛かった。

男の背の向こうで揺れる自分の爪先——足の指がおかしな形になったまま固まっているのが見える。でも、もうそんなの構っていられない。息も絶え絶えになりながら、汗と涙でぐちゃぐちゃの顔でただよがる事しか出来なかった。

「こら！　ルーカス、僕の話を聞いているのか⁉」

不敬極まりない騎士は、腰を動かしながら、面倒臭そうな顔で王子様を振り返る。

「女性とお付き合いした経験のないオコチャマのエミリオ様には、刺激が強過ぎますもんね。いいですよ、俺が彼女をお助けしますから、王子は一時間くらいそこいらを散歩でもして来てください」

「な、なんだとォっ⁉　ぼ、僕にだってそのくらいっ！」

チャラ男騎士の言葉に、王子様は激しく憤慨した。ゆでだこのように真っ赤になったツンデレ王子の顔からは、噴き出す湯気まで見える。

姉の最萌キャラは、バッ！　と勢いよく上着を脱ぎ捨てると、肩を怒らせながら俺達の前までやって来た。

祭壇の上で喘ぐ美少女——というか俺の前まで来ると、彼はフンと鼻を鳴らす。そして、俺を睨みつけるように見下ろしながら、ズボンのベルトに手をかけた。

下衣から露出した王子様の物は——育ちの良さそうな上の顔と同じく、育ちが良さそうな品のある顔をしていた。

「あなた……は……？」

（というか、なんでおまいもちんぽ出すんかな……？）

恐らく、今のスノーホワイトの顔は引き攣っている。

（なるほどな。この流れで初対面で３Ｐになるのか）

そんな事が分かっても、全く嬉しくないのだが。

（アミールの、弟、だよな……？）

近くで見てみると、エミリオ王子の顔はスノーホワイトの処女を奪った王子《ラッキースケベ》と、とても良く似ていた。髪色も瞳の色も、そのキラキラした王子様エフェクトも兄そのものだ。

ただこちらの金髪は、兄よりも猫毛で柔らかそうだ。跳ねっかえりやや癖がある。いつも穏かな笑みを湛えているのがデフォルトの兄の方は、よくよく見ないと釣り目がちなのが判らないのだが、弟の方は一目瞭然の釣り目君だ。ハリウッド女優によくいる、綺麗な形の下三白眼をしている。

「僕の名前はエミリオ・バイエ・バシュラール・テニエ・フォン・リゲルブルク。リゲルブルクの第二王子だ」

　やっぱりアキの最萌キャラで合っているようだ。

「フン。……女、お前は自分の幸運に感謝する事だ。本来ならば僕のような高貴な者に抱いてもらえる機会なんぞ、なかなかないのだから」

（いや、いいです。マジいらないッス）

　あんたに犯られたら流石にまずい。姉バレ……する事はないだろうが、バレたら殺される。それだけではない。この王子様とヤってしまったら最後、俺の体を通して本当の意味での穴兄弟が二組成立してしまう。なんだかそれってスッゲー嫌すぎる。

「ほら、さっさと脚を開け、抱いてやる」

「きゃう！　ま、待、………」

　ガッ！

　チャラ男騎士を押し退けて、王子様は俺の脚を開く。

　エミリオ王子を遠目から見た印象は、線が細いイメージだった。エルヴァミトーレと同等の華奢な体付きだと思っていたが、近くで見るとそうでもない。アミール王子と同じく、こちらの王子様も軍に入り戦闘訓練を受けて育ったのだろうか？

「ッあ、あ、あぁあああああっ！」

「くっ……きつ、い」

　自分自身をスノーホワイトの中に全て収めると、王子様は眉を絞り、歯を喰いしばる。

何故か、キッ！　と睨まれ、俺は動揺した。

「えー、王子。酷いッスよ、俺途中だったのにー」

「そんなの、知るか」

「じゃあオニーサンはこっち使わせてもらっていいかな、お嬢ちゃん」

スノーホワイトの体は、子猫でも持つみたいに容易くルーカスに後ろからひょいと背を起こされて抱き上げられる。

にゅぷぷぷ……！　じゅ、じゅちゅ……ン！

「きゃん！　あっあああああっ⁉」

「うわ、こっちも凄いねー、キッツキツだわ」

「おい！　ルーカス、いきなりそんな激しく、動く、な……っ！」

後ろからも雄を埋め込まれ、二人の男に揺さぶられながら、俺は絶望していた。

（とりあえず、右に逃げても左に逃げてもレイプＥＤは免れたみたいだが……）

――ついに、攻略キャラが七人揃ってしまった。

to be continued...

あとがき

初めましての方は初めまして。お馴染みの方はこんにちは、またあとがきでお会い出来て光栄です。踊る毒林檎です。この度は『「白雪姫と7人の恋人」という18禁乙女ゲーに転生した俺が王子達から全力で逃げる話』をお手に取って頂き、誠にありがとうございます。

この小説は2015年に「小説家になろう」というWebサイトで連載していた物で(※現在削除済)、実は私の処女作になります。その後、2016年にDeNIMOさんから電子書籍化して頂き、紆余曲折を経て2020年ルキアさんから電子書籍を、そして今回、竹書房さんから文庫版を出して頂く運びとなりました。

連載当時からかれこれ8年経過しておりますので、正直、少し怖い気持ちもあるのですが、当時「紙で読みたい！」と言って下さった方々に、この本が届けばいいな……と思います。

新規の読者さんや、他の作品で踊る毒林檎を知って下さった読者さんは、このティーンズラブらしからぬ小説にさぞかし驚かれた事と思われますが、元々の私の作風は、このようなギャグテイストの物か、ばたばた人が死ぬ、ひたすら暗いだけの物でして。

ムーンドロップスさんでは、前作「喪女と魔獣　呪いを解くならケモノと性交⁉」に引き続き、伸び伸びと楽しく書かせて頂けて、心から感謝しております。余談ですが「喪女と魔獣」は美女と野獣のリスペクトオマージュ作品なので、ムーンドロップスさんから童話シリーズの第二弾を出して頂けた事、ダブルで嬉しく思います。

さてさて。本編、いかがでしたでしょうか？　既にWebや電子書籍でお読みになられた方はご存知の通り、白雪姫、まだまだ終わりません。登場人物が揃い、ここから本編が始まります。有難い事に続刊が一冊決定しているのですが、あと一冊で後半を全てまとめられるのか、正直、自信がなく……えーと、えーと、大変厚かましいとは思うのですが、お友達に勧めたり、応援して頂けると嬉しいです（笑）

それでは最後に。スノーちゃん達に新に息を吹き込んでくれた城井ユキ先生。作家性を尊重し、私を私のままでいさせてくれた担当編集様、竹書房様、関係者各位。そしてこの本をお手に取って下さった全ての方に、心からの感謝を。

それでは、続刊のあとがきでまたお会い出来るのを楽しみにしております。

踊る毒林檎

ムーンドロップス作品
コミカライズ版！

〈ムーンドロップス〉の人気作品が漫画でも読めます！

お求めの際はお近くの書店または電子書店にて。

治療しなくちゃいけないのに、
皇帝陛下に心を乱されて♡

宮廷女医の甘美な治療で皇帝陛下は奮い勃つ

三夏［漫画］／月乃ひかり［原作］

〈あらすじ〉

田舎の領地で診療所を開く女医のジュリアンナ。おまじないのキスでどんな病気も治すという彼女のもとにクラウスという公爵が訪れる。彼から、若き皇帝陛下・クラウヴェルトの“勃たない”男性器の治療をお願いされてしまった！　戸惑うジュリアンナに対し、皇帝陛下は男を興奮させるための手ほどきを…!?

孤立無援OLが憧れの部長の花嫁に
ここは、私の願いが叶う世界

異世界で愛され姫になったら現実が変わりはじめました。上・下

澤村鞠子［漫画］／兎山もなか［原作］

〈あらすじ〉

真面目で負けず嫌いな性格ゆえに、会社で孤立している黒江奈ノ花。そんな彼女の心の支えは、隣の部の部長・和久蓮司の存在。ある日、先輩社員の嫌がらせで残業になった奈ノ花は、癒しを求めて和久のコートを抱きしめている現場を本人に見られる！　その夜、恥ずかしさと後悔で泣きながら眠りに落ちると、なぜか裸の和久に迫られる夢を見てしまい…!?　夢の中で奈ノ花は、和久そっくりなノズワルド王国の次期王・グレンの婚約者になっていた！

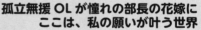

コミックス最新刊　絶賛発売中！

真面目すぎるイケメン書道家×失恋した処女の書店員
初心者同士のじれったい恋ときどき大胆で……♥♥♥

初心なカタブツ書道家は 奥手な彼女と恋に溺れる

山冨［漫画］／西條六花［原作］

〈あらすじ〉

婚約者だと思っていた幼馴染に裏切られた晴香は、彼を見返すため書道合コンに参加することに。そこで変な参加者にからまれて困っていたところを講師の書道家・瑛雪に救われる。仕事に対する姿勢も相まって憧れを抱き、合コンだけでなく正式に書道教室に申し込みをした晴香。ある日、教室の廊下で転んで事故でキスをしてしまう二人!! 謝罪する流れでうっかり"はじめて"だったと漏らした晴香に、彼からも驚きの告白がされて……!?

〈原作小説〉
絶賛発売中！

オトナ女子に癒しのひととき♪
胸きゅん WEB コミックマガジン !!
Kindle にてお求めください。
絶賛連載中！「少年魔王と夜の魔王 嫁き遅れ皇女は二人の夫を全力で愛す」「ひねくれ魔術師は今日もデレない　愛欲の呪いをかけられて」「処女ですが復讐のため上司に抱かれます！」「私を（身も心も）捕まえたのは史上最強の悪魔 Dr. でした」「溺愛蜜儀　神様にお仕えする巫女ですが、欲情した氏子総代と秘密の儀式をいたします！」「添い寝契約 年下の隣人は眠れぬ夜に私を抱く」「王立魔法図書館の［錠前］に転職することになりまして」

★著者・イラストレーターへのファンレターやプレゼントにつきまして★
著者・イラストレーターへのファンレターやプレゼントは、下記の住所にお送りください。いただいたお手紙やプレゼントは、できるだけ早く著作者にお送りしておりますが、状況によって時間が掛かる場合があります。生ものや賞味期限の短い食べ物をご送付いただきますとお届けできない場合がございますので、何卒ご理解ください。
送り先
〒160-0022　東京都新宿区新宿1-36-2　新宿第七葉山ビル
（株）パブリッシングリンク
ムーンドロップス 編集部
〇〇（著者・イラストレーターのお名前）様

「白雪姫と7人の恋人」という18禁乙女ゲーヒロインに転生してしまった俺が全力で王子達から逃げる話　上

２０２３年１０月１７日　初版第一刷発行

著……………………………………………………踊る毒林檎
画………………………………………………………城井ユキ
編集……………………………株式会社パブリッシングリンク
ブックデザイン……………………………………しおざわりな
（ムシカゴグラフィクス）
本文ＤＴＰ…………………………………………………ＩＤＲ

発行人…………………………………………………後藤明信
発行……………………………………………株式会社竹書房
〒102-0075　東京都千代田区三番町８－１
三番町東急ビル６Ｆ
email：info@takeshobo.co.jp
http://www.takeshobo.co.jp
印刷・製本……………………………………中央精版印刷株式会社